HIERRO Y SEDA

VIOLETA OTÍN

Escarlata
EDICIONES

Hierro y seda
Primera edición: enero, 2016
Segunda edición: mayo, 2016
Tercera edición: diciembre, 2016

Publicado por:
© Escarlata Ediciones S.L., 2016
Barcelona
www.escarlataediciones.com
hola@escarlataediciones.com

ISBN: 978-84-16618-07-1
IBIC: FRH
Depósito legal: B 12664-2016

Dirección editorial: Carla de Pablo
Corrección de estilo: Sofía Aguerre
Diseño de la cubierta: Marta Pena
Fotografías de la cubierta: @Shutterstock

Impresión: By Print Percom S.L.
Impreso en España

A Javier, Sofía y Raisa. Os quiero.

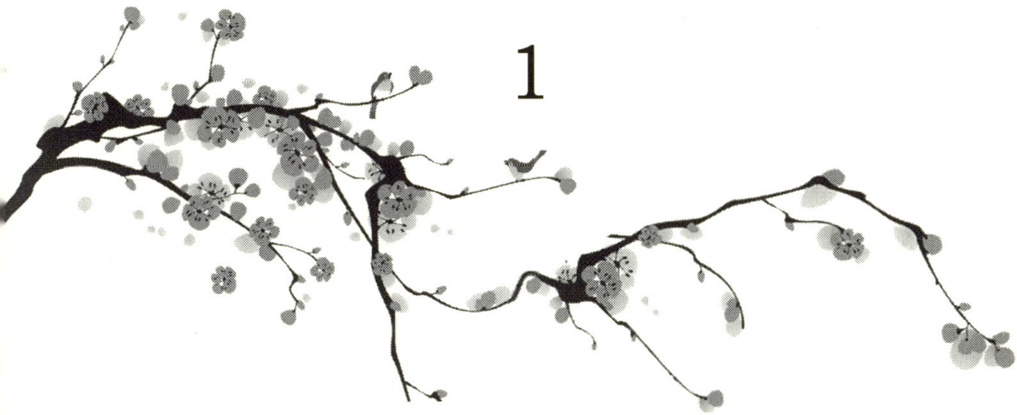

1

La estación de los tifones toca a su fin, lo presiento. Las últimas lluvias abandonaron Chang'an hace días y, aunque todavía es pronto para asegurarlo, la energía que se agita en mi interior parece presagiar la llegada del buen tiempo. No es que me importen las tormentas. Los jardines están desiertos; ni las concubinas ni los eunucos se arriesgan a estropear las magníficas sedas de sus ropas y pasan los días encerrados entre las paredes de piedra del pabellón oriental. Su humor es terrible.

La dama Labios de Corazón ha caído enferma. No me resulta extraño, aunque sí doloroso. El Hijo del Cielo la había solicitado con cierta insistencia durante la última luna, y la dama Espíritu Envenenado había comenzado a intrigar con su eunuco preferido. Pronto, supongo, el emperador la llamará de vuelta a su lado. Hará bien, no obstante, en vigilar sus espaldas. Una nueva concubina, a la que me referiré desde ahora como dama Cisne, por la elegante forma de su cuello, se ha trasladado al pabellón oriental. Aunque no destaque por poseer una belleza singular, el eunuco que la vigila tiene ademanes traicioneros y manos de ave de rapiña. Le veo muy dispuesto a aceptar cuantas joyas tenga ella y no dudo de que será pronto conducida a los aposentos de su majestad.

Lirio esperó con paciencia a que la tinta se secara y enrolló con mimo el retal de seda que utilizaba a modo de diario. Después lo dobló hasta reducirlo a un cuadrado minúsculo y lo escondió bajo las costuras interiores de un viejo *hanfu* que había dejado de ponerse hacía tiempo. Ya resultaba bastante arriesgado atreverse a poner sus pensamientos por escrito como para permitir que alguien pudiera leerlos. Respiró hondo varias veces para relajarse y se dirigió con paso dubitativo a la puerta del pabellón.

El sol, convertido en una enorme bola anaranjada, apenas dominaba ya sobre el cielo de Chang'an. Jirones sueltos de nube difuminaban con un halo espectral las torres triangulares de los palacetes. El bronce de las columnas resplandecía reflejando los rayos postreros y arrojaba destellos de un suave color dorado sobre la hierba, aún húmeda por la última tormenta. Solo se oía el zumbido melancólico de algún insecto y el crujir de las hojas de los árboles, zarandeadas por el viento.

La bella concubina se quitó las sandalias de seda y salió al exterior amparada por las sombras que comenzaban a cubrir la capital imperial. Agradecida por los tifones que mantenían en sus exquisitas jaulas a los eunucos y a las otras mujeres, atravesó, como cada noche, los jardines que rodeaban el pabellón oriental hasta el estanque. Un grupo de luciérnagas levantó el vuelo e iluminó el puente de madera. La silueta del edificio al que tenía que llamar «hogar» se recortaba contra el horizonte, negro, amenazador.

Lirio se sentó en el suelo, junto al gran magnolio que bebía del estanque, y se recostó contra la fría corteza. Pronto haría tres años de su llegada a Weiyang. ¿Era posible que hubieran pasado ya tres años? Entrecerró los ojos, se sujetó las rodillas con las manos y dejó que sus recuerdos volaran hasta su aldea, hasta el día en que había recibido la noticia de que el emperador la tomaría como concubina. Recordaba los rostros llenos de orgullo de sus padres y la sonrisa contenida de su abuela. Su abuelo, sin embargo, había dado media vuelta y había desaparecido por el corredor, tratando de disimular su disgusto.

Tal vez él intuía aquello en lo que iba a convertirse su vida a partir de entonces: joyas, sí, y una cantidad obscena de sedas, adornos de oro, jade, delicados *hanfus* bordados con hilo de plata... Pero también la soledad más absoluta. Las disputas entre las concubinas eran de todo menos inocentes; de hecho, durante el tiempo que llevaba allí, cerca de una docena de ellas habían muerto envenenadas o ahogadas, y eran muchas más las que habían sido heridas, quizá no muy grave, aunque sí lo suficiente como para afearlas a ojos del emperador.

Lirio arrancó una brizna de hierba y se la llevó a los labios. Ella no tenía por qué temer el ataque de ninguna de ellas: su majestad jamás la había solicitado. Eso la cubría de una vergüenza tan intensa que soterraba cualquier otro sentimiento de pena, temor o soledad que pudiera sentir. Entre aquellas paredes de piedra, Lirio se había sentido atrapada, observada e incluso, al principio, odiada. Una recién llegada siempre suponía una amenaza, sobre todo si era tan hermosa como ella: de elegantes facciones, exquisitos labios de color ciruela, ojos delicados y piel de porcelana; Lirio parecía una rival a tener en cuenta. Claro que las cosas no habían resultado tan simples como ella había creído; los eunucos controlaban lo que ellos, sin tapujos, denominaban el «mercado de concubinas» y solo si recibían un regalo adecuado se esforzaban en presentar al emperador a las nuevas.

—Totalmente indigno... —suspiró ella.

Nunca había accedido a participar en aquel juego y, por supuesto, ahora sufría las consecuencias. Y, a pesar de todo, en su interior, sabía que el sufrimiento vivido quedaría compensado con creces si conseguía cumplir con su cometido: pasar una noche con el emperador. Hasta entonces, el sentimiento de fracaso enturbiaría su corazón. Había fallado a su adorada familia.

La tierra, dura y seca, se levantaba en remolinos de polvo, lanzando esquirlas de piedra sobre los jinetes que avanzaban en una línea desordenada. Como una mancha oscura que quebraba el paisaje hosco que los había parido, un grupo de bárbaros se dirigía hacia el sur, hacia la frontera china, siguiendo la imponente silueta de su nuevo jefe, el recién nombrado *shanyu* de los xiong.

Al frente de sus hombres, Jizhu Laoshang trotaba en silencio, la vista fija en cada elevación del terreno, en cada giro del sendero (si es que a aquel paso yermo se le podía llamar sendero), los sentidos alerta cada vez que el viento daba una ligera tregua o que las águilas parecían detectar algún movimiento extraño.

El poder absoluto suponía al mismo tiempo una carga y una adicción. Aunque siempre había cabalgado junto a su padre en las batallas, dando cumplida muestra de su valor, y todo el clan había mostrado su lealtad cuando había sido nombrado heredero, no podía alejar de sí la incómoda sensación de que, en cualquier momento, podía ser despojado del liderazgo. No hacía tanto que su padre había forjado su imperio inmenso a golpe de cuchillo y el equilibrio entre los clanes seguía siendo precario. No iba a resultar sencillo mantener bajo control a todas las tribus.

Jizhu se pasó una mano por la cara para limpiarse el polvo y levantó la vista hacia el cielo. Faltaba poco para la puesta de sol. Hizo un gesto a los suyos para que se detuvieran y bajó del caballo.

—Montamos el campamento —dijo con voz autoritaria.

Uno de sus capitanes se le acercó caminando con paso altivo.

—Laoshang —lo llamó—. El viento ha cambiado, ¿te has dado cuenta?

Jizhu lo miró con el ceño fruncido.

—¿Y qué?

—Nos acercamos a la frontera. ¿Esperas algún comité de bienvenida?

El *shanyu* esbozó media sonrisa al tiempo que su mano se cerraba, de forma inconsciente, sobre la empuñadura de su cuchillo. Echó un rápido vistazo a sus hombres, ocupados en hacer fuego y preparar el campamento; no había traído muchos, pero todos eran guerreros curtidos.

La perspectiva de conseguir un buen botín no les parecería, en absoluto, mala idea, y dejaría claro a los chinos que el nuevo *shanyu* no era un rival desdeñable.

Jizhu mandó llamar a sus comandantes.

—Hay muchas aldeas desperdigadas junto a la Fortificación Larga.

Qara, Comandante de la Derecha, enarcó las cejas, sonriente.

—¿Un buen bocado de advertencia, Laoshang? ¿No será algo precipitado? El emperador chino debe de haber preparado un buen montón de presentes... No sería cortés tener que dejarlos porque no podemos llevárnoslo todo.

Jizhu torció el gesto.

—¿Y no es algo precipitado que empieces a cuestionar tan pronto mis órdenes?

Qara palideció, dando gracias a la luna por la luz tan tibia con la que regaba la estepa, ya que nadie advertiría su desazón.

—Nunca te cuestionaría, Laoshang. Solo he pensado que tu padre tal vez...

Jizhu se envaró y siseó con voz amenazante:

—¿Te he pedido tu opinión sobre lo que haría mi padre?

Qara inclinó la cabeza en señal de respeto y retrocedió un paso. Era el mayor de los oficiales y había servido al padre de Jizhu como comandante durante muchos años. Quizás por ello no confiaba aún plenamente en la capacidad estratega del nuevo *shanyu*.

—Discúlpame, Laoshang.

Jizhu aceptó de mala gana sus disculpas y fue a sentarse junto al fuego. Uno de los esclavos le sirvió una escudilla con carne y comenzó a masticar en silencio. Los trozos estaban casi crudos, por lo que tuvo que desgarrarlos con los colmillos como si fuera un lobo.

Temür, el guerrero con el título de Capitán de la Derecha, se acuclilló y pudo ver cómo las llamas iluminaban el rostro del *shanyu*, tiñéndolo de rojo. Temür no pudo evitar preguntarse si Tengri, dios de los cielos, no estaría enviándoles una señal: el orgulloso *shanyu* de los xiong, aquel que bañaría de sangre las frías tierras de la estepa.

Otro de los capitanes, Berke, que ostentaba el título de Capitán de la Izquierda, se acomodó lejos de los demás. Observaba con su sonrisa burlona las expresiones de sus compañeros de armas y, en especial, la del nuevo jefe. ¿Qué había de malo en asaltar unas cuantas aldeas para llevarse algo?

«¿Qué problema tienen?» pensó con aire divertido y cerró los ojos con pereza, tratando de imaginar el valor de los regalos que recibiría de manos del emperador. Tan solo esperaba que no les colmasen de sedas y cosas inútiles.

—Las sedas no sirven de nada en la estepa —refunfuñó en voz baja para sí mismo.

—¿Qué dices? —preguntó otro de los soldados en un susurro.

El capitán no contestó. Se dio media vuelta, tratando de atisbar la frontera. Sin dejar de sonreír, el capitán dejó que la modorra le invadiera poco a poco. Los siervos se encargaron de mantener las pequeñas hogueras encendidas, mientras los guerreros descansaban para coger fuerzas. A fin de cuentas, el *shanyu* no había cambiado de parecer respecto a visitar alguna aldea.

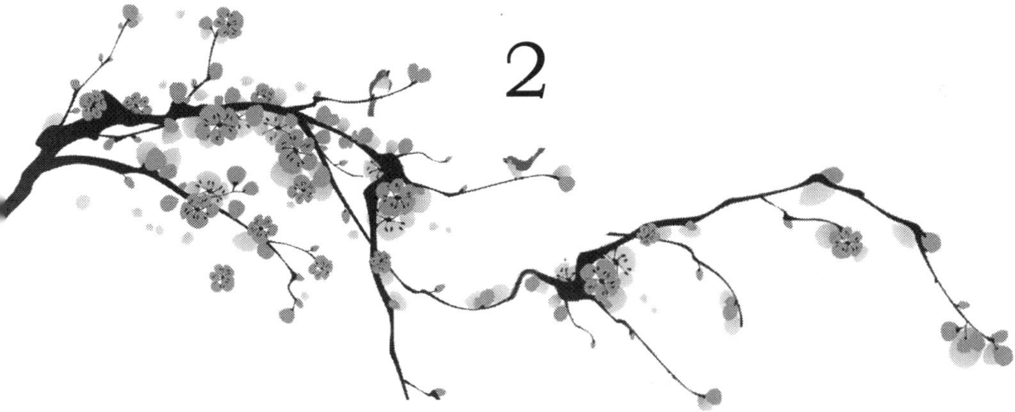

2

Se escuchan inquietantes rumores sobre la llegada de los bárbaros. Un extraño silencio se ha apoderado del pabellón de las concubinas. Incluso los eunucos han dejado de trasegar los últimos días por nuestros corredores. Todo son murmullos y voces quebradas.

Las noticias viajan rápido hasta Chang'an. Los xiong han atravesado la Fortificación Larga y han saqueado varios pueblos limítrofes. El invierno no está lejos y los aldeanos van a sufrir mucho si, como dicen, las chozas han sido quemadas y los campos arrasados. A veces me pregunto cómo habría sido mi vida si mi abuelo...

Lirio interrumpió la escritura, presa de una súbita ansiedad. Aquello comenzaba a resultar peligroso. En Weiyang, las mujeres carecían de familia. Carecían de pasado. Si alguien se hacía alguna vez con sus notas, su vida correría peligro.

Escondió sus retales de seda y salió a una de las terrazas. Allí vio a la dama Cisne, que contemplaba con aire melancólico los racimos de nubes que sobrevolaban el palacio. Uno de los tablones de madera crujió bajo los pies de Lirio y la concubina dio un respingo.

—No te había visto llegar —dijo con voz melodiosa y se inclinó en una profunda reverencia. Tenía los ojos enrojecidos.

—Disculpa mi intromisión —dijo Lirio, inclinándose a su vez—. Tampoco sabía que estabas aquí. ¿Quieres... —Dudó de lo que estaba a punto de hacer—, quieres acompañarme a pasear junto al estanque?

La dama Cisne estiró los hombros hacia atrás y abanicó el aire con sus delicadas mangas de color verde. Una sombra de temor manchó durante unos segundos su rostro, pero se compuso en seguida.

—No creo que resulte apropiado, aunque agradezco tus palabras.

Lirio esbozó una sonrisa. Lo más probable era que la dama Cisne temiese que la empujara al estanque, o quizá esperaba recibir algún tipo de amenaza. ¿Cómo explicar que solo le apetecía hablar con alguien sin despertar cualquier tipo de sospecha?

—Tienes razón, discúlpame de nuevo. Adiós.

Lirio se alejó con pasos rápidos hasta la siguiente terraza. Un eunuco y una concubina cuchicheaban medio escondidos tras un velo de seda dorada. Pasó junto a ellos mirando al suelo. Los otros callaron y no fue hasta que la joven se perdió de vista que volvieron a retomar su conversación. No era muy difícil imaginar lo que estaban tramando; en cualquier caso, oro a cambio de favores.

Todo en Weiyang se arreglaba igual.

Dobló la esquina y se adentró en uno de los salones, que las mujeres solían utilizar para tomar el té. Los suelos de piedra negra estaban tan pulidos que podía verse reflejada como en un espejo. Tras percatarse de que no había nadie en la estancia, se fijó en algunas de las pinturas que decoraban los muros. En ellas había imágenes de mujeres semidesnudas atendiendo a antiguos emperadores. Lirio se arrodilló en el suelo y se recostó ligeramente en un reposacodos de madera lacada, para observar con angustia los dibujos. Notó en el pecho una especie de quemazón. Nunca se le hubiera ocurrido quejarse por su destino, simplemente hacía lo que los demás esperaban de ella. ¿Obraba mal al no acceder a sobornar a los eunucos? ¿Qué pensarían sus padres si supieran que no hacía cuanto estaba en su mano por conseguir la atención del Hijo del Cielo? Con la mirada perdida, atrapó con la lengua una lágrima que resbaló por su piel aterciopelada.

«Mi pequeña Lirio...». La voz de su abuelo reverberó dentro de su cabeza, interrumpiendo con delicadeza el hilo de sus pensamientos.

«Hola, abuelo. Hacía mucho que no hablábamos.»

«Aleja esa congoja, muchacha. Yo me siento orgulloso de ti. La sangre que corre por tus venas te impide deshonrarte como las demás.»

Lirio agachó la barbilla hasta casi rozarse el pecho.

«Os he fallado, abuelo. He traicionado la confianza que mi familia depositó en mí. No he cumplido con mi deber y os he fallado a todos.»

Esperó unos instantes en actitud sumisa, pero la voz de su abuelo había vuelto a desaparecer.

La luz se filtraba desde el exterior a través de las finas celosías de los ventanales, reflejando una miríada de brillos arcoirisados sobre las mesitas de nácar. Lirio contempló, con los ojos velados por las lágrimas, la fría belleza del salón, como si lo visitara por primera vez. Desde las paredes, las hermosas pinturas le devolvían la mirada con desdén, burlándose de su soledad.

«También nosotras nos sentíamos humilladas», parecían decir.

Tal vez, en un futuro, también ella tuviera que vender su dignidad a los eunucos. Tal vez, en un futuro, también ella terminaría por convertirse en una mercancía.

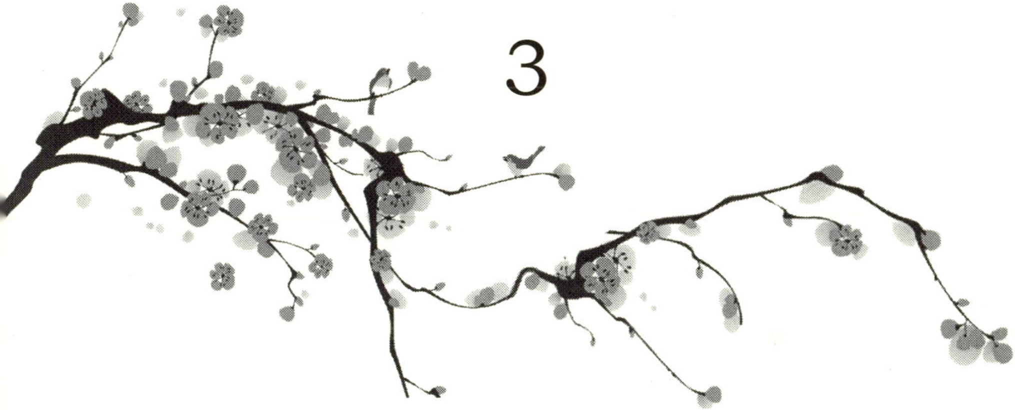

3

El palacio de Weiyang devolvía al cielo los más puros azules reflejados en sus techos de tejas esmaltadas. El verano se despedía con pereza y los últimos días de la estación cálida se retorcían, pegajosos y húmedos, por los corredores de la majestuosa construcción. Un chaparrón inesperado había lamido con insistencia la bella ciudad de Chang'an y el calor se había vuelto todavía más pesado.

En los jardines del pabellón oriental, sentada junto a un estanque cuajado de nenúfares, Lirio ofrecía sin recato su bello rostro a las caricias del sol. Descalza, con el borde de la falda ligeramente levantado hacia las rodillas, sumergía los dedos del pie para después salpicar la hierba de la orilla que quedaba cubierta con perlas de agua. Sentía la piel levemente enrojecida, pero no le preocupaba el bronceado. Pronto llegaría el otoño y tendría que esperar durante meses hasta que las nubes desapareciesen de nuevo.

«Otro año más» pensó Lirio y cerró los ojos con tristeza. Los días avanzaban idénticos al anterior, mientras su vida se deslizaba sin cambios, sin anhelos, sin expectativas. Tal como esperaba, durante las últimas semanas, el emperador seguía sin mostrar siquiera interés por conocerla. Por descontado, no podía tratar con ningún otro hombre y la relación con las demás concubinas era variable, desde sencilla rivalidad hasta enemistad manifiesta, pero nunca el menor atisbo de amistad.

Inspirando con fuerza, trató de alejar los pensamientos negativos de su mente y se concentró en disfrutar del sol. No en vano había nacido bajo el elemento fuego.

—Demasiado fuego —decía siempre su madre.

Para su abuelo, en cambio, nunca había sido un problema. Al contrario. A falta de hijos y nietos varones, el exceso de fuego en su nieta había sido la excusa perfecta para entrenarla.

—Hay que canalizar toda esa energía —decía con seriedad.

Su familia... ¿Volvería a verlos alguna vez? Probablemente no. Una lágrima inoportuna se arrastró por su mejilla antes de que Lirio se abandonase a un sueño amargo, sola, rodeada de un silencio opresivo, ese que suele preceder a los grandes desastres. Poco a poco, el cielo se cubrió de espesos nubarrones y el aire se electrizó cargado con el olor de la tormenta que se avecinaba.

Una comitiva se hallaba reunida en la puerta más occidental del palacio, preparada para dar la bienvenida a los embajadores bárbaros. Los rayos desgarraban furiosos el firmamento mientras violentos truenos sacudían los muros de piedra y la lluvia los golpeaba con rabia.

—¡Ya están aquí! —anunció un joven eunuco que llegaba a la carrera—. He oído el sonido del cuerno que les anuncia.

Los funcionarios se retorcieron las manos, un tanto nerviosos. La sola visión de los bárbaros les producía pavor.

—¿Bajamos las escaleras o les esperamos aquí arriba? —preguntó el eunuco.

Se miraron entre sí, desconcertados. La tempestad no hacía sino rugir con más fuerza y ninguno tenía ganas de echar a perder sus *hanfus* de seda por culpa de sus incómodos visitantes.

—Esperaremos aquí —sentenció el mayor de ellos—. Al fin y al cabo, no se merecen más.

Los xiong no se demoraron mucho más. Era un grupo nutrido de toscos guerreros, tal vez unos treinta, todos montados a caballo. Ninguno parecía sentirse molesto por el aguacero. Es más, era como si ni siquiera se hubieran percatado de que llovía. Avanzaban despacio, en filas de a cinco. Unos pasos más atrás, con la vista fija al suelo en la sumisa actitud de los esclavos, otro grupo a pie conducía una manada de caballos que ofrecerían como tributo al emperador. Al llegar junto a la escalinata, el grupo a caballo se abrió dejando paso a su jefe, quien desmontó y subió sin ninguna ceremonia hasta donde aguardaban los funcionarios chinos.

El más anciano se adelantó y realizó una mínima reverencia.

—Bienvenido, *shanyu*. Bienvenidos, señores, al palacio del Hijo del Cielo.

El eunuco tradujo sus palabras. El *shanyu* no se inclinó ante ellos.

—Traemos hermosos caballos y algunos potros para el emperador. ¿Dónde los dejamos? —anunció Temür, uno de los dos capitanes.

Los funcionarios resoplaron por lo bajo escandalizados ante los rudos modales de los bárbaros, pero ninguno osó mostrar su malestar de forma abierta. Esos incivilizados eran capaces de coger un arco y disparar allí mismo si se sentían ofendidos.

—Los siervos se llevarán los caballos. Hemos preparado alojamiento para vosotros en la atalaya de uno de los pabellones orientales. Os servirán comida y mañana os reuniréis con su majestad el emperador. Veo que habéis traído muchos esclavos. Aun así, se os asignarán más siervos durante vuestra estancia. Pedid lo que necesitéis, sois los invitados de su majestad el emperador.

Uno de los guerreros gritó algo desde abajo, provocando risotadas entre sus compañeros. El eunuco se sonrojó, mirando al *shanyu,* que negó con la cabeza.

—No hace falta que traduzcas. Mis hombres se comportarán.

El eunuco inclinó la cabeza, aliviado.

—Os guiaré hasta la atalaya oriental. Seguidme.

El funcionario mayor retuvo unos segundos al eunuco, mientras el *shanyu* se reunía con los suyos.

—¿Qué es lo que ha gritado el bárbaro? —preguntó en un susurro.

—Mujeres... Pedían mujeres —respondió con timidez.

Nuevamente, un murmullo de desaprobación asomó en los labios de los funcionarios, pero lo bastante comedido como para pasar desapercibido a los xiong.

4

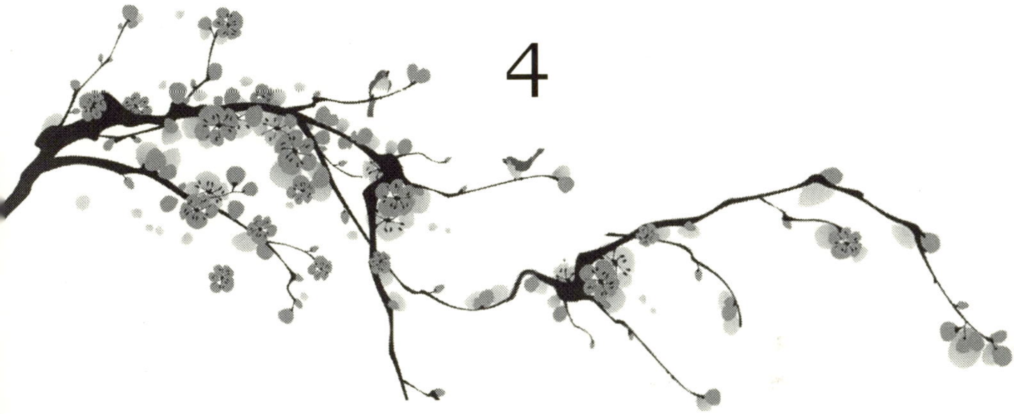

Sorprendida por la tormenta en mitad del sueño, Lirio se despertó sobresaltada cuando notó las primeras gotas sobre el rostro.

—¡Oh, vaya! —protestó y antes de alcanzar refugio en el portalón, el agua torrencial la empapó por completo.

«Adiós *hanfu*», se dijo, tratando de escurrir las mangas. Resopló con resignación. «Bueno, ¿importa algo en realidad? ¡Tengo un montón!» pensó y se encogió de hombros.

Guiada por un impulso repentino, regresó a los jardines a pisotear los charcos, sintiéndose viva y, sin saber por qué, rebosante de energía. Nadie la vigilaba allí. El rígido protocolo se quebraba con cada relámpago y se estrellaba contra el suelo mojado, estallando en pedazos. Sola y desprotegida frente a la naturaleza desatada, Lirio se sentía cada vez más libre. Se aflojó el *ji* del moño y su espesa melena de terciopelo flotó a su alrededor. Extendió los brazos con las palmas de las manos hacia arriba, para atrapar con delicadeza las gotas de lluvia.

De repente, oyó voces. Se detuvo. No era correcto que una concubina imperial anduviese jugueteando como una niña malcriada. Alguien se aproximaba por uno de los corredores laterales, muchas personas, en realidad, pues distinguía un barullo de voces que se acercaban con premura. Miró indecisa hacia el lugar del que provenía el alboroto y seguidamente a la puerta del pabellón de las concubinas. No le daría tiempo a esconderse. Tampoco podía permitir que alguien la viera. Tal vez podría cobijarse en las tupidas ramas del magnolio. De pronto, acalorada, nerviosa y hasta asustada, corrió hasta el enorme árbol chino que se alzaba junto al estanque. Intentó trepar, pero las zapatillas de seda le hicieron resbalar, así que se las quitó. No le importó que la corteza se clavaba en sus delicados pies. Sería mucho peor ser descubierta. Por suerte, consiguió encaramarse hasta unas ramas altas en el momento justo.

Desde su escondite, Lirio espió con curiosidad al grupo de hombres que cruzaban el corredor siguiendo al espigado eunuco Zhonghang Yue. El corazón le dio un brinco al comprender que se trataba de la embajada que los bárbaros enviaban a rendir tributo al emperador. Aunque no podía oír lo que decían, escuchaba sus carcajadas y los veía desfilar con indolencia. La mayoría eran físicamente distintos de los chinos; mucho más altos y más corpulentos. Sus rostros mostraban rasgos más contundentes, con la mandíbula más cuadrada, la nariz más recta y los ojos más grandes. Tampoco caminaban como los chinos y mantenían los pies más separados, totalmente rectos, sin desviar la punta hacia fuera. El aguacero no parecía importunarles. Miraban de derecha a izquierda con descaro, midiendo sin duda el valor de las maravillas que les rodeaba. Sus ropas eran toscas, demasiado abrigadas para la estación: pantalones y caftanes de cuero, gorros picudos de piel de zorro y botas altas. Muchos llevaban adornos de metal sobre los hombros y la mayoría se recogía el pelo en largas trenzas. Lirio los contempló con interés hasta que el último desapareció de su vista y decidió bajar del magnolio. Sin embargo, al apoyar el pie izquierdo en una rama más baja, sintió un dolor punzante entre los dedos y notó algo húmedo y caliente. Se tocó y comprobó que estaba sangrando.

Apretando los dientes con fuerza, quiso ignorar el dolor y seguir bajando. Estaba muy cerca del suelo y se detuvo un instante tan solo para recabar fuerzas.

—¿Necesitas ayuda?

¡Uno de los bárbaros! Lirio se quedó muy quieta. De hecho, no quiso ni mirar hacia abajo, como si así pudiera conjurar la aparición de quien la había sorprendido.

—¿Puedes bajar del árbol o no?

¿Bajar del árbol? No existía duda, la habían sorprendido. Una de las concubinas del emperador, empapada por la lluvia y colgando de una rama de magnolio. El alcance del escándalo sería mayúsculo.

—No me entiendes, ¿verdad?

El movimiento extraño de la copa del magnolio debía de haber llamado la atención de un rezagado del grupo que había descubierto a la muchacha. Lirio sabía que los bárbaros de las estepas no eran expertos trepando a los árboles, pero este, por alguna razón, sí lo era: en dos brincos llegó hasta Lirio, la atrajo hacia sí rodeándola por la cintura y, sin ningún esfuerzo, la bajó hasta el suelo.

Para ella fue un alivio notar la hierba húmeda bajo su pobre pie y se quedó cabizbaja mirándose los dedos ensangrentados, con la vana ilusión de que el bárbaro se alejara pronto sin comprometerla todavía más.

Él no pareció inmutarse. Lirio alzó la mirada con timidez; tuvo que levantar exageradamente la barbilla para poder mirarle a los ojos. El bárbaro la observaba sin disimulo.

Finalmente, ella hizo una reverencia juntando las manos y musitó «gracias», con la voz más dulce que él hubiera escuchado jamás. Aun así, no le contestó. De repente, Lirio se sintió torpe, enrojeció hasta las orejas y, dando media vuelta, se alejó trastabillando todo lo deprisa que pudo.

Una vez en su estancia privada, la azorada concubina se cambió de ropa e hizo llamar a un eunuco para que le curara el pie.

—¿Cómo te has hecho esto? —le preguntó con voz cantarina. Casi se diría que se alegraba de verla herida.

—Resbalé junto al estanque y pisé una piedra —contestó Lirio con un tono gélido.

—¿Ibas descalza?

Lirio no respondió y se fingió ofendida. De pronto cayó en la cuenta de que no había recogido sus sandalias de seda. Dejó hacer al eunuco, que le frotó la planta con un aceite caliente y, cuando terminó, le regaló un colgante de oro para que mantuviera la boca cerrada.

Una vez sola, se tumbó de espaldas sobre el *kang*, prácticamente sumergida entre las mullidas colchas de seda, y evocó la imagen del bárbaro que la había ayudado. Sentía que su piel ardía allí donde él la había tocado y, para su sorpresa, lo recordó irresistiblemente atractivo. Mucho más alto que la mayoría de hombres a los que conocía, de hombros anchos y potentes brazos, el bárbaro mostraba el porte altivo de aquellos acostumbrados a ser obedecidos. Recordó su larga melena oscura como las noches sin luna, su rostro ligeramente bronceado y, sobre todo, sus ojos, de un sorprendente color verde que la habían observado con avidez, que la habían desnudado y habían recorrido cada centímetro de su piel prometiendo caricias que la volverían loca.

Verdes. Lirio nunca había visto unos ojos verdes. Jadeó al evocarlos. Apenas había tenido unos instantes para posar su mirada en él y, a pesar de todo, había sentido un torrente que la había dejado sin fuerzas. ¿Un torrente de qué? ¿De energía sin más? ¿Sería un chamán? Lirio sabía que eso era ridículo. Lo que había experimentado no tenía nada que ver con la energía elemental. Era algo que nunca antes había vivido, un deseo que brotaba desde sus entrañas sacudiendo todo cuanto creía conocer.

Lirio cerró los ojos con fuerza.

«Aléjate de mí», pensó. «Solo me traerás problemas. Aléjate de mí y vete para siempre».

5

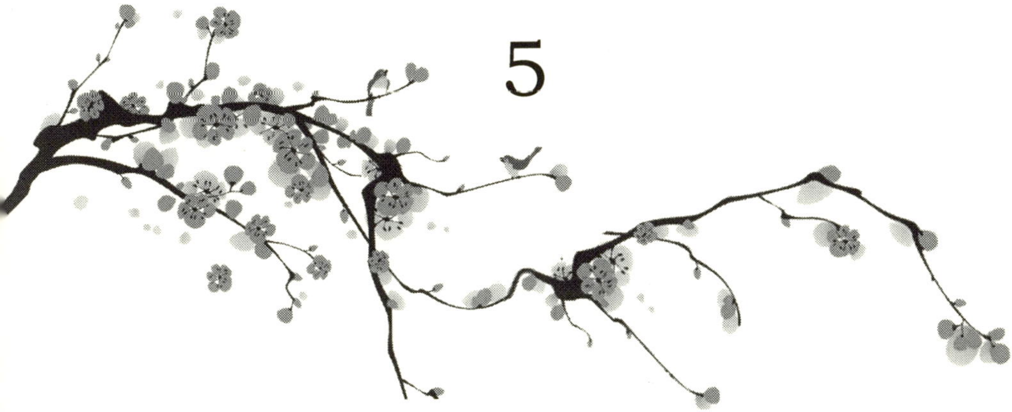

Desde la plataforma, sentado con rigidez en el trono, el emperador Xiaowen Huangdi discutía con sus escandalizados funcionarios en el Pabellón Negro.

—Nuestros regalos —empezó a quejarse el emperador—, superan en número y valor los tributos que los xiongnu ofrecen cada año. Los bárbaros llegan incluso a cruzar la fortificación para vender a nuestros campesinos la seda que les regalamos. Por si fuera poco, esta embajada trae un nuevo *shanyu* que exigirá la mano de una de nuestras princesas. Decidnos, ¿por qué debemos permitir este ultraje? ¿Qué es lo que debemos hacer para frenar la codicia ilimitada de estos bárbaros?

El funcionario mayor fue el único que se atrevió a contestarle y, postrándose ante él, habló:

—Su Majestad debería utilizar a la princesa que sea ofrecida para lograr sus objetivos. —Con un leve gesto, el emperador indicó a su súbdito que continuara—. Una princesa leal que sepa interpretar su papel y no olvide que es a China a quien se debe. Recordemos que en el pasado algunas de ellas lograron mediar entre nosotros y los bárbaros, consiguiendo períodos de paz que beneficiaron a ambos pueblos.

—¿Por qué piensas que nos interesa asentar la paz con los bárbaros? —preguntó el gran Xiaowen Huangdi con recelo.

El funcionario enmudeció espantado. No quería llevar la contraria a su emperador, aunque resultaba obvio que este no había comprendido lo que sugería. Una alianza matrimonial podía resultar más eficaz que las políticas de castigo, de costosas construcciones defensivas o de sobornos más o menos encubiertos. Claro que, ¿cómo hacer ver al emperador que una simple mujer podría llevar a cabo lo que varios emperadores chinos llevaban años persiguiendo?

El emperador reflexionó en silencio y, unos minutos después, sonrió complacido consigo mismo.

—Traednos a las concubinas que aún no conocemos. Elegiremos de entre ellas a la menos digna y se la entregaremos al *shanyu* mañana mismo.

Los funcionarios se alejaron sin dar la espalda a su señor y sin dejar de hacer reverencias. Solo uno parecía quedar rezagado respecto a los demás y Xiaowen Huangdi le hizo señas para que se acercara.

—¿Tienes algo que contarnos? —inquirió con voz suave.

—Uno de los eunucos me ha contado algo sobre una de las concubinas, majestad. Al parecer ha tenido comportamientos inadecuados.

El emperador se molestó al conocer que una de sus

mujeres se había portado indecorosamente.

—¿Qué es lo que ha hecho? —quiso saber.

—Quizá el eunuco pueda ser más preciso —informó el funcionario cauteloso

—Mándalo de inmediato a nuestra presencia.

El funcionario hizo como se le había pedido y el atemorizado eunuco que había curado el pie de Lirio se presentó ante su señor. Postrado en el suelo, saludó como era costumbre entre los súbditos.

—Diez mil años de vida —saludó el eunuco según el protocolo.

Xiaowen Huangdi lo observó sin reflejar emoción alguna en su rostro.

—Creemos que tienes información incómoda sobre una de las concubinas.

El eunuco tragó saliva con dificultad. Al parecer, alguien había escuchado su conversación con la joven y había hablado más de la cuenta. Los descuidos en el palacio de Weiyang podían resultar fatales. Se mordisqueó la cara interior de la mejilla. Su majestad esperaba.

—Una de las concubinas estuvo paseando bajo la lluvia con los pies descalzos y se los lastimó al pisar una piedra, majestad —confesó con una nota de pavor en la voz.

Cerró los ojos con fuerza, rogando para que su señor no fuera de los que mandaban matar al mensajero.

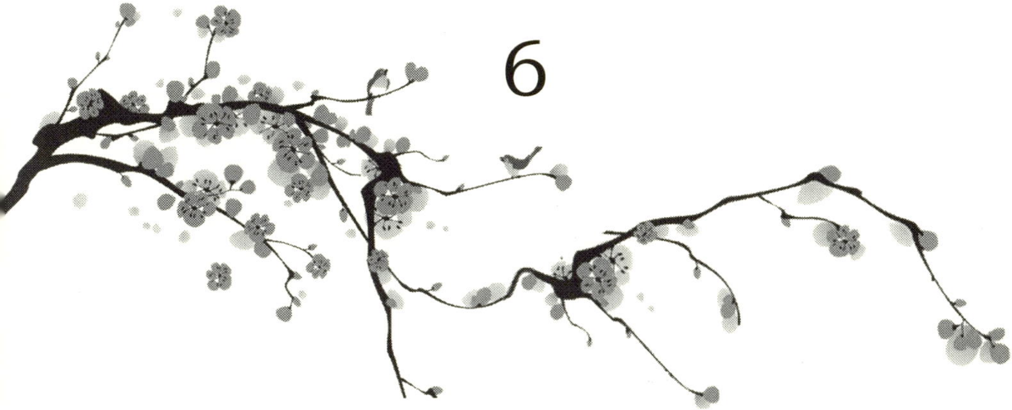

6

Los chinos agasajaron a sus invitados con un espléndido banquete servido en fuentes de nácar: pato con brotes de bambú adornado con plumas, cerdo relleno de diferentes tipos de setas, raíces de loto con ciruelas, pasteles de arroz y dulces de melocotón bañados en miel. Comieron y bebieron durante horas, contaron historias y cantaron hasta bien entrada la noche.

El *shanyu* probó todos los platos, así como la excelente cerveza que le sirvieron en un jarro de plata, aunque se cansó pronto del convite. El aire se le antojaba viciado en el interior del pabellón. Prefería el ambiente frío y seco de la estepa, sin duda menos refinado, pero también más auténtico y sincero. Se dirigió a uno de sus capitanes y le informó de que iba a salir a dar un paseo.

—¿Quieres que te acompañe?

—No, no hace falta. Solo quiero respirar un poco.

Afuera la tormenta había pasado y el halo espectral

de la luna bañaba Chang'an en un mar de plata. Seguía haciendo un calor húmedo que se pegaba con insistencia a la piel.

—No me extraña que sean tan blandos —gruñó y dio una patada a una piedra.

Desde el palacio tenía una magnífica visión de la capital. A pesar de que esta representaba todo cuanto odiaba, corrupción, decadencia y debilidad, no podía dejar de admirar su belleza. Era su primera visita a Chang'an y al llegar con sus hombres se había sentido impresionado por la proliferación de templos y palacios, construidos con madera y piedra blanca y rojiza, que refulgían desde lejos semejando los pasteles dulces que les habían servido en la cena.

«Toda China es un jugoso pastel digno de ser devorado», pensó con malicia.

Tampoco le habían pasado por alto las expresiones de la gente cuando pasaban cabalgando por delante de ellos, una mezcla de temor y desprecio que deslucía sus anodinos rostros.

—Hacen bien en tenernos miedo —había exclamado uno de sus capitanes.

«Hacen bien», coincidió el *shanyu*.

Mientras tanto, sin pretenderlo, sus pasos le dirigieron hacia el jardín del enorme magnolio chino y aunque no esperaba encontrarse con la muchacha, guardaba una cierta esperanza de que así fuera. No había podido dejar de pensar en ella desde que la había visto por primera vez. ¿Quién sería? ¿Alguna criada que había subido al árbol a recoger flores para su señora? A pesar de que solo habían pasado algunas horas, el *shanyu* recordaba la escena envuelta en bruma, como si de un recuerdo lejano se tratase. Le pareció que la joven era tímida y de aspecto frágil. Trató de recrear su rostro, pero ella había permanecido casi todo el tiempo con la mirada baja, avergonzada.

Jizhu se tumbó sobre la tierra mojada, contemplando las estrellas.

—Es hermosa, pero las chinas son débiles —se dijo a sí mismo—. No soportarían la vida en la estepa.

Claro que él era el *shanyu* ahora. Podría protegerla. Podría... Se incorporó, incómodo. Hacía tiempo que no estaba con una mujer y su cuerpo se lo reprochaba. Se puso en pie con lentitud y echó a andar de nuevo con intención de relajarse. Su mente le regalaba desvaídas imágenes del cuerpo de la muchacha alejándose de él, insinuadas las suaves curvas bajo la seda empapada del vestido.

Jizhu era un guerrero prácticamente desde niño. Sabía interpretar cuándo una corriente de aire se desviaba de forma antinatural por la presencia inesperada de alguien. También allí, en los jardines de un palacio extranjero, la suave brisa que hacía crujir las ramas de los árboles pareció enfriarse de repente y comprendió que le estaban siguiendo. Con cautela, se llevó la mano al puñal. Seguramente los chinos no serían tan salvajes como para asesinar a un líder a quien habían brindado su hospitalidad, pero no se fiaba de ellos. Se movió despacio, trazando un círculo, esperando encontrarse con algún matón. Sin embargo, fue con ella con la que se topó, la joven que había trepado al magnolio. Sus deseos se habían cumplido.

Con la luz de la luna lamiendo su rostro, el *shanyu* creyó estar ante la más hermosa criatura que hubiera visto jamás. Sus delicados ojos rasgaban apenas la fina seda de su piel. Acostumbrado a las facciones redondeadas de las mujeres de su tribu, la forma ovalada de la cara le pareció sencillamente perfecta, enmarcada por una brillante melena que le llegaba hasta la cintura. Sus labios, deliciosamente dibujados, mostraban el color de las ciruelas maduras, las mismas que había probado él durante la cena. Tan dulces... Se quedó paralizado. Tanta belleza no podía ser real. Tuvo miedo de romper el hechizo y se quedó muy quieto, en absoluto silencio, tratando de llenar su memoria con cada recoveco de tan espléndida aparición. Aspiró con fuerza para fijar también su suave aroma a flores. A magnolia. La flor que simbolizaba la dulzura, la pureza. A sabiendas de que ella no entendía su idioma, susurró:

—Solo en mis sueños he contemplado algo tan precioso.

Y permaneció sin mover un músculo, admirándola.

Lirio tampoco se movía. Había salido a pasear un poco antes de dormir porque el ruido que hacían los bárbaros no le permitía serenarse y, cuando se dio cuenta de que había alguien más en el jardín, quiso retirarse sin revelar su presencia. Hasta que comprendió que ese alguien era el bárbaro que la había bajado del árbol.

Al principio, cuando el guerrero la contempló de forma tan descarada, tuvo miedo. Nadie más sabía que ella estaba allí. Nadie podría ayudarla si él... Tragó saliva. Entonces fue cuando él habló. Estaba equivocado. Ella entendía su lengua perfectamente y se quedó estupefacta con lo que oyó. No obstante, no era necesario que él lo supiera.

De pronto, el *shanyu* pareció reaccionar.

«Me estoy comportando como un imbécil», pensó espantado.

—Me llamo Jizhu —dijo y se extrañó al escuchar su propia voz. Tenía un hermoso timbre, ronco y reposado, muy distinto al que solía usar con sus soldados.

—Lirio —respondió ella.

El *shanyu* repitió su nombre, que sonó como el aleteo de un pájaro. Sonrió de medio lado y Lirio sintió que acababan de apuñalarle el corazón.

—Jizhu —susurró ella. La brisa arrancó el nombre de sus labios y lo envolvió para arrastrarlo por entre las copas de los árboles.

—¡Laoshang! —un vozarrón llamó a su líder desde la entrada del pabellón de los invitados y el hechizo se rompió. Jizhu dio un respingo al escucharlo y de forma inconsciente endureció el gesto.

—¡Ya voy! —contestó. Hizo una pequeña reverencia a la joven y, al pasar por su lado, extendió un dedo y le rozó con suavidad la mejilla.

Lirio permaneció quieta, observando cómo se alejaba. No caminaba como el resto de los hombres que conocía. El emperador tenía un pequeño zoológico en el ala occidental de Weiyang, donde vivía una pareja de tigres. Sí, eso era. Decididamente, si a alguien le recordaba, era al tigre.

La oscuridad envolvía Chang'an. Algunas luciérnagas despistadas alumbraban el camino de piedra que conducía a los pabellones de las concubinas. Tan solo el quejoso cantar de los grillos respondía al sonido de los sutiles pasos de Lirio sobre la hierba. El *hanfu* resbalaba sobre el suelo aún húmedo por la tormenta, arrancado susurros ahogados a los hilos de seda que se perdían arrastrados por la brisa. La noche se había vuelto fría.

Lirio entró tiritando en sus dependencias privadas. Su piel se había quedado helada bajo el fino vestido y, sin embargo, nada tenía que ver con el temblor que se había apoderado de ella. Una y otra vez la caricia del *shanyu* se colaba en su recuerdo, cada vez más intensa, cada vez más ardiente. Se frotó la mejilla, con el corazón desbocado y esa rara sensación que le palpitaba en las entrañas.

«Solo en mis sueños he contemplado algo tan precioso» eran las palabras que él le había dedicado. Lirio se apoyó contra la pared, con los ojos cerrados, y las repitió una y otra vez a sí misma, mientras un torbellino de sentimientos entremezclados sacudía todo su ser.

—Soy una concubina imperial —gimió desesperada—. Esto está prohibido. No debo pensar en él.

Sin embargo, ¿cómo resistirse? Con tan solo un leve roce había despertado en ella emociones que jamás había sospechado que existieran. ¿Qué podría hacer ese hombre si la tuviera entera para sí?

Se desvistió y se recostó en el *kang*. Nunca antes el roce de la seda contra su cuerpo desnudo le había parecido tan sensual.

«Aléjate de mí... aléjate» pensó y a continuación, sin remedio, se preguntó cómo sería cabalgar junto a un hombre así, bajo la luz de la luna, en una pradera infinita sin muros de piedra que intentasen retenerla para siempre.

Asustada ante sus propios sentimientos, Lirio se quedó dormida pronunciando el nombre de Jizhu.

En el pabellón de los invitados, el *shanyu* no se encontraba mucho más sereno. Daba vueltas y vueltas sin lograr conciliar el sueño, avergonzado por su indigna actuación.

«Menos mal que no me ha visto nadie. Soy un maldito imbécil, ¿qué habrá pensado de mí? Como si nunca hubiera visto a una mujer» se dijo y acto seguido se justificaba pensando que nunca había visto a una mujer como esa.

Resultaba apropiado que la hubiese conocido junto a un magnolio. Era tan exquisita como esas flores blancas que...

«Maldición. Ahora empiezo a pensar tonterías como los chinos.»

No solo su mente se había conjurado para devolverle sin cesar la imagen de la bella muchacha. Su cuerpo también la reclamaba. Cambió de posición una vez más, colocándose de medio lado. Sus hombres dormían alrededor, formando un círculo con él en el centro, como si lo protegieran. Pensó en aliviar su tensión él solo, pero no quería despertar a nadie y cubrirse aún más de ignominia.

Se concentró. Era el *shanyu* de los xiong. Decenas de miles de guerreros dependían de él. Todas sus familias dependían de él. Era fuerte, estaba acostumbrado a sufrir y a sacrificarse. Nadie le doblegaría jamás. Una bonita criada china no podía influir en él. No iba a permitirlo.

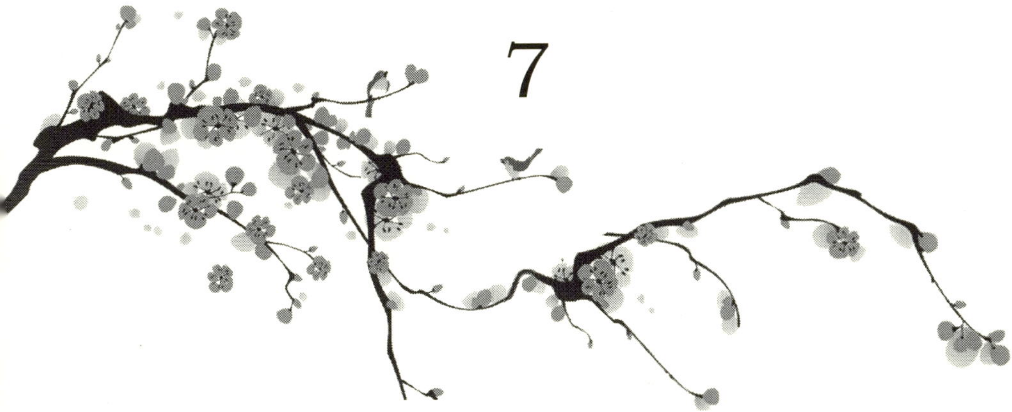

7

Lirio estaba desayunando té y dulces de soja cuando uno de los eunucos entró por la puerta.

—Buenos días, hermosa flor de loto —canturreó.

—Buenos días.

—Traigo recado de parte de su majestad, el emperador. He mandado llamar a unas siervas para que te ayuden a darte un baño y te perfumen la piel con aceites. Mientras, quemaré incienso junto a tu mejor *hanfu* para que se impregne del olor del sándalo. Las mujeres te peinarán con el mayor esmero, cubrirán tu pelo con pétalos de orquídea y procederán a embellecer tu ya de por sí bello rostro con afeites.

Un escalofrío recorrió sin piedad el cuerpo de Lirio. Se inclinó hacia delante y preguntó con voz trémula:

—¿Por qué he de hacer todo esto? ¿Qué quiere de mí su majestad, el emperador?

—Tienes una misión que cumplir, linda perla. No puedo decir nada más.

El eunuco colocó el incienso junto al *hanfu* que creyó más hermoso: una fina túnica de seda de color rojo, sobre la que se colocaba otra más, el *zhaoshan,* abierta, de color negro con ribetes dorados en las mangas y un cinturón bordado en hilo de oro con motivos de patos volando.

Las criadas llegaron con premura y dispusieron el baño. Frotaron la piel de la concubina presionando con determinación en los puntos que canalizaban la energía, la cubrieron de aceites aromáticos y cepillaron su espesa melena tal y como había indicado el eunuco, recogiéndola en la nuca con un *ji* de oro. Por fin, trazaron una fina línea de *kohl* bajo las pestañas y dieron unos ligeros toques a la cara con polvo de arroz.

Lirio siguió al eunuco a través de los jardines. Había desaparecido cualquier rastro de nubes del día anterior y, a pesar de ello, el aire seguía siendo sofocantemente húmedo y pesado. Entraron en el pabellón Frontal, uno que la muchacha no conocía. Las rojas paredes de piedra interrumpían apenas su monotonía atravesadas por columnatas negras. El suelo brillaba como la superficie de un espejo, devolviendo a Lirio una imagen artificial de sí misma.

Nunca antes el emperador había requerido su presencia. Lirio se sentía orgullosa por su familia, pero también estaba aterrorizada. Su madre siempre le había inculcado la importancia de cumplir las obligaciones con honor, aun cuando no hubiera nadie alrededor para reconocerlo. Que su majestad la solicitase, aunque fuera solo por un día, era una forma de cumplir con su deber.

Al entrar en la sala donde Xiaowen Huangdi la esperaba, Lirio se postró en el suelo, saludando con humildad y respeto.

—Diez mil años de vida —saludó.

En el trono, el emperador no se movió. No pronunció palabra alguna, ni siquiera gesticuló.

Un funcionario se acercó a Lirio y le tendió un rollo de papel.

—Léelo. Si hay algo que no entiendas, pregúntame.

Con dedos temblorosos, Lirio desplegó el papel y lo leyó de arriba a abajo. Palideció.

—¿Has comprendido bien? —preguntó con aspereza el ministro.

Lirio asintió, consumida por el miedo y la vergüenza, incapaz de articular ningún sonido.

—¿Cuándo... cuándo he de partir? —preguntó con voz apagada.

—En seguida. Puedes ir a preparar lo que creas necesario para tu viaje. El resto de tus pertenencias te serán enviadas dentro de varias lunas, tal vez en primavera —explicó el funcionario y abrió mucho los ojos—. No irás sola, Zhonghang Yue te acompañará; será tu tutor el tiempo que haga falta. Él conoce la lengua y las costumbres de los bárbaros. Un siervo irá a buscarte dentro de un rato a tus aposentos; emprenderás el viaje de inmediato. ¿Alguna duda?

—Ninguna.

Lirio se postró una última vez ante el emperador, se levantó y se dirigió a la gran puerta de jade caminando hacia atrás para no dar la espalda a su señor. Cuando estaba a punto de franquearla, el emperador levantó la voz para recordarle:

—Es por China y por nuestro emperador por lo que se te encomienda esta prueba. Es una gran responsabilidad.

Haciendo una nueva reverencia, Lirio salió al jardín con un nudo en la garganta.

«Qué deshonor», pensó. «He fallado a mis padres».

De vuelta al pabellón de las concubinas, mandó a una criada a empaquetar sus mejores *hanfu*, camisolas de seda, varios *ji* (de oro, de jade y de caparazón de tortuga), brazaletes de oro y varios pares de sandalias de seda. Se miró los pies. ¿Cómo iba a atravesar la estepa con unas sandalias tan delicadas? En un pequeño cofre, la criada metió aceites perfumados, tinta y pinceles finos para practicar caligrafía. Qué absurdo, ¿cuándo iba ella a practicar caligrafía a partir de ahora? También metió peines de coral, palillos de nácar para comer y ramitas de nim para los dientes.

Lirio se quedó observando en silencio hasta que la criada terminó. Luego fue conducida a la Atalaya Oriental para ser ofrecida a los bárbaros como parte del compromiso entre el Hijo del Cielo y los xiong.

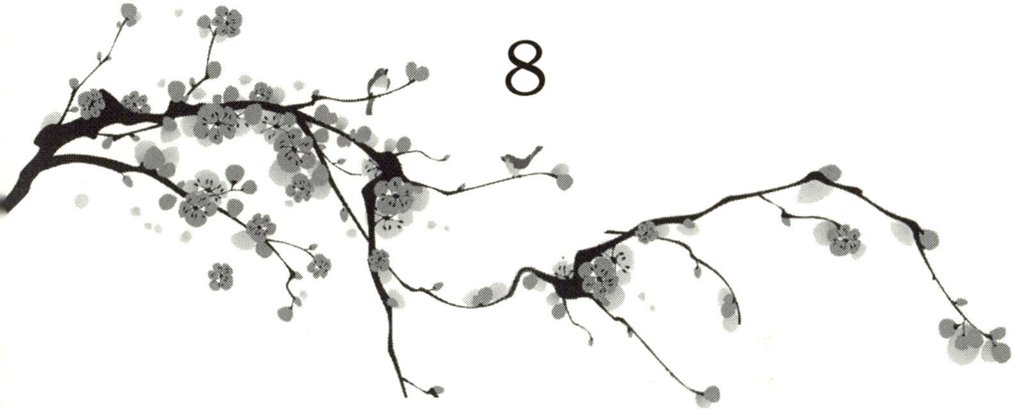

8

Pertrechados para emprender viaje cuanto antes, los guerreros xiong formaban filas de a cinco, en posición marcial, detrás de su *shanyu*. Los esclavos que en el viaje de ida habían cuidado de los caballos que serían regalados al emperador, regresaban a pie cargados de rollos de seda, grandes cantidades de arroz y licores. A otro lado, una pequeña comitiva de funcionarios observaba con recelo los preparativos. Cuanto antes desaparecieran los bárbaros de Chang'an, mejor para todos.

Dos de los ministros más jóvenes cuchicheaban a escondidas.

—¿Quién habrá sido la desdichada? ¿Alguna esclava, tal vez?

—Parece ser que no. Según he oído, en esta ocasión será una de las concubinas en persona.

—¡Una de las concubinas! ¡Qué horror! ¿Acaso los bárbaros se han vuelto más exigentes en sus pretensiones?

—Según tengo entendido —contestó el funcionario con expresión elocuente—, se trata de una concubina que se comportaba de forma indecorosa.

El funcionario más anciano les dirigió una mirada reprobatoria y les hizo señas para que guardasen silencio.

—Ya hablaremos más tarde de vuestra indiscreción —siseó con voz amenazante. Pálidos como el papel, los dos jóvenes se inclinaron con respeto hacia él.

Zhonghang Yue, el eunuco que acompañaría a Lirio, fue el que llegó primero. Lo hizo haciendo ondear su abundante cabellera y sin reflejar sentimiento alguno en su rostro aristocrático de altos pómulos. Iba vestido con una túnica de seda azul ribeteada en plata y seguido por un siervo que acarreaba su equipaje, montaba uno de los caballos ofrecidos por los bárbaros. El *shanyu* apreció el insulto, pero no dijo nada.

«Estúpidos chinos», pensó.

Comenzó a impacientarse. La dirección del viento había cambiado, soplando con fuerza desde el norte. En la estepa, se cambiaba bruscamente de una estación a otra y prefería evitar la llegada del invierno estando todavía de camino.

Por fin vio acercarse a la princesa, subida en un carro. Envuelta en varias capas de seda roja, conducida casi como un fardo más del montón de regalos, la prometida china del *shanyu* fue entregada sin ninguna ceremonia. La criada depositó a sus pies los paquetes que había de llevar consigo y los funcionarios se retiraron.

Zhonghang Yue se acercó a ella con compasión en la mirada y, tomándola con delicadeza de la mano, la condujo hasta el líder de los bárbaros, susurrando:

—No has de temer. Tampoco para mí resultará un viaje

agradable, mas nos tendremos el uno al otro para darnos fuerzas en los momentos de desánimo. Puedes confiar en mí. Lo que nos han encomendado hacer, lo hacemos por su majestad, el emperador.

Lirio agradeció sus palabras con una débil sonrisa. ¿Temer? En realidad estaba muerta de miedo. Ya no era una concubina imperial, iba a convertirse en consorte de un bárbaro harapiento que la despreciaría por sus orígenes y la trataría con brutalidad. Lo único que la consolaba mínimamente era la esperanza de reunirse, quizá, en alguna ocasión en su vida, con el misterioso guerrero que había conocido.

—Jizhu... —dijo en voz baja.

El *shanyu* desmontó y se acercó hasta Lirio, que en actitud servil mantenía la vista clavada en el suelo. Sus hombres observaban con expectación. La antigua concubina notó la presencia tranquilizadora del eunuco; eran dos personas de segunda categoría que se intercambiaban como meros objetos según la conveniencia de los vaivenes políticos. Ninguno de los dos se sentía ofendido por ello, sencillamente, las cosas eran así en su mundo. Un mundo que, al menos, conocían, y por tanto en el que se movían con seguridad. A partir de ahora, todo resultaría desconocido, peligroso. Un mal paso podía conducirles directamente a la muerte.

—Déjame ver tu rostro —exigió el *shanyu*, mientras Yue traducía.

Lirio alzó la barbilla con timidez y escuchó el jadeo, apenas audible, del *shanyu*.

—Por el sol y la luna... —murmuró.

Ella enrojeció hasta las orejas e hizo una profunda reverencia para evitar que alguien advirtiera su confusión.

«No es posible... No es posible...» pensó, y su corazón se desbocó como un caballo salvaje huyendo por la estepa.

Jizhu se recobró en un instante y la ayudó a montar de nuevo en el carro. No se atrevió a pronunciar palabra, temeroso, al igual que ella, de que alguno de sus hombres adivinase su turbación.

—¡*Hurai*! —profirió el grito de batalla. El aire somnoliento que aún cubría Chang'an se rasgó con su potente voz.

—¡*Hurai*! —fue la furiosa respuesta de sus hombres.

Una repentina polvareda señaló el camino que los xiong hacían de regreso a la estepa. El viento del norte arreció, empujando gruesos nubarrones negros que se arremolinaron en torno a los picudos palacios de la bella capital china. Una bandada de cuervos cruzó los jardines frontales de Weiyang, sobrevolando las cabezas de los funcionarios.

—¡Qué terribles señales! —gimieron algunos.

Uno de ellos tomó del brazo al ministro más anciano y le hizo una confesión:

—Sé lo que significa ese chillido atroz de los bárbaros. Mi abuelo me lo contó.

—¿Por qué lo conocía tu abuelo? ¿Era un bárbaro, acaso? —preguntó con interés.

El otro negó con la cabeza.

—Es un grito que, según me dijo, nunca olvidaría en toda su vida. Era lo que jaleaban los bárbaros cuando, siendo él un niño, saquearon su aldea, matando a casi todos los que allí vivían.

Un escalofrío recorrió la espalda del anciano ministro.

—¿Volverán las tormentas del norte a arrasar China? —se preguntó con temor, y no era el cielo lo que contemplaba.

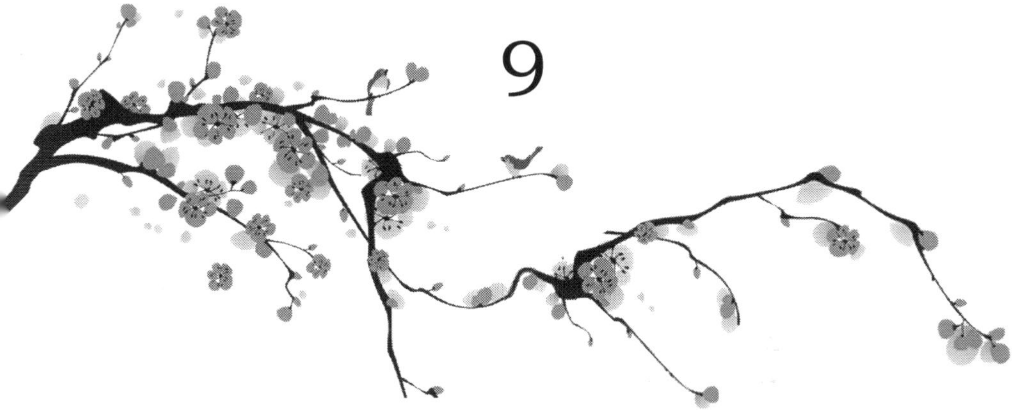

9

Durante días y días, los xiong atravesaron las grandes praderas rumbo al norte, cruzaron las traicioneras aguas del río Amarillo y dejaron atrás las enormes extensiones yermas de roca del desierto que los chinos denominaban «lago seco sin fin». Poco antes del anochecer, se instalaban las *yurtas* que recogían rápidamente con los primeros rayos de sol. Yue aprovechaba las jornadas de camino para explicar el protocolo de los bárbaros y trató de enseñar a su pupila los rudimentos del idioma, sin sospechar siquiera que Lirio dominaba la lengua de los xiong desde su niñez.

Ella apenas podía fingir que le atendía. Prefería asomarse desde las cortinillas del carro, maravillada. Nunca habría imaginado que pudiera existir un prado tan inmenso, sin muros ni paredes que lo mancillaran. La libertad que respiraba era un tesoro mucho mayor que las riquezas de Chang'an.

Una tarde se detuvieron junto a un lago y el *shanyu* ordenó desmontar para colocar las *yurtas*. Buscó a Yue y le transmitió un mensaje para Lirio:

—Esta noche ocuparemos una *yurta* los dos solos.

En realidad, el *shanyu* estaba ansioso por dormir con su prometida desde que habían salido del palacio de Weiyang. Todavía no podía creer que la bella muchacha que atormentaba sus sueños fuera una de las concubinas imperiales y que, además, se la hubiesen ofrecido.

Cada noche se despertaba varias veces y salía de la *yurta* para comprobar que nadie les perseguía, que ningún destacamento chino se acercaba para llevarse de vuelta a su futura consorte. Todas las mañanas daba las gracias al sol por mantenerla a su lado, segura en su carro.

Ahora, tan cerca de su tierra, se sentía seguro y quería reclamar lo que por derecho le pertenecía. Cenarían todos junto al fuego y luego iría en busca de Lirio.

Sin embargo, cuando fue a sentarse junto a sus comandantes y vio al eunuco acercarse a él, titubeante, comprendió que algo no marchaba bien. Poniéndose en pie de un salto, recorrió en dos zancadas el espacio que les separaba y agarró al aterrorizado Yue por la manga.

—¿Qué vienes a anunciarme? —exigió con voz amenazadora.

Yue, que había decidido suavizar de alguna manera la noticia que se disponía a dar, comenzó a temblar de pies a cabeza y exclamó sin rodeos:

—La princesa Lirio no está, *shanyu*.

Jizhu se quedó estupefacto. ¿No estaba? Se le encogieron las entrañas. ¿Acaso la insensata había tratado de escapar? ¿Sola y a pie a través de la estepa? No era posible que fuera tan tonta. Soltó de golpe a Yue, que trastabilló y cayó al suelo.

—¿Qué significa eso de que «no está»?

—No... No está en el carro, *shanyu*, ni en ninguna de las *yurtas*. He esperado un poco, por si tal vez se había alejado, ya sabes, por alguna intimidad de las mujeres. Pero el caso es que no ha regresado.

—¡Laoshang! —El Capitán de la Derecha, Temür, se acercó con semblante inquieto—. ¿Qué ocurre?

Jizhu se volvió lentamente hacia él, con una mezcla de cólera y vergüenza, y contestó:

—La princesa *han* ha desaparecido.

Temür abrió mucho los ojos, incrédulo, intentando buscar una razón lógica que explicara la desaparición.

—¿No se habrá caído del carro?

Jizhu miró aprensivo hacia el lago. Tenía que ser eso, sin duda.

—Voy a buscarla. Tenemos que encontrarla cuanto antes, organiza tú a los demás —ordenó con la garganta seca.

—¿Vais a ir todos? —preguntó asombrado Yue.

—¡Pues claro! —contestó bruscamente el *shanyu*—. ¿Para qué voy a dejar aquí a mis hombres? Tú puedes quedarte, si lo deseas; mejor dicho, tú quédate.

Con una torpe reverencia, Yue observó en silencio cómo se alejaban los jinetes. ¿Qué clase de locura podía haber afectado a la princesa para huir de ese modo?

El tiempo en la estepa transcurría de manera diferente. Lirio acababa de comprobarlo por sí misma. En la creencia de que el sol aguantaría suspendido un buen rato más, la muchacha se había acercado a ver el lago. Después de varias jornadas atravesando prados y desierto, el agua suponía un cambio agradable. En las orillas del lago crecía poca vegetación, sobre todo arbustos y unos cuantos árboles bajos, raquíticos. Lirio se adentró en la maraña de ramas medio secas, pedruscos y matojos llenos de pinchos que parecían proteger lo que, en apariencia, no era mucho mayor que los estanques repletos de nenúfares que adornaban los palacetes de Chang'an.

Reinaba un silencio sobrenatural. La muchacha se acercó hasta la ribera y tocó el agua con la punta de los dedos. Estaba helada. Alguna criatura chapoteó en la superficie y se sumergió antes de ser vista. Un insecto elevó su quejoso zumbido y un pájaro graznó cortando el aire.

Se levantó un vientecillo gélido que laceró la delicada piel de Lirio, atravesando la túnica de lana que le había prestado Yue. Inquieta por la abundancia de malas señales, quiso regresar por donde había venido y, alarmada, descubrió que se había perdido. Los matorrales que la rodeaban eran prácticamente idénticos en tamaño, forma y ranciedad; el viento había cubierto de polvo las recientes huellas de sus pies. Cuando quiso darse cuenta, la noche había caído con todo su peso sobre la estepa y una tibia luna creciente alumbraba apenas el lugar en que se encontraba.

El miedo se apoderó de ella. Los sonidos, que un momento atrás resultaban inquietantes, se habían transformado en amenazadores. Lirio creyó ver el brillo rojizo de unos ojillos que la acechaban. Tal vez se tratase de algún animal, o tal vez de un espíritu maligno, molesto por la profanación de una extraña.

Oyó una voz que la llamaba a lo lejos. «Lirio, Lirio». Así

pues, se trataba de un espíritu, que la había reconocido y trataba de atraerla hacia él. Sin pensar en lo que hacía, presa del pánico, echó a correr en la dirección opuesta a la voz, que la llamaba cada vez con más apremio. Trató de no perder de vista la orilla del lago, pero llegó un momento en que tuvo que hacerlo y se adentró a través de los árboles. Se detuvo un instante, tan solo para recobrar el aliento y escuchó el furioso chocar de unas patas contra el suelo. Permaneció quieta.

—¡Lirio! —la voz se aproximaba.

Lirio cerró los ojos. Una mano se cerró sobre su hombro.

—¿Qué demonios crees que estás haciendo?

De vuelta al campamento, reunidos ya todos los guerreros, Lirio sintió cómo la vergüenza la consumía desde sus mismas entrañas. El *shanyu* la condujo de malos modos al interior de la *yurta* y prohibió el paso a nadie más.

La hoguera que ardía en el interior arrojaba sombras extrañas en el rostro de Jizhu, quien con un gesto entre huraño y preocupado, miraba a Lirio mientras esta se deshacía en palabras de agradecimiento.

—Gracias, diez mil gracias, Jizhu. No creí que pudiera perderme tan fácilmente. Yo...

El *shanyu*, que no hablaba el idioma de Lirio, quiso entender que ella se disculpaba por su intento de huida.

—¿Cómo has podido cometer semejante locura? —estalló. Afuera, los hombres callaron sus murmullos repentinamente—. ¿Creías que seguías encerrada entre los muros de Weiyang? ¿Sabes que podrías haber muerto? ¿Qué hay lobos y serpientes venenosas aquí? ¿Qué querías hacer, regresar andando a China?

Lirio enmudeció. Avergonzada, se arrojó al suelo para postrarse ante Jizhu e implorar perdón. La humillante demostración de mansedumbre enfureció todavía más a Jizhu.

—Pero, ¿qué demonios haces? Levántate ahora mismo del suelo, ¿entiendes? —Jizhu se pasó una mano por el pelo e imitó la reverencia de Lirio, gesticulando ostentosamente—. Esto no, ¡no! Ya no eres la concubina de un tirano, vas a ser mi esposa. No tienes que inclinarte nunca ante nadie. ¡Ni siquiera ante mí! ¡No!

Continuó escenificando un rato más, ante la atónita mirada de Lirio, hasta que se cansó de la pantomima y salió a hablar con sus comandantes.

«Quizá debería decirle que hablo su idioma», pensó ella. «No pasa nada, es un buen hombre».

Se tumbó en una estera de lana mientras esperaba a Jizhu y recordó su primer encuentro bajo el magnolio, y el siguiente, bajo la luz de la luna. También recordó cuando el *shanyu* había tomado su barbilla entre las manos para contemplar su rostro. Notó en su vientre el hormigueo que había sentido por vez primera cuando él había rozado su mejilla y que había ido creciendo hasta convertirse en un fuego que amenazaba con destruir su cómoda vida en Weiyang.

Un agradable calor que nada tenía que ver con el fuego, cada vez más miserable, recorrió la espalda de Lirio. Se levantó y fue a buscar en su exiguo equipaje un *hanfu* púrpura más favorecedor que el burdo vestido de lana salpicado de barro que seguía llevando. Como Jizhu tardaba, sacó uno de sus peines y se relajó cepillándose la melena. Una vez que las púas dejaron de enredarse, se recogió el pelo en un moño bajo con el *ji* de oro y se colocó brazaletes en las muñecas y los tobillos. Se recostó, remangándose cuidadosamente la falda para mostrar los pies y esperó a su futuro marido con los nervios expectantes de las doncellas en su noche de bodas.

Jizhu se había acercado hasta la entrada de la *yurta* con uno de sus hombres, lo bastante cerca como para que ella pudiera escuchar lo que decían.

—Descansa, Laoshang, y ten cuidado con la dama. —Alguien soltó una carcajada que fue sofocada—. Dicen que las princesas *han* son insaciables. Tienen fama de yacer incluso con los esclavos.

El *shanyu* contestó algo que la joven no pudo entender pero ella ya estaba petrificada por lo que acababa de escuchar.

Jizhu entró sin hacer ruido, sonriendo de lado. De forma consciente, evitó mirarla, quedando de espaldas a ella mientras se desnudaba sin prisa junto a la hoguera. Lanzó sin miramientos el gorro de piel al suelo y a continuación las armas, las cuales apartó con el pie.

A pesar de la humillación que habían supuesto las palabras del bárbaro, Lirio no podía dejar de mirar hipnotizada al hermoso guerrero que tenía delante.

Jizhu se despojó del caftán y la camisola. Lirio tragó saliva al verlo. Dos profundas cicatrices horadaban de lado a lado una espalda musculosa, esculpida en bronce; un extraño tatuaje de color negro serpenteaba por el costado derecho. Lirio no conocía los símbolos, que tal vez invocaban protección. ¿De qué enemigo podría necesitar protección un hombre así?

Otros tatuajes, más pequeños, que semejaban lobos

o zorros, recorrían los potentes brazos, los más enormes sin duda que Lirio hubiera visto jamás. Claro que, ¿qué hombres había conocido ella? Aparte de su padre y su abuelo, únicamente a los eunucos que servían en Weiyang, ninguno más. Aun así, Lirio estaba convencida de que el cuerpo de Jizhu era algo extraordinario, cincelado por los espíritus de la guerra.

El *shanyu* estaba a punto de quitarse los pantalones cuando miró de reojo a Lirio. La luz de las llamas bañaba su piel confiriéndole un tono dorado, rasgando más si cabía sus hermosos ojos, realzando sus labios de ciruela. La recorrió con la vista, recreándose allí donde la seda no cubría su cuerpo, imaginando las suaves curvas que se adivinaban bajo el *hanfu*. No pasó por alto los caros adornos de oro que refulgían lamidos por el brillo del fuego. Le habría gustado verla cubierta únicamente por las joyas.

Con paso felino, se acercó hasta ella. Pudo escuchar su respiración entrecortada y su deseó le inflamó por completo. Ella le lanzó una rápida mirada allí donde su pantalón más le oprimía y sus defensas se desmoronaron. Arrodillándose junto a ella, hundiendo la cara en el hueco de su cuello, aspiró su olor y deslizó los dedos entre los mechones que habían quedado sueltos y caían a los lados como seda.

Con una mano temblorosa por la excitación, rozó la tersa piel del rostro de la bella, arañándola con sus dedos curtidos por el sol y el viento y arrancándole un tenue gemido. El fuego se había consumido ya y la luna derramaba su titubeante luz sobre la estepa, transformando los colores rojizos dentro de la *yurta* en una orgía de plata brillante. Bajo su resplandor, Jizhu veía en Lirio a una diosa de la belleza.

Lirio juntó las piernas y los brazaletes entrechocaron emitiendo un sonido metálico, como marcando los compases de la danza que estaba a punto de comenzar.

Jizhu luchaba por mantener el control y no abalanzarse sobre la muchacha. No sabía si era virgen, aunque había sido concubina de otro hombre, pero por si acaso, no quería hacerle daño. Siguió acariciándola y empezó a rozarla con los labios.

De pronto, un oscuro pensamiento asaltó a Jizhu. ¿Concubina de otro hombre? ¿Sería verdad lo que decían de las princesas *han*?

Las caricias de Jizhu se volvieron más duras y Lirio percibió sus dudas. También sintió que el hechizo se quebraba. El comentario del guerrero sobre ella...

Jizhu se apartó para mirarla. No parecía una muchacha inexperta. ¿O era su imaginación?

En la mente de Lirio resonaron entonces las ofensivas palabras del guerrero sobre las princesas han retozando con los esclavos y la afrenta hizo arder sus mejillas.

Jizhu se levantó de golpe. Aunque no sabía muy bien por qué, pero se sentía furioso. De repente la muchacha había dejado de ser una criatura mágica y se había transformado en un espíritu devorador de hombres. Perversa y manipuladora. La advertencia de su soldado le carcomía por dentro y no lograba sacársela de la cabeza.

Lirio sintió una náusea. Ella había sido concubina imperial. Ahora un bárbaro salvaje pretendía poseerla. También ella se incorporó, con el disgusto reflejado en los ojos. La estaba comparando con sus otras amantes y no la consideraba a la altura, estaba segura de ello y eso la enfurecía.

—Dormirás aquí sola. No tengas miedo, nadie te molestará. —Luego cayó en la cuenta de que ella no entendía su idioma. Le hizo gestos con la mano y salió.

Lirio esperaba oír burlas y carcajadas estruendosas rompiendo el silencio opresivo de la estepa. Sin embargo, no hubo nada que interrumpiera su serena quietud. Aterida de frío, muerta de vergüenza y rabia, se arrebujó bajo varias mantas y se quedó dormida en un absurdo letargo sin sueños.

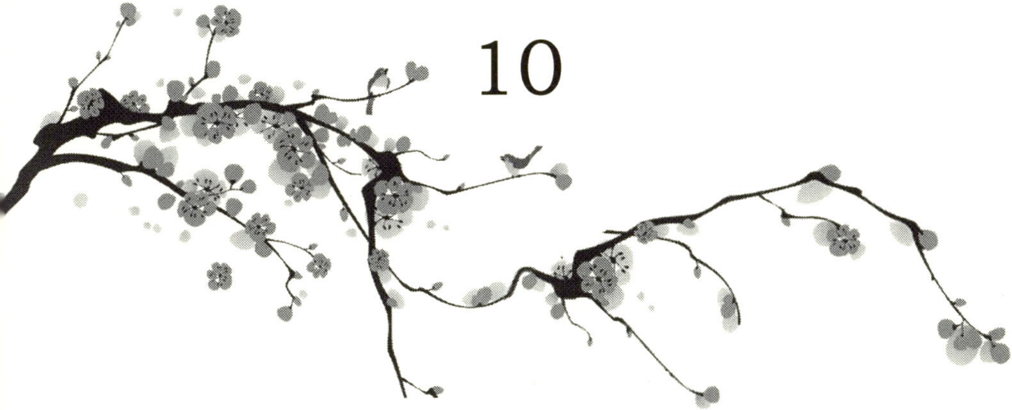

10

La mañana irrumpió de golpe, fría y despejada. Yue saludó a la princesa con el mismo tono alegre de días anteriores, sin recibir más que una apenada sonrisa a cambio. No sabiendo muy bien cómo actuar, pues, ¿quién era él para ofrecer consejos relativos a la pasión?, reveló con aire despreocupado:

—Parece que hacia mediodía llegaremos a la ciudad de los bárbaros.

Lirio se revolvió, inquieta.

—¿Cómo se supone que debo comportarme? No conozco el protocolo...

—Tampoco yo lo conozco en profundidad, pero dudo que debamos preocuparnos. No creo que esta gente entienda de eso, sinceramente. Me sorprendería que tuvieran incluso un ritual para el emparejamiento.

Lirio frunció el ceño; «emparejamiento» parecía un término más propio de animales que de personas civilizadas.

Después de desayunar, Lirio montó en el carro con Yue, quien aprovechó para contarle más detalles sobre los xiong.

—Sus costumbres son definitivamente salvajes y abominables —explicó en voz baja—. No muestran ningún respeto por los ancianos; es más, solo desean que mueran cuanto antes y para conseguirlo no les dan apenas comida.

Lirio escuchaba pasmada. ¿Qué futuro le aguardaba entre los bárbaros? No le cabía en la cabeza que un pueblo entero despreciara a sus mayores. ¿La obligarían quizá a ella también a mostrar aquella repulsa por sus propios ancestros? Sería incapaz. ¿La menospreciarían por ello? Sin duda. Se frotó las manos con una incómoda sensación en el estómago. ¿Qué lugar ocuparía ella en el hogar de Jizhu? Al menos en Weiyang sabía lo que los demás esperaban de ella. En cuanto llegaran a la capital xiong se sentiría absolutamente perdida. En realidad, Yue no parecía conocer conocía las costumbres bárbaras mucho más que ella.

El carro patinó sobre un desnivel del terreno, zarandeando a sus dos ocupantes. Lirio se acomodó mejor sobre los bultos, alisando con delicadeza las mangas. El mero hecho de pensar en el hogar de Jizhu le provocó una intensa ansiedad. Sentía verdadero pavor de tener que enfrentarse a sus esposas, pues recordaba a la perfección sus primeros días en Weiyang. Todo eran sonrisas falsas, ademanes hipócritas bajo los cuales las concubinas se esforzaban en disimular su desdén y sus miserias. En palacio nada era lo que parecía ser: los cortesanos resplandecían envueltos en seda, jade y oro, pero su interior era tan frío como las relucientes piedras negras del suelo. Cualquier desliz suponía una perversa diversión para las otras concubinas, mientras los intrigantes eunucos atesoraban la información en su propio interés. Cuantos más secretos llegaban a conocer, más poderosos se volvían y, si además lograban que el emperador se encaprichase de sus protegidas, sus cotas de poder alcanzaban al mismísimo trono imperial. Era un mundo despiadado que Lirio se alegraba de haber dejado atrás. Sin embargo, ahora temía tener que afrontarlo de nuevo, sin más aliados que Yue. Un miedo repentino le atenazó las entrañas.

Yue continuaba su perorata, aunque Lirio había dejado de escuchar hacía rato. Sacudiendo la cabeza para alejar de sí los malos presentimientos, se asomó con timidez por entre las cortinillas del carro y se quedó mirando a uno de los guerreros que cabalgaban detrás. Quizá tan alto como el *shanyu*, tenía prácticamente la misma complexión fornida y unos hermosos ojos oscuros que sonrieron con picardía cuando la descubrieron observándole. Lirio se ocultó rápidamente, sonrojada; unos mechones que quedaron atrapados en el exterior flotaron durante unos segundos suspendidos en el aire. Jizhu, que la había visto asomarse, galopó hasta la altura del carro y descorriendo las cortinillas preguntó con voz autoritaria,

—¿Hay alguna cosa que necesites?

Yue se sobresaltó y Lirio bajó la vista.

—Pregúntale si quiere algo —ordenó al eunuco.

Por toda respuesta, Lirio negó con la cabeza, mirando de reojo al *shanyu*. Enojado, se volvió hacia el jinete con el que le parecía haber visto que coqueteaba su princesa y lo envió al frente del grupo.

Un rato después, Lirio formuló a Yue la incómoda pregunta que le venía rondando:

—¿Sabes si tiene muchas concubinas el *shanyu?*

—Al parecer, sí. Más de una docena, según me ha contado él mismo.

Lirio suspiró con resignación. La tensa relación que siempre había mantenido con las otras concubinas del emperador no auguraba nada bueno. Si bien era cierto que ella nunca había acaparado la atención de su majestad y por tanto no había llegado a cultivar ninguna verdadera enemistad, conocía todo tipo de historias sobre rivalidades, celos y venganzas que habían terminado con heridas, envenenamientos y hasta asesinatos.

El carro dio un frenazo brusco. Yue sacó la cabeza y exclamó:

—¡Vaya, parece que hemos llegado!

Muerta de curiosidad, Lirio salió de un salto y al enfrentar la vista de la ciudad, se quedó perpleja.

—¿Esto es... la capital?

Era como los campamentos que montaban y desmontaban cada noche, pero infinitamente más grande. Cientos de *yurtas* ordenadas en filas ocupaban una extensión inabarcable para la vista; no había murallas, no había edificios, no había palacios ni fuentes ni jardines. Nada. Solo muchas *yurtas*, mucha gente y muchos animales sueltos.

—¿No se escapan? —preguntó a Yue con los ojos muy abiertos.

Jizhu adivinó el sentido de su pregunta y contestó al pasar junto a ella:

—Los caballos, no.

Lirio enrojeció, abochornada por el sarcasmo.

—Acompañadme los dos, os mostraré nuestras tiendas y os presentaré a mi familia y a mis comandantes.

La temperatura era bastante fría en comparación con Chang'an. Lirio solo vestía un fino *hanfu* y una chaqueta de lana de Yue. En los pies llevaba las sandalias de seda que no ofrecían protección alguna y comenzó a perder la sensibilidad en los dedos. No obstante, a pesar de su aspecto desaliñado, los bárbaros sabían que era una auténtica princesa *han*, que había aparecido envuelta en sedas montada en un carro y no a caballo como todos los demás.

Al pasar junto a ella, los miembros del clan le fueron haciendo respetuosas reverencias y algunos le desearon larga vida y muchos hijos. A Lirio le agradó el caluroso recibimiento.

11

Yue se afanaba en traducir a toda velocidad las palabras del *shanyu*, ignorando que a Lirio no le hacía falta.

—Esta de aquí es mi *yurta*. No debéis entrar aquí sin anunciaros antes —anunció Jizhu y clavó en Yue una mirada torva—. Especialmente tú.

—Pregúntale si también es mi *yurta* —susurró Lirio al eunuco con un hilo de voz. Yue la tradujo.

Un tanto incómodo, Jizhu cambió el peso del cuerpo de una pierna a otra y contestó a regañadientes:

—De momento, sí. Luego ya veremos. La *yurta* de las otras consortes está por allí —movió la barbilla en dirección al este.

La *yurta* del *shanyu* era la más lujosa, si es que la palabra «lujo» podía aplicarse a alguna de las posesiones de los xiong. Al menos, por tamaño era la más grande. El suelo estaba cubierto de alfombras y en el centro ardía un pequeño fuego que un esclavo debía de haber encendido en cuanto alguien había divisado la polvareda anunciando la llegada del *shanyu*. Los congelados pies de Lirio agradecieron el calor. A ambos lados, varias alfombras apiladas que utilizarían para dormir y, al fondo de la tienda, había unos sencillos baúles decorados con flores rojas y azules, donde aparentemente Jizhu guardaba sus pertenencias. Una pequeña mesita de nácar rodeada por tres escabeles, sin duda, uno de los regalos del emperador, un recipiente para el agua y algunos utensilios de cocina completaban el mobiliario.

Lirio sintió un escalofrío.

«¿Tendré que quedarme aquí dentro todo el día?» pensó.

Acordándose de cuando se quejaba del confinamiento que suponía el pabellón de las concubinas del palacio de Weiyang, temió que el resto de su vida se fuera a ver recluida en un espacio tan minúsculo.

Jizhu carraspeó.

—¿Qué... qué te parece? ¿Es de tu agrado? —preguntó como cohibido, e inmediatamente se reprendió a sí mismo por su actitud.

Lirio no quería ofender de nuevo al *shanyu*.

—Es... Es muy hermosa. —No mintió. Le parecía diminuta para ser su casa, pero hermosa de todos modos—. Yo... Esto... ¿Tengo permitido salir de aquí en algún momento del día?

Cuando el eunuco la tradujo, Jizhu abrió los ojos de par en par.

—¿Salir de aquí? ¿Qué quieres decir?

Yue percibió el azoramiento de la joven y se atrevió a contestar por ella.

—Las concubinas del Hijo del Cielo no suelen abandonar sus estancias privadas excepto cuando son requeridas por su majestad, el emperador —explicó.

El *shanyu* se quedó atónito.

—¿Y vosotros os atrevéis a llamarnos salvajes? —exclamó. A continuación respondió con un bufido—. Aquí eres totalmente libre de ir donde quieras. Puedes abandonar la *yurta* a tu voluntad.

Al ver la sorpresa dibujada en el rostro de Lirio, se conmovió. Entonces recordó algo y añadió:

—Si eres lo bastante estúpida como para intentar escapar, quiero que sepas que nunca lograrías atravesar a pie la estepa. Si crees...

—Lo sé— le cortó ella.

Yue titubeó antes de traducir; era un descaro que una concubina se dirigiera así a su señor. Desde luego, el emperador nunca habría tolerado tal ultraje. Claro que, como los xiong eran bárbaros, tradujo las secas palabras de Lirio con un frío extraño en el estómago y después, asombrado, la respuesta del *shanyu*:

—Bien, entonces. Mandaré que te traigan ropas más apropiadas. Vestida así morirías de frío en unas horas. Cuando estés lista, házmelo saber y te presentaré a mi familia.

Al salir vio que Yue no hacía ademán alguno de marcharse con él. Enfurecido, estuvo a punto de cogerle por el cuello para sacarlo de la *yurta* mientras su princesa se desvestía, pero entonces recordó que era un eunuco. Se rascó la cabeza. ¿Qué lugar ocuparía Yue a partir de ahora en su clan?

—Tú, ven conmigo. Las cosas son distintas por aquí...

La vestimenta de las mujeres resultó ser prácticamente idéntica a la de los hombres; de hecho, la única diferencia estribaba en el colorido: pantalones y túnica de lana, caftán de cuero y botas altas forradas de piel de zorro.

Jizhu no podía dejar de advertir la gran diferencia que supondría para ella el cambio de hogar. Todos los lujos a los que debía estar acostumbrada habían desaparecido para siempre. Ni la ropa, ni las joyas, ni la comida, ni siquiera la posibilidad de bañarse con agua caliente cada día y untarse el cuerpo con aquellos extravagantes aceites de los chinos.

Jizhu resopló malhumorado. Al evocar la imagen de Lirio desnuda frotándose aceite sobre su delicada piel se endureció de nuevo, de modo que se concentró en golpear con el pie una piedra del camino mientras la esperaba.

«Cuando la vea vestida con nuestras prendas, no me atraerá tanto» pensó. Sin embargo, cuando Lirio por fin se asomó de la *yurta*, sintiéndose torpe y rara con las ropas que le habían dado, le pareció todavía más hermosa. Su exótica princesa no parecía ser, de momento, la china remilgada que él había temido encontrar desde el principio. Era frágil, eso sí, y demasiado mansa. Era muy consciente de que en la estepa no había mujeres así. La vida era dura cada día del año y la debilidad suponía la muerte. Ahora, aquella delicada muchacha era su responsabilidad y él la acogía con gusto bajo su protección. No obstante, tendría que intentar volverla más fuerte o no aguantaría. Por su propio bien, tendría que dejarle claro que no volvería a ser una princesita mimada de la corte *han*, sino la esposa del *shanyu*.

Le hizo un gesto con la mano para que le siguiera y la

condujo hasta una *yurta* más pequeña, algo alejada. Yue aguardaba en la puerta y les acompañó adentro.

—Primero conocerás a mis otras esposas —anunció.

Lirio asintió, nerviosa. Se había preparado para un recibimiento hostil. Con timidez, se colocó un paso por detrás de Jizhu, con la vista baja. Antes siquiera de mirarlas, saludó con una profunda reverencia. Jizhu se molestó:

—Yue, dile que no haga eso. —Se volvió hacia ella y la cogió del codo—. Que no hagas eso más, vas a ser mi esposa, no tienes que inclinarte ante nadie.

Lirio se disculpó, esperando oír las risitas maliciosas de las concubinas que, a pesar de todo, no se produjeron. Cuando alzó la mirada, se encontró con un grupo de unas quince mujeres, bastante mayores, que la observaban con curiosidad. La más joven tendría al menos diez años más que ella.

—¿Dónde está Pama? —preguntó Jizhu, arrugando la nariz.

«¿Pama? ¿Quién será? ¿Su favorita?» pensó Lirio.

Una de las mujeres se encogió de hombros y contestó despreocupada:

—No lo sé, pero tenía muchas ganas de conocer a la princesa *han*. —Se acercó a Lirio con expresión amistosa y frotó su mejilla contra la de ella—. Bienvenida. Yo soy Tiyui.

La voz de Tiyui era cálida y su rostro amable, surcado por finísimas arrugas alrededor de los ojos. Tenía la nariz muy pequeña y los labios finos dibujaban una serena sonrisa. Las demás mujeres se presentaron una a una ante Lirio sin mucha ceremonia; todas la saludaron con el mismo afecto que había demostrado Tiyui. Lirio se relajó.

—¡Hola! ¡Hola, Laoshang! ¡Vengo a conocer a tu próxima esposa! —una voz cantarina se precipitó en la *yurta* y pareció llenar todo el espacio—. Soy Pama —anunció risueña.

Pama era una muchacha de unos trece años, con la cara completamente redonda. Al sonreír, dos graciosos hoyuelos se dibujaron en sus mejillas. A Lirio le agradó al instante. La saludó tal y como las otras mujeres la habían saludado a ella.

Jizhu no dijo nada, pero se sintió complacido por su naturalidad.

Yue también fue presentado a las consortes. Tiyui en concreto entabló una apasionada conversación con él en cuanto supo que estudiaba las estrellas y las plantas medicinales y le prometió que le enseñaría su propia despensa de hierbas a cambio de algunos remedios chinos.

—¿Puedo llevármela a enseñarle las piedras? —preguntó Pama a Jizhu.

—Hoy no, es tarde... Mañana, tal vez. —Lirio observó que Jizhu miraba a Pama con cariño en los ojos, como un hermano mayor más que como un esposo.

—Yue... Pregúntale al *shanyu* por qué sus esposas son todas tan mayores.

Yue abrió los ojos espantado ante el descaro de la concubina.

—¿Seguro? ¡Creo que sería una muestra de impertinencia muy poco apropiada, incluso para un bárbaro!

—Pregúntale, Yue.

Jizhu estalló en carcajadas al escuchar la pregunta. Su risa retumbó por las vigas de la *yurta* y contagió a las demás mujeres. Pama trató de disimular una sonrisa.

—Eran las mujeres de mi padre —explicó con voz ronca—. Es mi deber tomarlas como esposas, para que sigan bajo la protección de mi familia.

—Ah... Ya veo... Pero, dime, ¿también has desposado a tu madre, entonces?

Ahora todos miraron a Lirio con expresión horrorizada.

—Pero, ¿qué clase de salvajes sois los chinos? —gritó Pama.

Jizhu la reprendió con la mirada.

—No hacemos nada de eso —se apresuró a aclarar Yue—. Puede que nuestras costumbres sean un poco diferentes, pero no hasta ese punto.

—Pama es mi hija —intervino Tiyui, mirando a su hija con el ceño fruncido—. Aún no ha aprendido a comportarse.

—No pasa nada —la disculpó Lirio.

—Vamos, quiero que conozcas a mis comandantes antes de que se haga de noche. Y ya falta poco.

Sorteando caballos, cabras, y otros animales enormes de pelo largo que Lirio desconocía, fueron visitando a los guerreros de confianza de Jizhu y a sus familias.

—Este es Qara, el Gran Comandante de la Derecha, y este es Altan, el Gran Comandante de la Izquierda. Son mis más bravos guerreros —explicó con orgullo mientras los comandantes saludaban respetuosamente a Lirio.

Qara era bastante mayor que Jizhu, más bien enjuto, de nariz ancha y pómulos muy altos. Altan era más esbelto, de anchos hombros, con una formidable nariz que dominaba su rostro bajo unos separados ojos verdosos. Lirio comprobó que muchos de los xiong tenían, como el *shanyu*, los ojos verdes. Sus rostros lucían una curtida piel, tanto en los hombres como en las mujeres y los niños. De forma inconsciente se tocaba las mejillas preguntándose si, con el transcurso de los años, también ella se volvería del color del bronce.

—Aquí están mi Capitán de la Derecha, Temür...

Un agradable joven la saludó con una amplia sonrisa; una maraña de pelo castaño enmarcaba su rostro afilado.

—Y mi Capitán de la Izquierda... —Jizhu vaciló, frunciendo el ceño—. Berke.

Lirio reconoció al jinete que le había sonreído con picardía durante el viaje. Berke era un guerrero joven, quizá tres o cuatro años mayor que ella, tan alto como el comandante Altan y casi tanto como Jizhu, de apuestas facciones muy similares a las de los chinos. Llevaba el pelo trenzado y aros de bronce en las orejas.

Cerca de ellos, una mujer volcó una vasija y asustó a un caballo, que se encabritó relinchando. Jizhu se alejó unos metros para comprobar que todo estaba bien y Berke aprovechó para ofrecer una de sus encantadoras sonrisas a Lirio, que se sonrojó y bajó la vista. No quería alentar ningún malentendido más. Confiaba en que la presencia de Yue, que permanecía a su lado traduciendo a toda velocidad, le reprimiera, aunque no demasiado.

—Bienvenida, princesa. —El joven guerrero arrastraba las letras al hablar y su tono de voz resultaba seductor—. Felicidades por vuestro próximo casamiento. Laoshang es un buen hombre. Su padre fue un gran líder.

—¿Por qué le llamáis Laoshang? —preguntó Lirio por decir algo.

—Es el más grande de entre nosotros —dijo con fingida

despreocupación y alzó los hombros.

—¿No crees que sea tan buen líder como su padre?

Berke no se dejó engatusar.

—Es un buen líder, pero su padre era un gran líder.

Lirio eligió no comprender lo que Berke callaba. Jizhu se aproximó de nuevo hasta ellos y la muchacha, de repente, sufrió un ataque de timidez. El *shanyu* la observó por entre las pestañas y luego vio la burlona expresión de su capitán y, sin saber muy bien por qué, notó un desagradable cosquilleo que nacía en sus entrañas y se desplazaba por el resto de su cuerpo con la velocidad de un halcón.

«No seas absurdo. Eres el *shanyu*. No puedes sentir celos de nadie, todos están por debajo de ti» se dijo.

Por alguna razón, Jizhu no quiso escuchar a su voz interior y, furioso como los vientos que golpeaban la estepa desde el norte en invierno, arrastró a su capitán lejos de Lirio y regresó para llevarla a ella en volandas hasta su *yurta*.

Yue siguió a Jizhu a duras penas, pues por cada zancada que daba el *shanyu* él necesitaba tres pasos al trote. Los vio meterse en la *yurta* y se disponía a hacer otro tanto cuando Jizhu asomó la cabeza y le gritó:

—¡Puedes irte a tu tienda! ¡Ya me las apañaré solo!

—Pero...

Dos guardias le cerraron el paso sin articular palabra.

—En fin, ya saben dónde estoy...

El viento aullaba con fuerza en el exterior, haciendo crujir las lonas de la *yurta*. La noche había descendido con brusquedad sobre la ciudad xiong y los sonidos del día se iban acallando, dando paso a una opresiva sensación de vacío que solo las violentas ráfagas se atrevían a desafiar. No había nubes, ni luna. Las estrellas se arremolinaban en constelaciones que desde Chang'an no se divisaban. Un lobo solitario llamaba a su compañera y su quejido cubrió de melancolía la extraña capital de los bárbaros.

Dentro de la *yurta*, el fuego crepitaba insinuante en la pequeña hoguera, lamiendo el interior con salvaje tibieza. La piel de Lirio ardía como la mañana en que había conocido a Jizhu, bajo los últimos rayos del sol de verano, antes de la tormenta. Recordó las palabras de su madre, «demasiado fuego», como una mala premonición.

Jizhu apretó los dientes mientras se despojaba del caftán y la túnica, quedando desnudo de cintura para arriba. Se pasó la mano por el pelo varias veces; con cada movimiento los músculos de su espalda se contraían rítmicamente iluminados por el resplandor de la fogata.

Sobre la mesita de nácar alguien había dispuesto una fuente de carne y dos jarras de cerveza. No había palillos y a Lirio le pareció inapropiado ponerse a buscar los suyos. Jizhu seguía de pie frente a la puerta, mirando con obstinación hacia una pared. Como no decía nada y Lirio tenía hambre, se acercó hasta la comida con sigilo y se llevó un trozo de carne a la boca con la mano. Estaba deliciosa. Separó una parte para Jizhu y siguió comiendo con parsimonia, mientras esperaba a que él se decidiera a hablar.

—¿Qué te ha parecido mi clan, Lirio? —preguntó él y se giró de repente, justo en el momento en que la hermosa princesa atrapaba con la lengua un pedacito que se le escurría de entre los dedos.

Sorprendida en aquella falta de refinamiento, Lirio se le quedó mirando mientras sujetaba el condenado trocito con los labios. Con delicadeza se lo metió en la boca y se chupó los dedos. Como estaba en una ciudad de bárbaros que comían sin cubiertos, no podía estar haciendo nada mal. Probó un pequeño sorbo de cerveza y se pasó la lengua por los labios.

Jizhu se olvidó de lo que le había preguntado.

«¿Lo estará haciendo a propósito?» pensó concentrado en ella.

—¿No tienes hambre? —preguntó Lirio con voz aterciopelada.

Aunque a Jizhu nunca le había gustado cómo sonaba el chino, el acento de Lirio le confería una sonoridad cristalina, franca y sensual.

—No entiendo nada de lo que me dices, pero sigue hablando —le invitó a continuar haciendo gestos para que la entendiera. Su voz estaba enronquecida por el deseo que volvía a hacer presa en él.

Sorprendida, Lirio se le quedó mirando sin saber qué decir. Se dio cuenta de que Jizhu la observaba como quien ha encontrado un tesoro y teme que se trate de un espejismo. Estaba tan nervioso como ella.

Cada vez que se encontraban solos, una urgencia implacable parecía poseerla y sentía la necesidad, casi dolorosa, de acercarse a él, notar su piel desnuda, olerle, saborearle. Quería atraerlo hacia ella, experimentar una vez más el calor que le había provocado la primera caricia del hermoso guerrero.

Jizhu esperaba, con los ojos encendidos.

Como a Lirio no se le ocurrió nada mejor, empezó a

recitar un poema que había aprendido de pequeña.

El panda no quiere dormir
El bambú hace ruido y le asusta
Su madre lo coge, le canta y le arrulla
El bambú se ha dormido
El pequeño panda ya puede jugar

Lirio se sintió ridícula, pero a Jizhu le sonó como una invitación. Con sus característicos pasos felinos se fue aproximando hasta ella. Lirio volvió a repetir el poema, en voz más baja, arrastrando las letras y enredándolas con la lengua antes de liberarlas. Con suavidad, Jizhu la tumbó en el suelo.

—Sigue hablando —ronroneó y volvió a hacer gestos señálandose la boca repetidas veces.

Liberó la melena de Lirio del moño y separó los mechones con los dedos, formando un abanico sobre la alfombra. Acercó los labios hacia su cuello y lo recorrió con suavidad, mordisqueándolo, arrancando a la joven pequeños gemidos. Con la punta de la lengua le rozó los párpados, las pestañas y la nariz. Jizhu deseaba saltarle encima y arrancarle la ropa para hundirse en ella cuanto antes, pero se obligó a ir despacio. Lirio era un delicioso pastel chino que saborear, antes de ser devorado.

Con los ojos cerrados y los labios entreabiertos, suplicantes, Lirio temblaba de deseo bajo las caricias de Jizhu. Intentaba tocarle como él le tocaba a ella, pero incapaz de contenerse como él, le arañó, le mordió y le dio tirones en el pelo.

«Qué mal... Qué mal lo estoy haciendo...» pensó insegura.

El viento sacudía cada vez con más furia las paredes de la *yurta*. Los jadeos de Lirio se confundían con los rabiosos embates del aire que amenazaba con descargar toda su energía en la tienda. La confundida mente de Lirio se debatía desesperada: quería sentir más y a la vez tenía miedo de dejarse llevar.

Retazos de su memoria acudieron a rescatarla:

«Demasiado fuego». «No trates de controlar tu energía. Deja que fluya por tu cuerpo y sabrá guiarte. Tienes que pensar menos y actuar más».

Finalmente, Lirio se dejó llevar. Se soltó la túnica y dejó al decubierto una camisola de seda, tan fina que dejaba traslucir su cuerpo. El delicado roce de la tela era tan sugerente como abrasadores los curtidos dedos de su amante rasgándole la piel.

Le cogió la mano a Jizhu y la condujo hasta sus pechos, invitándole a continuar con su dulce tormento. Él la acarició durante rato, luchando contra sí mismo y venciendo el impulso de tomarla con urgencia.

Un reguero de besos la salpicaron desde la barbilla hasta los hombros, desde el cuello hasta los pechos, donde la pellizcaba y mordisqueaba, robándole gemidos sofocados. Lirio estaba obedeciendo las órdenes de su cuerpo y alzó sus caderas hacia él inconscientemente, para comprobar la potencia de su deseo. Le estiró del pelo, acercando su rostro al de ella. Contempló de cerca sus ojos, turbios y encendidos y le ofreció sus labios para que él los devorara.

Jizhu la besó, la besó con intensidad y deseo desmedido, enredando su lengua en la de ella, saboreando la miel que le había sido ofrecida.

Los besos de Jizhu la transportaban a las nubes, a lugares donde no existía el miedo ni la vergüenza; sabía que él la veía hermosa, que la deseaba y eso espoleaba su propio deseo. Quería explorar los límites de su cuerpo, cuando hacía unos días ni siquiera sabía que tales sensaciones podrían habitar en ella.

Ella arqueó la espalda alzando sus pechos hacia él, para que los recorriera con sus labios. Jizhu quiso lamerlos, pero se encontró atrapándolos suavemente con los dientes, estirando, rozándolos con su rostro, arañándola allí donde era tan suave.

Afuera se había desatado una tormenta de arena, que lanzaba piedrecitas contra las lonas de las *yurtas*, apremiando a los amantes.

Una risotada estruendosa rompió la noche, seguida de otras igualmente descaradas. A través de la tempestad, sonó como si alguien estuviera escuchando tras la lona.

De pronto, a Jizhu se le ocurrió que Lirio no se comportaba como una virgen ingenua. Se retiró unos centímetros para contemplar su expresión y no encontró timidez en ella. Placer, ansiedad, deseo... Sí, todo eso, pero no la incómoda modestia de las mujeres en su primera vez con un hombre.

Jizhu se mordió el puño y ahogó un gruñido de frustración. Lirio abrió los ojos. El deseo se desvaneció. Él solo sentía rabia y ella incredulidad teñida de temor.

«¿Qué le ocurre? ¿Qué he hecho mal?» pensó.

Intentó acercarse a él para regalarle un beso, pero

Jizhu se levantó bruscamente.

—No... Lo siento. No sé qué me ha pasado —dijo él al tiempo que gesticulaba con las manos. No se creía su propia disculpa y se sentó en el suelo frente al fuego, mientras miraba fijamente las llamas. Respiró profundamente, tratando de calmarse.

Cubierta de vergüenza, sintiéndose despreciada y utilizada, Lirio se vistió con premura y se acostó, metiendo la cabeza bajo varias mantas.

«¿Por qué hace esto? ¿Se ríe de mí?» pensó.

La humillación no era un sentimiento nuevo para ella, pero nunca antes lo había conocido de una forma tan íntima. La vergüenza con la que vivía en Weiyang, sabiendo que el emperador no la deseaba, era más sencilla de aceptar porque era compartida por otras concubinas. Sin embargo, con Jizhu había comenzado a desnudar una parte de su espíritu a la que nadie más había tenido acceso.

«¿Fingía su pasión acaso? ¿Ha sido suficiente para satisfacerle?»

Aunque Lirio no tenía ninguna experiencia, intuía que el deseo no terminaría de forma tan abrupta. Tenía que haber algo más. Claro que, ¿se arriesgaría una vez más a que la humillara de ese modo? No. Nunca más. No iba a permitir que la tocara. Antes preferiría que la devolviera a China, pero solo con pensar en el tremendo deshonor que eso acarrearía, se mareó. ¿Qué iba a hacer? Antes de permitir que la ira se abriera paso poco a poco por los caminos que la vergüenza había despejado, Lirio se obligó a concentrar toda su energía. Del esfuerzo, cayó rendida al sueño.

Jizhu se arrebujó en una capa de piel de zorro y salió al exterior para contemplar la tormenta. Tuvo que asirse a uno de los laterales para no ser zarandeado por el fuerte viento y entrecerrar los ojos para evitar la arena. Aun así, en su interior la furia bullía con mayor violencia.

«Una concubina imperial. ¿Qué esperabas que fuera? Una paloma entre las garras del halcón» se dijo y se quedó un rato pensando en la imagen que su cerebro acababa de evocar. Vio con claridad a la paloma, sin embargo, no estaba muy seguro sobre el halcón. ¿Sería el emperador o sería él?

«Maldición, diez mil veces. Qué desastre ha sido todo.»

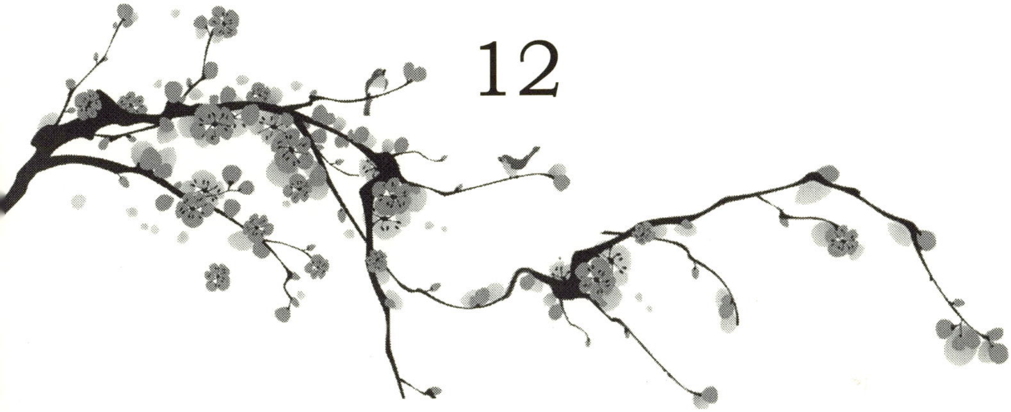

12

Cuando cesó la tormenta, ya había amanecido. Jizhu abandonó la *yurta* sin despertar a Lirio y fue en busca de sus comandantes para evaluar los daños. Cuando Lirio se despertó, tomó un poco de queso de cabra, se limpió los dientes con una ramita de nim y se vistió con pereza, con las mismas ropas que el día anterior. Solo le faltaban las botas cuando una agradable voz cantarina como un arroyo la saludó con entusiasmo.

—¡Hola, princesa! —Era Pama—. He pedido permiso para entrar.

Hizo señales con las manos indicando la entrada, imitando el gesto ceñudo del guardia que la vigilaba.

Lirio sonrió. Pama hizo amago de salir, se detuvo y gritó por encima del hombro:

—¡Voy a buscar a Yue para que nos ayude a hablar!

Lirio le hizo un gesto con la mano para que se detuviera y fue hasta ella.

—¿Sabes guardar un secreto? —le susurró al oído.

—¡Claro! —susurró a su vez la chica—. ¡Oh! Pero si tú...

Lirio sonrió de nuevo, deleitándose en la genuina sorpresa de Pama. Esta le devolvió la sonrisa, sincera y amistosa. Lirio acababa de hacer su primera amiga bárbara.

—¡Cuando se entere Laoshang!

Lirio abrió mucho los ojos, asustada.

—¡Me lo has prometido, Pama! Es nuestro secreto...

—No te preocupes, no le contaré nada. Ya sé por qué lo dices —adoptó un aire de confidencia—; a veces es gruñón y antipático, pero mi madre dice que es porque quiere demostrar demasiado y demasiado rápido.

—No entiendo...

—Quiere demostrar que es tan buen líder como su padre, sabes. Pero a mí no me preguntes nada, yo era pequeña y no entendía. Ahora sí, porque ya soy adulta. —Pama levantó la barbilla, orgullosa—. Oye, ¿por qué hablas nuestro idioma?

Lirio se frotó la frente. ¿Estaba preparada para contarlo?

—Mi abuelo materno era un xiong.

—¿De verdad? —Lirio creció en importancia a ojos de Pama—. ¿Y qué hace viviendo en China?

—Bueno... En su juventud fue capturado en un enfrentamiento. Como había demostrado gran arrojo a pesar de su edad, el emperador le otorgó un puesto de mando en el ejército.

—¡Claro que sí! Nuestros guerreros son mucho más valientes que cualquier chino. No te ofendas por lo que acabo de decir... Porque en el fondo, tú eres xiong. No china. —Lirio se encogió de hombros—. Oye, ¿te gustaría conocer un sitio especial? —preguntó Pama con complicidad.

—¿Un sitio especial? ¡Claro!

—Tenemos que ir a caballo. Laoshang dice que no sabes montar...

Lirio esbozó una sonrisilla.

—Ya. También te habrá dicho que no entiendo vuestro idioma, ¿no?

Los ojos de Pama brillaron con expresión pícara. Tomándola de la mano, salieron al exterior y se fundieron con el barullo de la gran ciudad xiong.

Hacía mucho frío. Nada más salir, se le congeló la punta de la nariz. Lirio tuvo que regresar a la *yurta* para coger un caftán de piel de zorro.

Los xiong, en cambio, parecían inmunes al clima. Pama caminaba despreocupada dando saltitos entre la gente, mientras a Lirio le costaba caminar erguida y se abrazaba los costados tratando de conservar el calor de su cuerpo.

Se dirigieron hacia la parte occidental de la ciudad. Lirio se preguntó cómo era capaz de orientarse Pama entre cientos y cientos de *yurta*s iguales, pero lo cierto era que la muchacha no dudaba ni tenía que recular. En una ocasión la perdió de vista y tuvo que echar a correr para alcanzarla.

—No te preocupes, si te pierdes cualquiera te llevará hasta Laoshang.

«Mejor que no tenga que ocurrir», pensó Lirio con un ataque repentino de tristeza.

Una voz surgió del gentío de improviso, llamando a la niña.

—¡Pama! ¡Aquí, Pama, espérame!

Pama se detuvo y buscó con los ojos a Lirio. Un hombre

mayor caminaba en dirección a ellas y un par de pasos por detrás también se adivinaba la estilizada silueta de Yue. Hasta que Lirio no comenzase a mostrar sus avances en el idioma de los bárbaros, la compañía del eunuco sería inevitable siempre que alguien quisiera hablar con ella.

—Ese es Sacha, nuestro chamán —explicó Pama en un susurro.

Al llegar ante Lirio hizo una pequeña reverencia, luego le tomó la mano y se la acercó al pecho. El chamán tenía un aspecto terrorífico. Estaba tuerto de un ojo y un extraño tatuaje de color azul en forma de ramas desdibujaba la mitad derecha del rostro. Llevaba varios adornos de bronce en las orejas y unos brazales en las muñecas que tintineaban con cada movimiento del brazo. Su vestimenta también era distinta; portaba una extraña túnica confeccionada con piel de serpiente y una manta de pieles de todos los colores le colgaba de los hombros.

A pesar de tan inquietante fachada, Sacha sonreía bondadosamente, con unos hoyuelos en las mejillas sospechosamente parecidos a los de Pama.

—Soy Sacha, chamán y hombre-medicina del clan de Jizhu Laoshang. ¿Te importaría acompañarme a mi *yurta*? Me gustaría conocerte e intercambiar algunas palabras contigo.

Lirio se inclinó respetuosamente ante él. «Ay, no, he vuelto a hacerlo...» pensó. Aún así lo siguió, mirando inquisitivamente a Pama. Esta se encogió de hombros y le dijo en voz alta:

—¡Os acompaño!

La *yurta* de Sacha estaba un tanto retirada, sobre un suave montículo que se levantaba en el extremo más oriental de la ciudad.

—Suelo instalar mi tienda en esta dirección, para ser el primero en recibir al sol —explicó.

Yue se apresuró a traducir sus palabras, mientras Lirio atendía concentrada. Pama sofocó una risilla al ver que era capaz de disimular y permanecer tan seria.

«¡Qué poco va a durar nuestro secreto!» pensó Lirio con resignación.

—Pama —la amonestó el chamán con semblante serio—. Si no sabes comportarte, te mando a recoger plantas con tu madre.

Pama enrojeció hasta las orejas, agachó la mirada y no volvió a abrir la boca.

La *yurta* olía de un modo especial, porque Sacha añadía hierbas a la hoguera. Una ligera humareda rosácea se había instalado en el interior, reacia a abandonar la vivienda del chamán por el agujero del techo. La decoración era muy similar a la de la tienda de Jizhu, con menos alardes, aunque igual de acogedora. De las paredes colgaban herramientas de hueso en forma de bastones y las alfombras del suelo mostraban dibujos de líneas curvas entrelazadas unas con otras.

El chamán calentó agua y les ofreció unas infusiones de olor indeterminado, pero de sabor dulce y agradable.

—Lirio —empezó a decir con tono afable—, hay varias razones por las que quiero hablar contigo. La primera es presentarme como corresponde a la nueva futura consorte de Laoshang. No hemos tenido ocasión de celebrar tu llegada como mereces, pero lo cierto es que estas últimas semanas hemos sufrido algunos conflictos con tribus enemigas, como habrás sido informada seguramente por tu esposo, y no hemos tenido ocasión de preparar mucha ceremonia. La segunda es conocerte un poco mejor, para poder determinar cuándo resultará más propicio fijar el día de tu enlace con Jizhu.

Tras la traducción del eunuco, Lirio asintió. Aunque parecía un anciano, el chamán tenía una voz potente y armoniosa que resultaba un tanto hipnótica.

—Déjame ver tus manos —pidió. Yue se lo indicó y Lirio las extendió hacia el chamán las manos con las palmas hacia arriba. Sacha recorrió las líneas con sus dedos, sin pestañear una sola vez con su único ojo. Las sostuvo unos instantes y le ordenó—: Cierra los ojos y concéntrate en aquello que sea más importante para ti.

Lirio hizo lo que le mandaba. El chamán le soltó las manos con suavidad y apoyó sus dedos en la frente de la princesa. Un torrente de energía fluyó de Sacha a Lirio, que sintió como su cuerpo se inflamaba y los canales de energía vibraban con furia, transmitiendo su poder al chamán. Sufrió un ligero mareo y su mente se vació de imágenes. Trató de concentrarse en aquello que era más importante para ella: su familia, su honor... Jizhu. De nuevo, Jizhu. De repente, la imagen del *shanyu* aumentó hasta ocupar todo su espacio interior. Lo escuchó latir en su corazón, hablar en sus oídos, incluso sintió cómo le rozaba las puntas de los dedos y abrasar sus entrañas. Lirio intentó despojarse de él y buscar otra vez el recuerdo de su familia, pero no lo consiguió. Cuanto más trataba de luchar, más crecía en ella la poderosa presencia de Jizhu, y tanto creció que Lirio empezó a temer que la poseyera hasta destruirla. Echó la cabeza hacia atrás en un vano intento por liberarse del canal de energía que la unía a Sacha. Puso los ojos en blanco y comenzó a gemir aterrada.

Pama se tapó la boca con las manos y fue a refugiarse detrás de Yue, que estaba tan espantado como la niña, pero se obligó a mantener una actitud digna.

Sacha volvió a sostener las manos de la princesa y susurró:

—No trates de controlar la energía, muchacha. Deja que fluya por tu cuerpo y te liberará. —Yue no tradujo ni una sola de las palabras del chamán, mas tampoco este le exigió que lo hiciera—. No pienses tanto, Lirio. Tu cuerpo sabe lo que tiene que hacer.

La princesa hizo como se le pedía y, poco a poco, retomó el control. La arrolladora potencia de la energía disminuyó hasta convertirse en una ligera brisa que intenta doblegar un tronco centenario.

Sacha se acercó a la princesa y con sumo cuidado la ayudó a tenderse en el suelo.

—Pama, acércame una manta, por favor —dijo y la niña se levantó corriendo a por ella y se la entregó—. Gracias. Creo que será mejor que nos dejéis solos.

—Pero... —comenzó a protestar Yue.

—Podré apañármelas solo; gracias, estimado Yue.

Pama y Yue salieron de la *yurta*. Sacha sacó unas hierbas de una bolsita de fieltro y las frotó con tenacidad contra las muñecas de Lirio. La muchacha abrió los ojos desorientada.

—Quédate ahí tumbada, Lirio, no te muevas. —Lirio titubeó. Sacha sonrió revelando una dentadura descascarillada—. Sé que me entiendes. —Lirio enrojeció. Quiso buscar palabras de disculpa, pero Sacha se adelantó—:

No te preocupes. Si tu decisión era la de guardar silencio, la respeto. Tus razones tendrás. Pero debo advertirte que si Pama lo sabe, tu secreto no durará mucho tiempo.

—Ya lo imaginaba —se sinceró ella—. En realidad, no es que tenga ninguna razón para ocultar que conozco vuestra lengua. La primera vez que me crucé con Jizhu disimulé porque mi situación era un tanto comprometida y no pensaba que fuera a verle más. No sé por qué no se lo he dicho después. —De pronto Lirio se sintió tramposa y artera—. Si se lo cuento ahora, se enfadará...

—Como puedes ver, cada decisión que tomamos marca la senda que ha de seguir nuestro destino. No obstante, si me permites un consejo, harías bien en confiar tu secreto a Laoshang cuanto antes. Tiene un carácter muy impredecible y si se entera antes de que tú se lo cuentes, estallará en cólera. Su elemento es el agua, ¿sabes? En su fluir, hoy puede parecer manso y mañana un torrente destructivo, no es posible vaticinar su carácter.

Lirio le miró con aprensión.

—¿Quieres decir que es un hombre peligroso?

—Sin rodeos, sí, lo es. Es muy peligroso para sus enemigos y más aún para aquellos que, considerándolos sus amigos, se atrevan a traicionarle.

—Yo no quiero traicionarle... Es solo que... Yo... Tengo miedo de él. No puedo entender qué es lo que me ha ocurrido antes.

Sacha sonrió con ternura.

—No es miedo lo que sientes por él. Es otro sentimiento mucho más poderoso, solo que tú aún no lo sabes. Necesitas tiempo. Han sido muchos cambios en pocos días.

Lirio se quedó pensativa, mirando la hoguera fijamente. Sacha no interrumpió sus reflexiones y aguardó con paciencia hasta que ella habló de nuevo.

—¿Dices que Jizhu es agua? ¿Sabes qué elemento soy yo?

—Diría que eres fuego. Y tienes un potencial inmenso, avasallador, como nunca antes había visto. Cuando he abierto tus canales de energía me he sentido ridículo, era incapaz de controlarlos.

—Mi madre siempre se quejaba de que tengo demasiado fuego.

—Bueno, no es malo tener demasiado fuego si aprendes a dominarlo. ¿Lo has intentado alguna vez?

Lirio ladeó la cabeza.

—Mi abuelo me enseñó artes marciales. Decía, como tú, que mi cuerpo tenía que aprender a canalizar mi energía. Entrenamos durante años, hasta que el emperador me solicitó como concubina y perdí a mi familia.

Sacha asintió con la cabeza.

—Retoma esos entrenamientos.

—Puede que lo haga. Chamán, una pregunta: si Jizhu es agua, ¿crees que conseguirá apagar mi fuego?

Sacha dio un respingo.

—¿Qué quieres decir exactamente?

—¿Crees que me destruirá?

El chamán negó con la cabeza, con poca convicción. En ese momento, una ráfaga de aire helado penetró en la *yurta*. Los dos se volvieron hacia la puerta. Era Yue.

—Perdonad los dos mi intromisión. He visto a lo lejos al *shanyu*. Aunque suene irrespetuoso que yo lo diga, es posible que él carezca de vuestra intuición para los idiomas y en caso de que quiera comunicarnos algo...

Lirio abrió mucho los ojos. ¿Sabía Yue más de la cuenta?

Tal y como el eunuco había anunciado, la cabeza de Jizhu asomó por la puerta de la *yurta* y pidió permiso para entrar.

—Laoshang, entra, te lo ruego. Estoy conociendo a tu prometida.

—Llevo rato buscándola. Pama me había dicho que estabas aquí.

Lirio se mordió la cara interior de la mejilla y buscó a Yue con la mirada. Este se apresuró a traducir. Fijó la vista en el suelo y asintió, intuyendo la desaprobación de Sacha. El chamán suspiró con pesar y se volvió hacia Jizhu.

—Ya sé todo lo que tengo que saber para celebrar el ritual. Esperaremos a la próxima luna llena y, en la segunda noche, realizaré el casamiento.

Se despidieron del chamán y salieron al exterior. No había más *yurtas* hacia el oriente y la estepa se perdía en su infinitud, arrastrando sonidos que semejaban los aullidos de espectros condenados. Lirio sintió un escalofrío y Jizhu le pasó un brazo protector por los hombros.

Él había hablado con el chamán poco después del amanecer y le había pedido que conociera a la princesa para darle su opinión. También le había confesado los temores que lo asaltaban.

—No entiendo de dónde nace esa ira —le había dicho.

—Laoshang... Creo que lo sabes perfectamente, a pesar de que evites reconocerlo.

—No... De verdad que no lo sé.

—Se llaman celos, Laoshang. Ten cuidado. Es natural

que intentes defender aquello que amas, pero si permites que te controlen, se volverán destructivos y acabarán con todo. Especialmente con aquello que intentas defender.

—¡Celos! Yo no estoy celoso de nadie. Tengo muchas consortes, no lo olvides.

—Sí, las que heredaste de tu padre. Puedes engañarte a ti mismo, en cambio no puedes engañarme a mí. Te lo repito, para que no lo olvides: ten cuidado.

Lirio se recostó contra su pecho, buscando cobijo como un pajarillo frente a la tormenta. Sacha tenía razón: era absurdo esconderle que hablaba su idioma. Las cosas serían más fáciles entre ellos si podían expresarse directamente, sin necesidad de Yue...

—Hoy a mediodía partiré con un grupo de guerreros hacia el sudoeste. Algunos jinetes yuezhi han estado merodeando por nuestras tierras aprovechando mi ausencia. Es una expedición de vigilancia, así que estaré pronto de vuelta. Unos días, a lo más.

Yue tradujo sus palabras con un tono tan desapasionado que a Lirio no le entristeció apenas que Jizhu se marchara.

«Cuando vuelvas, te contaré la verdad.»

13

Pama desapareció durante unos días y Lirio aprovechó para retomar sus entrenamientos de artes marciales. Al principio le costó bastante, ya no solo ejecutar los movimientos, sino recordarlos: la técnica descansaba en un recodo escondido de su memoria y, además, no tenía con quién practicar.

—Como eres más bien pequeña —decía su abuelo— lo más adecuado es buscar la rapidez en tus golpes. Ataca con las piernas, que son más potentes que los puños y nunca te quedes parada. Muévete sin descanso, agáchate cuando tu rival se acerque, escabúllete. No puedes medirte de frente a un hombre, pues eres más frágil. Busca sus puntos débiles y maréale hasta que encuentres ocasión de ponerlos a prueba.

Cuando había empezado a entrenar con Lirio, su abuelo no pretendía más que enseñarle a domar su desbordante energía por medio de la disciplina y la concentración. Sin embargo, no tardó en darse cuenta de que la muchacha tenía un don para la lucha y así se lo había comunicado. Lirio era flexible y muy ágil, con lo que sus golpes resultaban impredecibles. Dos años después de comenzar las lecciones, Lirio fue capaz de derrotar a su abuelo casi la mitad de las veces. Su abuela, y sobre todo su madre, observaban con disgusto los progresos de la bella pupila, pero a su padre le parecía bien y su opinión era la única que contaba.

Lirio no llegó a conocer a sus abuelos paternos, que habían muerto al poco de casarse sus padres, y no tenía hermanos. Su círculo familiar no era el habitual y tal vez por esto le habían permitido educarse de una forma muy diferente a la de las otras jóvenes chinas. Su abuelo no solo le había enseñado a luchar, sino también a montar a caballo. Por las noches le leía fragmentos de la obra de Sun Tzu y le explicaba las estrategias. Con una sonrisa, recordó su frase favorita: «todo vale en el amor y en la guerra».

Lirio practicó hasta que sus piernas dejaron de obedecerle. Gruesas gotas de sudor perlaban su frente y el pelo enredado le caía como una maraña informe sobre la cara y los hombros. Mandó llamar a Yue y le pidió que encargase un baño a una de las esclavas.

—¿Un baño, aquí dentro? —Yue se rascó la cabeza—. ¿Dónde?

—No lo sé... ¿Dónde has estado bañándote tú?

—Me temo que no he podido tomar un baño hasta ahora. Sabes que por aquí no hay mucha agua. Déjame pensar un momento y te enviaré a una de las siervas.

Poco después llegó una mujer con un recipiente lleno de agua y otro más grande y plano que colocó sobre una de las alfombras. Lirio se desvistió y se sentó encima del grande, derramando el agua, que estaba helada. Después se frotó con uno de los jabones que había traído consigo de palacio, se untó con varios aceites y usó el agua restante para aclararse.

El baño, lejos de ser relajante, le robó gran cantidad de calor del cuerpo y Lirio corrió a través de la *yurta* en busca de una manta de zorro. Le dio todas las vueltas que pudo y así de tapada fue a sentarse junto al fuego.

El interior de la *yurta* quedó impregnado de olores exóticos.

—¡Qué frío! Más me vale no volver a sudar tanto... —protestó en voz alta y entre temblores.

En cuanto se secó, abrió un poco la manta y dejó que el calor del fuego lamiera de cerca su piel desnuda. Siempre había encontrado un placer culpable en exponerse al sol cuando nadie la veía, y a falta de sol, se rindió a la lumbre.

Con la vista fija en la danza de las llamas, Lirio se puso a pensar en Jizhu. Recordó su cuerpo desnudo, como una hermosa escultura de bronce, y los tatuajes que le adornaban. Recordó el abismo de sus ojos, cegados por el deseo, cuando la había recorrido con la mirada, con las yemas de los dedos y la punta de su lengua, despertando sensaciones que ella ignoraba que existían.

El calor inundó su cuerpo, por dentro y por fuera. Dejó caer la manta y se ofreció por entero a la luz que manaba de la hoguera. La empalagosa fragancia del aceite colapsaba sus sentidos y el crepitar del fuego marcaba el ritmo de un baile prohibido. Sin dejar de pensar en Jizhu, Lirio se acarició el pie, y fue ascendiendo hacia las rodillas y los muslos. Con la otra mano separaba distraída mechones de su sedosa melena, enroscándolos y deslizándolos entre sus dedos. Las caricias abandonaron sus muslos y se dirigieron a la cadera, luego al vientre, ascendieron hasta los pechos, volvieron a descender a su vientre y se perdieron.

Un jadeo a su espalda la obligó a darse la vuelta. Todo el calor que su cuerpo se había esmerado en recuperar desapareció de golpe y un intenso frío la recorrió hasta el tuétano. Junto a la entrada, Berke la observaba hipnotizado, con la boca abierta y el caftán desabrochado.

Lirio se arrebujó en la manta y preguntó con voz gélida:

—¿Qué estás haciendo aquí?

—Vaya... Qué pronto has aprendido a hablar nuestra lengua —contestó con voz ronca—. He pedido permiso para pasar y, como no has contestado, me he atrevido a entrar, por si necesitabas algo.

—Si no has obtenido permiso es porque no eres bienvenido. —Lirio acusó el error, pero ya no podía evitarlo.

Berke arqueó una ceja, sorprendido.

—¿No soy bienvenido a la *yurta* de mi *shanyu*? No lo sabía. —El tono de Berke se había vuelto amenazador.

Lirio vaciló; después de todo, era uno de los capitanes de Jizhu y ella ni siquiera era su esposa, aún.

—Bueno. Jizhu no está ahora. No deseo recibir visitas si él no está.

—¿Laoshang no está aquí? Eso tampoco lo sabía —mintió.

—¿Por qué no te habrá llevado con él? —le desafió Lirio.

—Tal vez quería que me quedara para cuidar de ti.

Berke dio unos pasos en su dirección. La manta de Lirio se había abierto un poco, y sus pálidos hombros parecían iluminados por el blanco espléndido de la piel de zorro. Berke la recorrió de arriba abajo, con expresión de lujuria a penas contenida. Lirio estaba muerta de miedo, pero recordó otra de las máximas preferidas de Sun Tzu...

«Aparenta fuerza en tu debilidad y debilidad en tu fortaleza».

No obstante, Berke olfateó su temor como un lobo acechando a un cordero. Fue aproximándose hacia ella, caminando como un depredador, con los ojos entrecerrados y la boca fruncida en una sonrisa letal. Se soltó el caftán y se arrancó la túnica, acorralando a Lirio entre la pared y él. Una daga asomaba bajo sus pantalones.

—Pero, ¿qué pretendes? ¿Crees que no se lo diré a Jizhu?

—No, ya verás cómo no se lo dices.

—¡Lirio! —un chillido airado irrumpió en la *yurta*.

Pama llegó corriendo y se interpuso entre los dos. Miró a Berke con los puños cerrados y le espetó:

—¿Quieres que Laoshang te arranque la piel a tiras?

«¿Lo haría?» pensó Lirio.

Berke lanzó una mirada furiosa a la niña y por un momento pareció que iba a atacar, pero se lo pensó dos veces y con gesto despreocupado recogió sus cosas del suelo. Se colocó la túnica sin dejar de mirar a Lirio con ojos burlones y se arregló el caftán sobre los hombros.

—Cuando Laoshang regrese, volveré para hablar con él.

Pama siguió a Berke unos pasos por detrás y Lirio

aprovechó para vestirse a toda prisa.

—¿Te ha hecho daño? —preguntó Pama en cuanto terminó.

—No, Pama, Muchas gracias por tu ayuda. Has sido muy valiente —reconoció la princesa.

Pama frunció el ceño y contestó:

—Aquí todos nos ayudamos, Lirio. Si no, no sobreviviríamos. No podemos permitirnos ser cobardes. Oye, ¿a qué huele aquí? —su tono de voz cambió de repente, volvía a ser una niña.

—A aceites.

—¿Los cogiste del palacio? ¿Puedo verlos? ¡Huelen muy bien!

Lirio se echó a reír, más relajada.

—Los cogí porque eran míos. Si quieres alguno, puedes quedártelo...

Desde lejos, Jizhu vio que una figura masculina salía de su *yurta*.

«Debe de ser Yue.»

Cabalgaba sin prisa, recibiendo las muestras de respeto de la gente de su clan. Pastores que, quizá dentro de poco, se convertirían en salvajes guerreros para hacer frente a una nueva amenaza. Los yuezhi eran más atrevidos cada vez y se adentraban en sus tierras para saquear las aldeas más desprotegidas. En las últimas semanas se habían llevado cientos de cabras. Con el invierno prácticamente encima, las aldeas atacadas iban a soportar muchas penalidades. Más que de costumbre.

Jizhu no lo dudaría: ante una nueva provocación, armaría rápidamente a sus hombres y caerían por sorpresa sobre sus enemigos. Nadie esperaría una ofensiva en pleno invierno.

«Me temerán igual que temían a mi padre» pensó.

Volvió la vista a su *yurta* y comprobó que no era Yue quien la abandonaba. Jizhu entornó los ojos y apretó los dientes, azuzó al caballo y se acercó hasta él a galope. ¿Eran imaginaciones suyas o llevaba la ropa hecha un asco?

Al llegar hasta él, Berke se sobresaltó y palideció levemente, pero se recompuso tan rápido que Jizhu no se percató.

—¿Dando un paseo, capitán? —preguntó, manteniendo la ira a raya. Recordó el consejo de Sacha, «controla tus celos».

—Laoshang... Qué bien tenerte de vuelta tan pronto.

—¿Qué hacías en mi *yurta*?

—Oh... Verás, estos días no he hecho otra cosa que acatar tus órdenes y he intentado hacerlo todo tal y como tú lo habrías hecho.

Fue un comentario con segundas que a Jizhu no le pasó por alto, pero su orgullo le impidió mostrarse ofendido ante Berke. Se despidió con un movimiento de cabeza, descabalgó y entró rápidamente en su hogar.

«¿A qué demonios huele aquí?»

—¡Lirio! —tronó.

La joven se volvió hacia él con cara de susto. Jizhu creyó ver culpabilidad en sus ojos.

—¿Has estado atendiendo alguna visita? —en dos zancadas llegó hasta su prometida. Le olfateó el pelo; estaba a punto de perder los nervios—. ¿A qué hueles?

—¡Laoshang! —Pama brincó hacia él con un montón de

frasquitos de aceite en las manos.

Al ver a Pama rodeada de cosas esparcidas por el suelo, se relajó.

«Sacha tiene razón. Tengo celos y me juegan malas pasadas. Lirio es una buena chica.»

—Mira cuántas cosas bonitas me ha regalado Lirio, Laoshang.

—¿Ha estado Berke por aquí? —le preguntó.

Lirio se envaró y a Pama le apareció un tic repentino en un ojo, pero por fortuna Jizhu no reparó en ello.

—Quería verte, Laoshang, y como no estabas se ha marchado. ¿Quieres que vaya a buscarle?

Lirio dio un respingo.

—No, Pama, no hace falta, ya le he visto cuando salía.

Uno de los frasquitos cayó al suelo. Una mancha viscosa de color pardo se extendió rápidamente por la alfombra y un penetrante olor a sándalo se adueñó de la estancia.

—¡Oh, vaya, qué torpe soy! Ahora mismo voy a limpiarlo...

—Déjalo, Pama. Vete con tu madre y llama a Yue. Tengo que hablar con Lirio.

Pama miró a la princesa, por si se decidía a abrir la boca. Como no dijo nada, salió trotando en busca del eunuco.

Mientras esperaban, el guerrero sostuvo con delicadeza la barbilla de Lirio, obligándola a mirarle a los ojos.

—Qué bien hueles, preciosa —dijo y Lirio sintió que se derretía al escuchar aquella voz ronca. Jizhu le acarició en la mejilla—. Y qué suave eres. Que sepas que te digo todo esto porque sé que no me entiendes. No somos como los chinos. No nos gusta hablar de sentimientos. Claro que tú... Creo que me has embrujado. He pensado mucho en ti estos días. Me gustaría que fueras aprendiendo alguna palabra para poder hablar contigo. Sé que me he comportado mal y ni siquiera sé por qué. Yo...

Fue bajando el tono de voz hasta que se convirtió en un susurro y la besó. Primero fue un beso dulce, vergonzoso, lleno de ternura. Después, la aferró por la cintura y se desató en un beso apasionado, que envolvió a Lirio por completo y confirmó lo que las palabras de él habían dicho: estaba hechizado por su belleza y estaba dispuesto a reclamarla para sí.

Haciendo un terrible esfuerzo, Jizhu añadió:

—Olvida a tus amantes. Yo te haré sentir lo que nunca has sentido antes, te haré volar hasta la más alta de las montañas y subiré a buscarte para descenderla juntos. Nunca te arrepentirás de haber venido conmigo, te lo prometo.

La besó por última vez y siguió acariciándola hasta que llegó Yue.

—Por favor, Yue, lo primero de todo, explícale a Lirio lo que intentaba decirle en mi idioma: que pronto llegará la luna propicia para nuestro casamiento y se celebrará una gran fiesta. Que espero que tenga algún hermoso vestido chino reservado para entonces y que no se lo ponga antes, para que le traiga buena suerte. También que se eche uno de esos mejunjes que se ha puesto hace un rato, que huelen muy bien. ¡Ah!, y pregúntale si ha entendido alguna palabra suelta, por ver si va haciendo progresos en la lengua.

Jizhu estaba nervioso. Yue abrió mucho los ojos y se dirigió a Lirio:

—Bueno, princesa, ¿qué puedo decirte yo que aún no sepas? Solo espero que el día que se entere, se lo tome a bien y no le digas que yo estoy al tanto de tu secreto, igual que la niña, e igual que el chamán, y vete a saber cuánta gente más. Si hay algo que quieres que le transmita, pues adelante, hazlo, que para eso estoy.

Lirio se sintió fatal. Todas las confesiones de Jizhu nunca se hubieran producido de saber él que ella comprendía. ¿Cómo iba a decirle la verdad ahora? Era una deslealtad. Peor aún, una horrible traición. Él estaba dando pasos para acercarse y ella no se atrevía a derribar las barreras. Él le había confiado una pequeña parte de su corazón y ella estaba jugando con él.

—Oh, Yue, soy una persona espantosa. Aconséjame, por favor, no sé qué hacer. Todavía no puedo hablar, pero esto cada vez se complica más.

Yue le hizo un gesto tranquilizador con la mano y se dirigió al *shanyu*:

—Está tan ansiosa por que llegue el feliz acontecimiento que no puede concentrarse en nada más. Pero me ha prometido estudiar mucho cada día para dominar vuestra lengua lo más rápidamente que jamás se haya hecho.

Jizhu sonrió con alivio y procedió a explicar con todo detalle la incursión a las tierras yuezhi. Lirio estaba a punto de convertirse en la primera esposa del *shanyu* y tenía que saber a qué atenerse.

Lirio asentía de vez en cuando con la cabeza, pero apenas prestaba atención. Quedaba otra aspereza que limar, y tampoco sabía cómo hacerlo.

«¿Amantes? ¿Pero a qué amantes se refiere?»

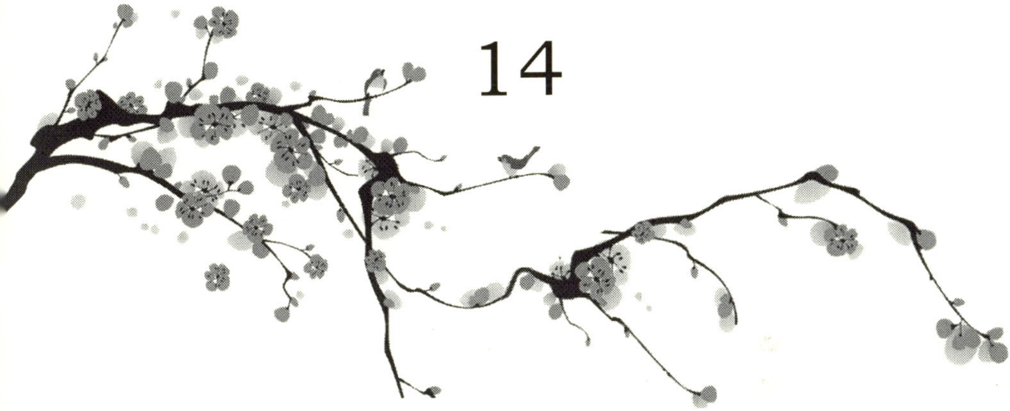

14

La oscuridad se hizo dueña de la estepa. El ocaso era diferente del que Lirio había conocido en China, donde el sol parecía deslizarse con suavidad por una cortina de seda púrpura, con los pájaros piando frenéticos desde sus nidos, avisando del cercano reinado de la noche. Las ciudades nunca se dormían del todo, los farolillos nunca se apagaban por completo, las voces sofocadas nunca guardaban absoluto silencio. En el palacio de Weiyang, Lirio había descubierto un acceso, ya en desuso, a una de las terrazas de la azotea oriental, y cuando había luna llena aguardaba con paciencia a que el sueño derrotara a todo el mundo y subía a contemplar el espectáculo de la hermosa Chang'an bañada en un mar de luz de plata. Los picos de los palacetes rivalizaban en belleza y altura, tratando de agujerear el campo de estrellas. La luna, redonda como la cara de Pama, se reflejaba en los centenares de espejos que componían los estanques, diseminados por todo lo largo y ancho de la ciudad. Desde su atalaya, Lirio había espiado a los amantes que se reunían furtivamente en callejas desiertas, ocultando su amor a los ojos de aquellos cuyos corazones no querían comprender; unos más tiernos, otros más impacientes; todos robando besos, caricias y promesas que no habrían de mantener, lo más cerca que la concubina imperial había estado del amor.

En la estepa no existía nada de esto. No había luces sugiriendo esperas, ni charlas, ni dulces trinos despidiendo la tarde. Solo había silencio infinito, roto tal vez por el viento infatigable que azotaba desde las montañas, frío y cortante como un cuchillo, fiel compañero de las traicioneras extensiones de tierra que se extendían alrededor de la capital xiong como si no conocieran fin. Ni siquiera el sol parecía benigno allí: desaparecía de pronto, sin sugerir su despedida, y la negrura se apoderaba con codicia de la enorme pradera.

Lirio no había logrado acostumbrarse aún al salvaje ritual. Cada atardecer, salía al exterior, cubierta bajo capas de lana y mantas de piel, y rendía tributo a la fiera naturaleza que se manifestaba ante ella. Era un mundo en el que la piedad no existía; todas sus criaturas, desde los hombres hasta los pardos pedruscos, eran duras e impenetrables. Lo delicado no tenía cabida y conllevaba debilidad, y por tanto, destrucción.

¿Quién ganaría la partida, Lirio o la estepa?

Al amparo del fuego y de nuevo en el interior de la *yurta*, Lirio observaba cómo comía Jizhu. Le recordaba a los lobos: desgarraba la carne medio cruda con los dientes, sin molestarse en cortarla con un cuchillo y la tragaba casi sin masticar, como si tuviera miedo de que fuesen a quitársela. Bebía cerveza dando largos tragos y se limpiaba con el dorso de la mano. Para la princesa era una visión fascinante. Al verle se sentía transportada al zoológico de Weiyang, cuando se alimentaba a las fieras.

Dentro de la *yurta*, Jizhu solía ir desnudo de cintura para arriba. Lirio no sabía si lo hacía para que su cuerpo no se relajara o para provocarla, pero de cualquier forma añadía otro elemento primitivo más al momento de la cena.

Jizhu parecía estar de buen humor. Cuando Yue se marchó, lo acompañó y estuvo un buen rato fuera. Tampoco gruñó ni una sola vez desde que había vuelto.

Terminó de cenar y se volvió hacia Lirio, sonriente. Normalmente, cuando la sorprendía mirándole tan descaradamente, ella se sonrojaba, agachaba la cabeza y se ponía a fingir que buscaba algo entre sus cosas, o se acostaba. Esta vez, Lirio le sostuvo la mirada y le devolvió la sonrisa.

—¿Me ayudas a desvestirme? —preguntó Jizhu con expresión maliciosa e hizo gestos tratando de hacerse entender.

Lirio asintió y se acercó hasta él. En realidad, poca ayuda necesitaba, tan solo descalzarse y quitarse los pantalones. Aun así, ella se mostró solícita. Lo empujó de los hombros, obligándolo a sentarse en el suelo y le quitó una bota, no sin esfuerzo. Tuvo que deshacer varios nudos que llevaban días, o quizá semanas, atados. Repitió la operación con la otra y observó los pies disimulando su espanto. Tenían un aspecto horrible, llenos de ampollas y hasta algún corte, con la piel endurecida por toda la planta y rojeces entre los dedos. Torció la nariz en una mueca que sorprendió a Jizhu. No debía estar acostumbrado a ellas.

Lirio le subió las perneras del pantalón hacia las rodillas y le hizo señas de que esperara ahí. Fue a coger un recipiente de agua y otro sobre el que ella había intentado bañarse y le colocó los pies encima. Vació el agua por encima y a pesar de estar helada, Jizhu ni se inmutó. A continuación secó bien los pies con un trozo de tela. Luego fue en busca de uno de los pocos aceites que Pama no se había llevado, se untó las manos y comenzó a hacerle un suave masaje en el pie izquierdo. Torció la nariz en una mueca, una demostración de carácter que sorprendió a Jizhu.

—¡Oye! —protestó Jizhu—. Nosotros no nos ponemos esas cosas de mujeres...

Lirio interrumpió el masaje y con un gesto enérgico le mandó callar. Atónito, Jizhu cerró la boca y la princesa continuó. Primero hundió sus pulgares en la planta y fue realizando movimientos circulares en dirección al tobillo. Mientras el la observaba, ella decidió explicarle en chino lo que estaba haciendo:

—Los pies son la base del cuerpo y el punto de conexión con la tierra. Los canales de energía que llegan hasta los pies aprovechan para sorber más energía del elemento tierra y devolverla al resto del cuerpo. Si los pies no están en buenas condiciones, en lugar de tomar energía, la pierden y el resto del cuerpo se resiente. Hay que ayudarla a que fluya hacia arriba, en círculos, porque el círculo es la forma perfecta.

Jizhu, por supuesto, no comprendía nada, pero le gustaba como Lirio le tocaba y le hablaba con esa voz tan sensual, que rodaba desde su lengua y caía sobre él como un arcoíris. Se recostó, apoyando todo su peso en los antebrazos para poder seguir viéndola.

Cuando terminó con los dos pies, Lirio empezó a dar tirones a los dedos, frotando enérgicamente entre ellos con movimientos rápidos, estirando la piel del empeine hacia atrás. En un par de ocasiones echó un vistazo a Jizhu y comprobó lo mucho que lo estaba gustando «esa cosa de mujeres» que le hacía. Se demoró cuanto pudo, hasta que percibió que la energía se estaba concentrando y era necesario abrir más canales.

Sin mirarle a los ojos de forma deliberada, Lirio le desabrochó el cinturón de piel y le quitó los pantalones, dejando al poderoso *shanyu* totalmente desnudo y a su merced. Jizhu la miró entre las pestañas, sonriendo de lado, preguntándose hasta dónde estaría dispuesta a llegar.

Lirio volvió a impregnarse las manos y siguió con el masaje, esta vez por las piernas. Los músculos de Jizhu se contraían involuntariamente bajo sus dedos, que amasaban con ritmo cadencioso los gemelos y luego los muslos, siempre en movimiento ascendente. Jizhu tenía un cuerpo duro como el bronce y Lirio tenía que ejercer mucha fuerza, sobre todo en los músculos más grandes.

Acalorada, Lirio se despojó con rapidez de su ropa de lana, quedándose tan solo con una ligerísima túnica interior de seda de color rosado que se le ceñía al cuerpo. Algunos mechones de pelo habían escapado al férreo control del *ji* de jade y caían despistados sobre sus hombros, rozando la piel de Jizhu.

Lirio siguió masajenado sus piernas en dirección ascendente y él no podía dejar de pensar en qué parte vendría a continuación. Creyendo anticipar el siguiente paso, Jizhu se endureció sin remedio. Apoyándose mejor sobre unas mantas, se puso cómodo.

A Lirio le entraron ganas de reír; ¿de verdad pensaba que ella le iba a dar un masaje *ahí*?

—Esa parte del cuerpo no tiene el mismo canal de energía que el resto. Se estimula de otra manera, no con un masaje —dijo, consciente de que él no la entendería y se sonrojó al pensar cuánto le gustaría ayudarle a activar esa energía.

—¿Qué ocurre, preciosa? —preguntó Jizhu. Su voz era una invitación a perderse.

Con suavidad, Lirio le empujó para que se diera la vuelta y se tumbara bocabajo. Jizhu se resistió.

—Estoy muy bien así —ronroneó.

Ella hizo ademán de empujarle de la cadera, esta vez con más vigor. A regañadientes, Jizhu obedeció.

Ahora que ya no estaba siendo observada, Lirio se deleitó contemplando sin recato el hermoso cuerpo del *shanyu*. Mientras sus manos se deslizaban ágiles sobre los músculos de la espalda, ella se perdió en los extraños símbolos tatuados: figuras que se entrelazaban unas con otras, como formando una cadena.

El tatuaje no era el único «adorno» de su espalda. La princesa miró con fascinación las pronunciadas cicatrices y sin poder resistirse, las recorrió con la punta del dedo.

—¿Duelen? —preguntó.

El *shanyu* debió de intuir la pregunta y contestó:

—Puedes tocarlas si quieres. Ya no las siento.

A pesar de su timidez, Lirio siempre había sido muy curiosa. Jizhu parecía un dios de la guerra fundido en bronce, con misteriosas inscripciones grabadas sobre su piel. La princesa se preguntó si en realidad no tendrían algún significado encriptado.

Liberó el pelo de su *ji* y se sentó a horcajadas sobre los muslos de él, sin pensar muy bien en lo que hacía.

Tomado por sorpresa y encantado de sentir la suave calidez de Lirio sobre él, Jizhu jadeó ligeramente. Su respiración se tornó más ruidosa.

Ella sujetó con las dos manos su sedosa melena como si sostuviera un enorme pincel de caligrafía y repasó con cuidado el tatuaje y las cicatrices, tratando de descifrarlos. El dibujo tatuado serpenteaba en dirección al cuello; Lirio lo trazaba de arriba abajo, primero con vacilación, luego con más precisión, como una alumna aplicada.

—¿Sabes? Mi abuelo me decía que la caligrafía es como manejar una espada y me animaba a practicar la escritura. Me decía que así, aunque nunca me dejara entrenar con un arma, si llegaba a tener la necesidad, podría empuñar una para defenderme.

Jizhu presintió que Lirio acababa de hacerle una confesión preciosa para ella y quiso corresponderle, pero no se le ocurrió nada. Lo suyo no era hablar, sino actuar.

«Soy un patán y ella una joya resplandeciente. No podré hacerla feliz» pensó ofuscado.

Lirio continuó practicando con su melena. Puso tanto empeño que, sin pretenderlo, comenzó a apretar las piernas en torno a Jizhu, aferrándose a él, para poder mover el torso acompañando a las ondulaciones del «pincel».

Debajo de ella, Jizhu estaba pasando un mal rato. Aprisionado bocabajo, cada vez más duro, el deseo se apoderaba de todo su ser a pasos agigantados. Quería que Lirio siguiera montada sobre él, pero preferiría darse la vuelta, sujetar sus caderas y ayudarla a acompasar sus sensuales movimientos con los de él. Apretó con fuerza la mandíbula, tratando de mantener el control.

Ajena a su sufrimiento, Lirio observó que el tatuaje parecía cobrar vida: se retorcía palpitante, encogiéndose y agrandándose con cada latido del corazón, como un pequeño dragón inquieto. Para ella el tatuaje se había convertido en algo hipnótico. No podía dejar de mirarlo, convencida de que intentaba transmitirle un mensaje. Al final, sin saber por qué lo hacía, se inclinó hacia lo que parecía la cabeza del dragón y le dio un mordisco.

Para Jizhu aquello fue más de lo que humanamente podía soportar. Con la agilidad de un leopardo de las nieves, dio media vuelta, con Lirio todavía sobre él, y se incorporó.

—¡Oh! Lo siento, no quería hacerte daño...

Lirio le miró con arrepentimiento y, sin embargo, no era dolor lo que reflejaban los ojos del temible *shanyu*, sino lujuria desbocada.

Jizhu la atrajo hacia así despojándola de la túnica y la besó con locura, lamiendo sus labios de ciruela, saboreando cada tímido beso que Lirio le devolvía, tratando de devorarla.

Lirio vaciló unos segundos: recordaba cómo él la había utilizado anteriormente, para dejarla luego abandonada sin ninguna explicación y cómo se había prometido a sí misma no volver a caer en sus redes. Sin embargo, con cada nuevo mordisco, Lirio olvidaba sus dudas, hasta que dejó de luchar contra su propio deseo y se entregó a él con la misma necesidad que Jizhu le estaba demostrando.

El *shanyu* no desaprovechó la oportunidad que ella

le estaba ofreciendo y la tendió sobre una alfombra. Se colocó encima de ella y dejó su peso apoyado sobre los antebrazos.

Lirio pensó que la energía que había robado a la tierra para dirigirla a través del guerrero ahora bullía con fuerza y, como no había terminado de abrir todos los canales, había quedado atrapada, justo en la cuna del deseo. Se mordió el labio pensando en lo que estaba a punto de ocurrir.

Jizhu la sentía palpitar, viéndose preso de una urgencia que nunca antes había experimentado. Comenzó a recorrar el dulce cuerpo de Lirio con la lengua: los delicados pechos, la frágil curva de la cintura, las deliciosas caderas... Luego continuó hacia las piernas, arañando con su rostro sin afeitar la piel pálida como la luna llena que pronto habría de verlos casados. Lirio era más suave que la seda con la que ella solía cubrirse: un manjar chino exquisito para colmar al más poderoso de los líderes bárbaros. Jizhu sufrió un ataque de inseguridad.

«¿Tengo derecho?»

No quería tomarla antes del casamiento: traería mala suerte. Podía satisfacerla solo con sus manos, sin duda, pero, ¿y él? Si acaso ella se mostraba experta, ¿sucumbiría de nuevo a sus celos? Alejó de sí pensamientos tan dañinos y se concentró en el placer de ella. Tendida bajo él, con la boca jadeante entreabierta, la melena desparramada a su alrededor y las caderas alzándose ligeramente con cada beso íntimo, Lirio se había rendido por completo a él. El guerrero transformado en amante indómito comenzó a acariciarla entre los muslos, observando cada gesto de ella, interpretando cada gemido. Incrementó la intensidad con la que le rozaba.

Lirio se sentía desbordada, cada vez más desprotegida; nunca había conocido las sensaciones que Jizhu despertaba en ella. Agarró una de las cubiertas de piel que yacían junto a ella, hasta que los nudillos se le pusieron blancos y las caricias de Jizhu la arrancaron del suelo de la *yurta*, con un aullido que nació en sus entrañas y sacudió el espectral silencio de somnolienta estepa.

El *shanyu* ronroneó de satisfacción al verla, tan hermosa, tan salvaje y tan vulnerable. Siguió acariciándola con dulzura, hasta que se quedó dormida con expresión serena. Él se relajaría un poco más tarde, a solas, lejos de su bella princesa, para seguir castigándose a sí mismo con las dudas que se abatían sobre la inocencia de su prometida.

15

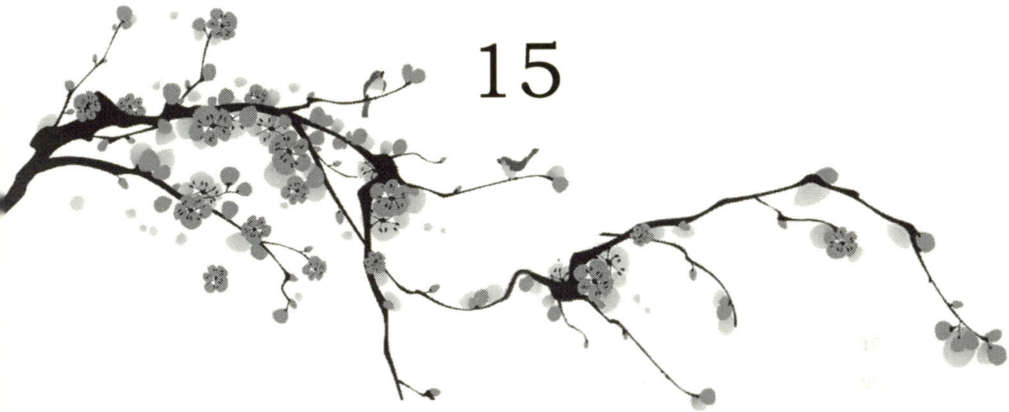

Jizhu madrugó al día siguiente; la estepa seguía en penumbra y solo el viento se dejaba escuchar correteando entre los pasillos de *yurtas*. A pesar de lo que había sucedido entre Lirio y él la noche anterior, o tal vez por causa de ello, no había dormido muy bien y se había despertado varias veces en mitad de una recurrente pesadilla. En ella, una manada de caballos salvajes galopaba a través de un desierto y se detenía a comer junto a un arroyo. De repente, un oso enorme surgía de la nada y atacaba a uno de los caballos que, malherido, trataba de reunirse con los demás. Él llegaba corriendo para socorrer al animal, que se desangraba con rapidez. Cuando le sujetaba el hocico para tranquilizarlo, el caballo se convertía en oso y le lanzaba varios zarpazos con intención de herirle. El guerrero se defendía, atacándole con un cuchillo y, al clavárselo por fin en el vientre, el oso volvía a transformarse, esta vez en su princesa, que sin remedio moría delante de él.

Entró en la *yurta* de Sacha, que ya estaba despierto, y pidió permiso para sentarse junto al fuego.

—Adelante, Laoshang. Eres siempre bienvenido. —En un lateral dormía profundamente la esposa del chamán—. No te preocupes, no se despertará. Está acostumbrada a que haga ruidos a todas horas. ¿Qué puedo hacer por ti?

Jizhu le contó su sueño.

—¿Quién es el oso? ¿Bandidos yuezhi, los chinos? ¿Alguna tribu que nos acecha? Y ¿por qué la princesa *han*? ¿Qué significa?

Sacha cerró los ojos unos instantes, reflexionando en silencio.

—Laoshang, los sueños solo puede interpretarlos la persona que los ha vivido, según sus emociones y sus miedos, pero por lo que dices, es posible que signifique que la princesa y tú guiaréis una gran manada a través de las tierras xiong, y que los osos simbolizen a un terrible enemigo que te engañará para que destruyas a la muchacha, y teniendo en cuenta lo que dices, también a ti mismo.

—¿Destruirme a mí mismo? —Jizhu negó con la cabeza—. No, Sacha, yo he sobrevivido al ataque del oso.

—¿Entonces, por qué te despertabas lleno de temor? Solo puedo ayudarte a recorrer parte del camino, pero eres tú quien debe encontrar la verdad. Dime, Laoshang, ¿de qué tienes miedo? ¿Te asusta perder el poder, perder la vida, perder a tu clan o perderla a ella?

Jizhu miró al chamán entre las pestañas, con ira en su corazón a duras penas contenida.

—Me han ofendido tus palabras, Sacha.

—No te sientas ofendido, Laoshang, yo sé qué es lo

que temes perder. Lo más importante es que tú lo sepas también.

—Soy el mejor de mis guerreros, como lo era mi padre. No temo perder la vida en la batalla, y sé que mío es el favor de mi clan, por lo que no perderé el poder. Me seguirán hasta la muerte sin dudarlo. Y en absoluto temo perder a la princesa *han,* ha sido un regalo de los chinos como muestra de su buena voluntad, pero nada más. Puedo volver al año que viene a reclamar otra.

—Entonces, no hay lugar en tu corazón para el miedo. ¿Es eso lo que me quieres decir?

—Sí.

—En ese caso, Laoshang, el significado de tu sueño me resulta tan lejano como las estrellas del cielo. No puedo servirte en nada.

—Gracias de todas formas, Sacha.

El sol se levantaba perezoso sobre el paisaje infinito. Jizhu perdió un poco de tiempo antes de regresar a su *yurta* contemplándolo. No podía dejar de pensar en ella y cada vez que cerraba los ojos la veía estremeciéndose de placer entre sus brazos: no recordaba haber visto antes algo tan hermoso en toda su vida. Y, cada vez que la imaginaba, una extraña sensación le pinzaba el estómago, era una especie de cosquilleo que le golpeaba por dentro. No creía haberlo sufrido nunca con anterioridad.

«Me acordaría.»

Pensó en las palabras del chamán. No, era absurdo.

«¿Miedo? No sé ni lo que es eso.»

Sin embargo, era cierto que desde que había conocido a la princesa *han,* su mente se concentraba en cosas a las que antes no hubiera dedicado ni un solo pensamiento. Lirio despertaba en él la necesidad imperiosa de protegerla contra todo.

«Pero es normal. Al fin y al cabo, me la regalaron a mí, es mi responsabilidad. Es demasiado frágil.»

Aun con todo, Jizhu tenía la impresión de que se le escapaba algo. No estaba acostumbrado a que nadie le mintiera, pues gozaba del respeto de todo su clan. ¿Y si se estaba engañando a sí mismo?

«No hago más que pensar tonterías desde que estuve con los chinos. Seguro que me han pegado algo.»

De una cosa sí estaba seguro: quería volver junto a Lirio.

«Si la tengo cerca, no le pasará nada.»

Y apretando el paso, casi se diría que corría en dirección a su hogar.

Pama llegó a la *yurta* de Jizhu unos segundos antes que él, con dos caballos.

—¡Hola, Laoshang! —sonrió con genuina alegría.

—¿Adónde vas con los animales? —preguntó él, sorprendido.

—Voy a llevar a Lirio a ver las piedras. —El semblante de Pama se oscureció—. ¿Te has olvidado de que me diste permiso?

—No, no me he olvidado —mintió—. Pero Lirio no sabe montar a caballo. Las chinas no montan a caballo.

—Esta china sí monta.

—¿Ah, sí? ¿Cómo lo sabes? —preguntó burlón.

—Pues... Porque la he visto.

—¿La has visto montar a caballo? —Jizhu torció el gesto, contrariado, y Pama supo que ese día no irían a ver las piedras—. Pues será que alguien le habrá enseñado.

«Maldito Berke» pensó Jizhu. Tenía que haber sido él.

—¿No te llevas a Yue? —preguntó rabioso.

—No... No hace falta, Laoshang —tartamudeó Pama. Parecía muerta de miedo—. Las mujeres nos entendemos de otra manera.

—¿De verdad? Vamos a comprobarlo...

Agarrando a Pama del brazo, entró en la *yurta* como un torbellino. Lirio acababa de desayunar y se estaba recogiendo el pelo con el *ji* de jade que había llevado la noche anterior. Al verlos, sonrió de oreja a oreja. Jizhu se olvidó por un momento de su enfado y le devolvió la sonrisa con expresión mansa. Pama se dio cuenta y abrió mucho los ojos.

—¿Qué ocurre? —preguntó Lirio en chino al comprender que algo no marchaba bien.

Jizhu se recompuso.

—Venga, Pama. Díselo. Quiero ver cómo monta a caballo.

Lirio se quedó muy quieta y dirigió a Pama una mirada interrogadora. Pama negó imperceptiblemente con la cabeza.

—Estoy esperando...

Pama tomó de la mano a Lirio y la condujo al exterior. Se detuvo junto a uno de los animales y le golpeó el lomo.

—Estoy utilizando el lenguaje secreto de las mujeres contigo, Lirio, para pedirte que te subas en el caballo y nos hagas una demostración de lo bien que sabes cabalgar.

Lirio puso cara de asombro y Jizhu hizo un gesto de impaciencia.

—Ya sé que no hace falta explicártelo, pero, ¿ves? Así se sube.

Y diciendo esto, Pama montó de un salto.

—Ahora tú.

Jizhu empezaba a pensar que todo era un desvarío de Pama y quiso mostrarse caballeroso: se le ocurrió que él podría enseñarle a...

Lirio subió con la misma agilidad que Pama y dejó estupefacto al *shanyu*.

—Muy bien, Pama, muy expresiva —dijo él en voz baja—. Ahora dile que cabalgue ella solita hasta aquel montón de tierra de allí.

Pama obedeció y Lirio resopló. Jizhu creyó atistar una sombra de duda en sus ojos cuando ella, con gestos torpes, tiró de las crines del animal indicándole la dirección y apuntalando el talón con suavidad para incitarle a andar.

El pobre caballo, más por su instinto que por las dotes de mando de Lirio, inició un trotecillo hacia delante; se detuvo a medio camino y mordisqueó unos brotes rancios del suelo. Lirio se encogió de hombros, como si no supiera qué hacer.

Pama estaba roja de vergüenza; Jizhu, de ira.

—Ya veo que lleva montando mucho tiempo.

—La otra vez lo hizo mejor —replicó Pama con un hilillo de voz.

Casi mascando la tragedia, Yue, que llegaba entonces para hablar con Lirio, intentó disimular y darse media vuelta; sin embargo, Jizhu le sorprendió y le llamó a voces.

—¡Yue, ven aquí ahora mismo!

—Laoshang —contestó Yue con una reverencia.

Lirio había desmontado y se acercó hasta ellos.

—Yue, creo que he vuelto a equivocarme —musitó ella.

—Ya me doy cuenta, princesa —se inclinó de nuevo, esta vez en dirección a Lirio.

—¿Qué estáis diciendo? —preguntó Jizhu, cada vez más furioso.

—Nos saludamos como es nuestra costumbre, resplandeciente líder.

—Déjate de halagos serviles. Pregúntale quién ha estado enseñándole a montar a caballo. ¿Ha sido Berke? —preguntó Jizhu directamente a Lirio.

—Bueno, princesa, ¿qué tienes que decir para aplacar este nuevo tifón? —fingió traducir Yue.

Lirio palideció. Otra vez el maldito capitán. Claro que esta vez el asunto no tenía ni pies ni cabeza.

—Dile que yo ya sabía ir a caballo, Yue. Que me enseñó... —calló y se preguntó si era buena idea hablar de su abuelo xiong.

—¿Quieres que le diga que fue el emperador? —preguntó Yue con una risilla maliciosa.

Y eso fue lo que le dijo a Jizhu. El guerrero se quedó atónito. Agarró al eunuco por el cuello del caftán y lo atrajo hacia sí.

—No intentarás burlarte de mí, ¿verdad?

—Oh, por favor —dijo Yue—. ¿No creerás que todas las concubinas del emperador sirven para lo mismo?

—¿Qué quieres decir? —preguntó Jizhu asombrado—. ¿No todas son para darle hijos al emperador?

—Vaya, pues no —contestó Yue, liberándose. En realidad, no estaba mintiendo, pensó Lirio, no del todo—. Hay concubinas que son excelentes compañeras para otros entretenimientos, como pasear, cantar, bailar...

«Algunas que no consiguen atraer lo suficiente al emperador, claro está. Pero eso no tienes por qué saberlo» pensó ella.

Jizhu miró largo rato a Yue y Lirio. El eunuco le sostuvo la mirada, pero la princesa no lo logró.

—Llévatela, Pama. Tendrás que llevarte provisiones. Montando así no llegaréis en una semana.

Jizhu se alejó arrastrando consigo a Yue. Era apreciable su enfado y Lirio se preguntó si serían celos por Berke.

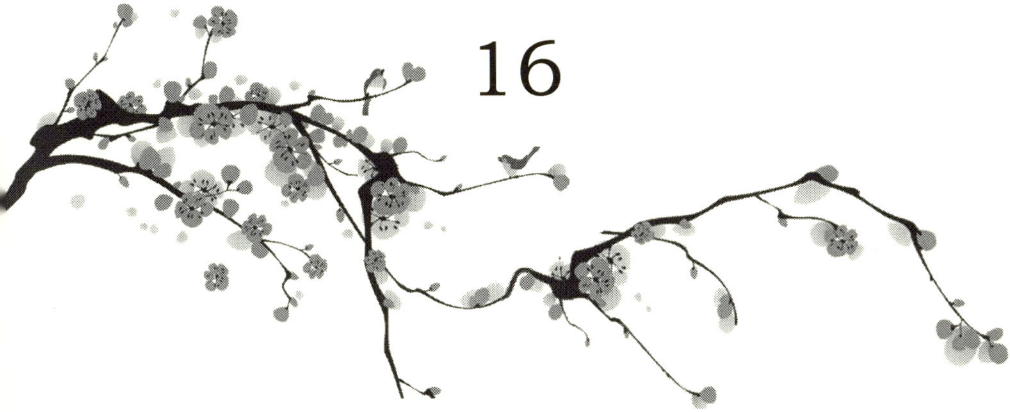

16

Cuando la ciudad bárbara no era más que un punto diminuto alojado en mitad de la estepa, Lirio se acomodó y empezó a montar como una excelente amazona. Pama, con gesto huraño, no había abierto la boca desde que salieron. Había visto el efecto que la sonrisa de Lirio producía en Jizhu y le molestaba todo lo que había ocurrido a continuación. Al final, no pudo resistirlo más, y gritó:

—¿Por qué le cuentas tantas mentiras a Laoshang, Lirio? Nosotros no nos comportamos así contigo. ¿Por qué lo haces?

Lirio se volvió hacia ella. La niña luchaba por controlar las lágrimas.

—No lo entiendes, Pama. Yo...

—¿Cómo voy a entenderte, Lirio, si en vez de explicarnos tus problemas nos mientes? ¿Por qué no le has dicho a Laoshang que comprendes todo lo que decimos? ¡Nosotros nunca le ocultamos nada!

—¡Pama, no te atrevas a gritarme! —exclamó Lirio fuera de sí.

—¿Por qué no? ¿Porque eres una importante princesa china? ¿Te crees mejor que nosotros?

—¡No! ¡Porque no tienes ni idea de por qué tuve que venir aquí! ¡Ninguno sabéis nada de mi vida y nadie se ha molestado en preguntármelo! ¡Solo os ha importado tenerme como trofeo! ¿Qué sabréis vosotros?

—¿Y por qué tuviste que venir aquí? ¿Por qué el emperador pensaba que eras la más fea y la más mentirosa de sus mujeres y no te quería en su palacio? ¿Por eso tuviste que venir aquí?

Lirio se quedó helada. Miró a Pama con un gesto de dolor infinito, pero solo encontró ira en los ojos de la niña.

«¿Por qué tuve que venir?» se preguntó. Y entonces recordó la misión que le había sido encomendada por el emperador y sintió vergüenza, pena y asco. Ella llevaría el deshonor a toda su familia.

Sin pensarlo dos veces, hincó los talones con dureza en los flancos del caballo y lo azuzó hasta que una aterrorizada Pama la perdió de vista.

—¡Espera, Lirio, no te vayas! ¡Te perderás! —Pama se desgañitaba tras ella, pero fue tan solo un débil murmullo lo que rebotó en los oídos de la joven.

Lirio pasó de ser una hermosa princesa *han* montada en un soberbio semental negro, a un remolino de pieles y seda que se agitaban a lo lejos.

Lirio se lanzó a galope tendido a través de la inabarcable estepa. Nubes de polvo se levantaban a su alrededor proyectando minúsculos guijarros a ambos lados del sendero. Nada se escuchaba más allá del ruido de los cascos del animal y su desbocada respiración. Tampoco veía nada que no fuera el horizonte rojizo que se extendía ante ella. Nunca antes se había atrevido a ir tan deprisa. El animal resollaba al límite de sus fuerzas y el aire frío le laceraba la piel y ruborizaba las mejillas. Se liberó la melena del moño y dejó que se enredara flotando a su alrededor. Gritó. Fue liberador.

Solo aminoró cuando comprendió que a su montura pronto le flaquearían las patas.

Se detuvo. El animal sudaba copiosamente por el cuello. Cogió una de las mantas y se la echó por encima para que no se enfriara. Ella se tumbó de espaldas mientras el corazón agitado golpeaba su pecho con furia.

De pronto, se sentía cansada. Llevaba toda la vida teniendo miedo. Era agotador. El fuego de su interior no quería ser controlado: quería extenderse y prender todo cuanto le rodeaba. Los demás siempre se habían aprovechado de ella para lograr sus fines: sus padres se sirvieron de su belleza para mejorar su situación al ofrecerla como concubina imperial; los chinos la utilizaron para comprar la paz; los bárbaros la exhibían como botín de guerra... ¿Alguien se había interesado alguna vez en saber lo que ella pensaba?

«Nadie. Nunca jamás. Ni siquiera mi abuelo me preguntó si me interesaba aprender a ser soldado.»

Y Jizhu... La compasión por sí misma desapareció en cuanto se acordó de Jizhu, dando paso a la ira. Recordó la extraña sensación que la había inundado el mismo día que se habían conocido bajo el gran magnolio y que no había hecho sino que crecer. Había imaginado que podría ser un buen esposo para ella, aunque mantuviera a sus concubinas. Al principio le había parecido incluso que él se sentía atraído por ella.

«Estúpida.»

Solo buscaba saciar sus apetitos, como cualquier otro. En su caso, el placer era doble al humillarla, porque ella era china: era su enemiga.

«¿Por qué se empeñó en humillarme? Haciéndome creer que me deseaba para luego alejarse de mí. Patán orgulloso.»

Algo se quebraba en su interior. Era la esperanza, que abrasaba por su exceso de fuego y ardía incontrolada, elevando al cielo los fragmentos de las ilusiones que había albergado en secreto al saber que sería entregada al *shanyu* como consorte. Cada vez que él se había acercado, algo había salido mal. Ella ni siquiera sabía por qué. Había una cosa, sin embargo, de la que estaba convencida: no volvería a vivir con miedo. Afrontaría lo que el destino le deparara, o moriría enfrentándolo.

Pama llegó a la ciudad al galope y desmontó de un salto. A lo lejos, sobresaliendo en medio de una maraña de caballos, cabras, *yurtas* y gente revuelta, creyó ver una figura que caminaba garbosa luciendo el gorro picudo con insignias de metal de los soldados de Jizhu.

«Por favor, por favor, que sea Altan... Por favor, por favor...»

Era Berke.

Mordiéndose el labio, Pama se acercó hasta él por detrás y le agarró el brazo. Berke se giró bruscamente, con gesto contrariado.

—Maldición, niña, no vuelvas a hacer eso... Pero ¿qué te pasa? —preguntó al ver el rostro ceniciento de Pama.

—Oh, capitán... Tienes que ayudarme. Ha ocurrido algo terrible.

Berke no se inmutó. Esperó a que ella continuase.

—Lirio se ha escapado —no sabía muy bien cómo explicárselo.

—¿La princesa *han* se ha marchado? Bueno, no te preocupes. No irá muy lejos.

—Sí, capitán —resopló Pama—. Ya estará lejos, de hecho. Íbamos a caballo a ver las piedras, se ha enfadado conmigo y ha echado a correr. No he podido seguirla.

—¿Ha echado a correr o se ha ido con el caballo?

—¡Vamos, capitán, no me tomes el pelo! —gritó Pama al borde del ataque de pánico.

Berke la miró por entre las pestañas. Era obvio que la niña no se lo había inventado. De repente, pareció recordar algo, y dio media vuelta.

—¿Adónde vas?

—A buscarla —dijo con voz gélida—. ¿Vas a contárselo a Laoshang?

—Solo si me pregunta —replicó ella temblando.

Berke fue a buscar un caballo y salió con la rapidez de un halcón; Pama, por su parte, corrió hacia la *yurta* de su madre y se quedó allí sin salir durante horas, vigilando el fuego como si temiera que también fuera a salir huyendo.

Berke era un buen rastreador y no le costó mucho trabajo encontrar la pista que le conduciría hasta la princesa.

«Sí que ha ido lejos», pensó malhumorado y divertido a la vez.

Cuando había recorrido un buen trecho desmontó y retrocedió sobre sus pasos, borrando en la medida de lo posible sus huellas y esparciendo las ramitas rotas que pudieran delatarle.

Repetía la operación cada cierto tiempo. Hacia mediodía, creyó divisar dos siluetas, humana y animal, que se alejaban de donde él estaba con aire cansino. Tenía el viento en contra, por lo que pudo avanzar rápidamente sin ser visto, hasta casi caerles encima por sorpresa.

—Vaya paseo más largo, hermosa —saludó con voz pícara.

Lirio dio un respingo y le miró con indiferencia.

—¿Laoshang está ocupado para venir en persona a por mí? —preguntó. Le sorprendió darse cuenta de que le dolía su indiferencia.

—Más bien sumido en la ignorancia. Según creo, Pama no iba a contarle nada.

Lirio se encogió de hombros y siguió caminando.

—¿Puedo preguntarte adónde vas, bella?

—¿Sabes? Me molesta que siempre te dirijas a mí de ese modo —gruñó Lirio.

—¿A qué te refieres?

—«Bella», «preciosa», «princesa»... Tengo un nombre, uno muy bonito. Lo eligió mi abuelo.

—¿Tu abuelo xiong, o el otro?

Un escalofrío recorrió la espalda de Lirio dejándole una desagradable sensación de vacío. Se plantó ante el guerrero y le espetó:

—No recuerdo haberte hablado de mi familia en ningún momento.

—¿Ah, no? Qué equivocación tan tonta. No sé, alguien

más me lo habrá contado. De todas formas, yo sé muchas cosas que los demás ignoran. Incluso tu amante, quiero decir, tu futuro esposo, hermosa.

Lirio frunció el ceño. Cuanto menos supiera de los enredos de Berke, mejor para ella.

—Me alegro por ti. Pero deja de llamarme así. Además, tampoco soy tan hermosa, solo soy diferente a vosotros. Por eso os resulto tan exótica y queréis que me quede.

Berke la observó, incrédulo. Se detuvo de golpe y su voz abandonó su habitual tono irónico cuando contestó:

—En realidad, eres la mujer más hermosa que he visto en mi vida.

Esta vez le correspondió a Lirio sorprenderse. Desvió la mirada y montó en el caballo con intención de alejarse, sola.

—No deberías ir hacia allí, Lirio. —Inquieto, Berke reanudó la marcha hasta ponerse a su altura.

—¿Por qué no?

—Esas son tierras fronterizas. Los yuezhi hacen incursiones por aquí. Son nuestros enemigos —aclaró.

Lirio dudó; levantó la vista hacia el cielo y replicó:

—Creía que por allí estaba China.

—Estás yendo en dirección contraria. —Berke se removía nervioso—. Pero no entiendo nada, ¿qué es eso de que te vas a China?

Lirio miró al frente, sin abrir la boca. Continuaron un buen trecho sin decirse nada. En cierto momento, pasaron junto al cadáver de un animal muy grande; solo quedaban de él la piel y los huesos. Lirio evitó mirarlo y preguntó con fingida indiferencia:

—¿Qué animal era ese? ¿Un caballo?

—Yo diría que un camello.

—¿Y aquello de allí? ¿Es una serpiente? —Lirio indicó con la mano una bolita que daba sacudidas junto a un peñasco.

—¿El qué? —Berke miró hacia donde señalaba Lirio—. ¡Es un aguilucho!

Berke desmontó y corrió hacia el pollo de águila. Se agachó y lo cogió con tanto cariño que Lirio se conmovió. Tal vez fueran las emociones del día, pero el caso es que un grueso lagrimón resbaló por su mejilla y fue a estrellarse contra el suelo, partiéndose en diminutos fragmentos cristalinos.

El guerrero le mostró en animal a Lirio. Sostenía al pájaro con el mismo mimo que una madre sostendría a su bebé recién nacido.

«¿Cómo puede ser el mismo hombre que intentó atacarme en la *yurta*?»

—Mira, es una cría de águila. —Berke miró hacia lo alto del peñasco, pero no vio ningún nido.

—¿Cómo ha llegado hasta aquí?

—No lo sé. Es lo bastante grande como para saber volar. A lo mejor se hirió mientras cazaba y no ha podido remontar el vuelo después.

—Déjame ver...

Berke le dejó el aguilucho, con reticencia. Lirio le examinó las patas, asintiendo con la cabeza.

—Tienes razón, mira este bulto que le sale por aquí. Espera, a lo mejor puedo curarle...

Lirio cogió un palo del suelo y se arrancó un jirón de seda de una manga que sobresalía bajo el caftán de piel para fijárselo. El ave estaba tan débil que no protestó cuando le enderezó la patita.

Berke no perdía detalle, a pesar de lanzar miradas inquietas hacia el sur. Cuando la muchacha terminó, el guerrero cogió de nuevo al animal, sacó unos trocitos de carne seca que llevaba en un petate, los masticó y se los ofreció al aguilucho. Después le vertió unas gotas del agua que también llevaba consigo en el pico. Lirio observaba la tierna escena con una sonrisa.

—¿Qué vas a hacer ahora con el pájaro? —preguntó en voz baja, temerosa de romper el hechizo.

—Llevármelo conmigo, por supuesto. Los xiong amaestramos aves de presa, ¿no lo sabías?

Ahora que se lo decía, Lirio creyó recordar haber visto a Qara paseando con un águila en el brazo, pero por algún extraño motivo no había prestado mucha atención.

De pronto, los caballos comenzaron a agitarse con nerviosismo. Berke se giró de nuevo hacia el sur, haciendo visera con las manos. Se volvió hacia Lirio con espanto.

—¡Maldición! ¡Diez mil veces maldición! ¡Una tormenta de arena!

Lirio abrió mucho los ojos. Un espeso remolino negro se aproximaba hacia ellos levantando nubes de arena y polvo en su fatal avance. En unos minutos se les echaría encima.

—¡Desmonta, deprisa! —ordenó Berke.

El caballo de Lirio se alejó en furioso galope en cuanto se sintió libre de su jinete; el de Berke, en cuanto él se lo permitió, después de coger su arco y un pequeño hatillo.

—¡Corre todo lo que puedas, hacia el camello!

Por si acaso, la agarró de la muñeca y tiró de ella, aunque no hacía falta. Lirio olfateaba el peligro mortal y se lanzó a correr tras él presa del pánico.

—¿Adónde podemos ir? —chilló.

El ruido que precedía a la tormenta era ensordecedor y Berke no podía oírla. Al llegar junto al cadáver del animal, le hizo señas para que se agachara, y se cobijara bajo la piel. Él hizo lo propio, pero en ese momento el aguilucho se le resbaló de las manos y cayó al suelo, rebotando contra la tierra.

—¡El pájaro! —gritó él y reculó unos metros para cogerlo y ponerlo a salvo junto a ellos—. ¡Ayúdame a cerrar la piel, como si fuera una tienda!

Con un movimiento rápido, Lirio se desenganchó el *ji* para sujetar uno de los extremos, haciendo pinza con los pies y las manos en lo que una vez fue la tripa del camello, como vio que hacía Berke.

El olor era inaguantable. El aguilucho se escondió bajo las alas. La tormenta desataba su furia contra ellos, proyectando piedras contra el improvisado refugio que en ocasiones perforaban la piel del cadáver y llegaban a clavarse en Lirio y Berke. Ella se quejaba poco; él, nada.

A pesar de la falta de luz, Lirio atisbaba (o creía hacerlo) el rostro imperturbable del xiong y su valor le insufló la fuerza que necesitaba. Berke le había parecido un presuntuoso arrogante casi desde el primer momento; en cambio, tras su insospechada actitud con el ave, Lirio comprendió que era un hombre complejo. Tal vez demasiado complejo. Además, acababa de salvarle la vida. Solo por eso, lo justo era reconsiderar lo que pensaba de él.

No supieron cuánto tiempo permanecieron agazapados, hasta que el rugir de la tempestad pareció disminuir y se perdió por completo en el horizonte. Berke fue el primero en separar la cobertura de piel y salió al exterior de un salto. Tendió la mano a Lirio, ayudándola a levantarse y luego recogió el pollo.

—Bueno, Lirio. Apestas a cadáver de camello, tienes el pelo perdido de polvo y piedras, rasguños en tu rostro mediocre y en tus vulgares manos chinas, y te hallas en mitad de la estepa, sin caballo ni provisiones, con un bárbaro muy sabio y un pajarito perdido. Ah, y la noche está a punto de caer. ¿Todavía quieres caminar hasta China, o te gustaría conocer mi opinión primero?

Lirio apreció su sentido del humor y le regaló una espléndida sonrisa. Berke endureció el gesto.

—Bueno, quizás deberíamos hacer fuego, comer algo y luego prepararnos para pasar la noche. Dentro de poco hará un frío insoportable.

Berke se arrodilló y reunió ramitas y algunos matojos secos que la tormenta había desparramado a su alrededor.

—No sé si será suficiente...

17

En la capital xiong, poco antes del ocaso, Jizhu se había cansado de buscar entre las *yurtas*. Lirio no aparecía por ningún lado. Se molestó al descubrirse preocupado por ella.

«¿Por qué tiene que importarme?» se preguntó.

Al final optó por ir a la *yurta* de Tiyui. Tendría que haber ido antes para comprobar si las dos muchachas habían regresado de la excursión, pero había estado ocupado (y enfadado) y hasta hacía poco no había reparado en su ausencia.

Altan se reunió con él en la entrada.

—No la encuentro, Laoshang.

—Ven, acompáñame adentro.

El *shanyu* y su comandante entraron en la *yurta*. Un calor muy agradable les dio la bienvenida; Tiyui estaba cenando con Pama y las otras mujeres. Todas se pusieron en pie al ver a Jizhu. Este se sorprendió al toparse allí con la niña, quien, nada más verle a él, corrió a esconderse detrás de su madre.

—¡Pama! —la reprendió Tiyui—. ¿De repente vuelves a tener cinco años?

Al ver la expresión culpable de la chica, Jizhu sintió que la sangre se le helaba en las venas.

—¿Dónde está Lirio, Pama?

—Laoshang... —Pama se arrojó a sus pies, estallando en un llanto desconsolado.

—¡Hija mía! ¿Qué ocurre? —preguntó Tiyui. Después, volviéndose a Jizhu, explicó—: Ha estado muy rara todo el día, pero no ha dicho que hubiera ningún problema.

—¿Pama? ¿Dónde está Lirio? —volvió a preguntar la madre, arrastrando las palabras.

—Ha sido culpa mía, Laoshang. He discutido con ella, y se ha puesto tan, tan triste, que... que...

—¡Pama! —bramó Jizhu—. ¡Dime de una vez dónde está!

Altan se adelantó unos pasos para sujetar al *shanyu* y Tiyui hizo lo propio para proteger a su hija. El comandante ordenó a las otras mujeres que salieran a buscar a Qara y a los capitanes.

—¡Ay, Laoshang! Se ha puesto tan triste que se ha marchado, galopando lejos, lejos.

Jizhu trató de mantener la calma.

—A ver, Pama. Monta peor que un niño pequeño. ¿Dónde crees que puede estar ahora?

—No, no, Laoshang. Ella monta muy bien. No te lo ha dicho porque tenía miedo de que te enfadaras con ella. Hace muchas cosas que tú no sabes y te pondrías muy furioso si te enteraras...

—Pama, calla —susurró su madre. Jizhu estaba blanco de ira—. Tú solo dinos dónde ha ido.

Pero Jizhu sí quería oír lo que Pama sabía y él no.

«Controla tus celos», oía la voz de Sacha en su interior. «Ya es tarde».

—¿Qué cosas, Pama? ¡Dímelo!

Jizhu estaba fuera de sí. Qara irrumpió en ese mismo momento, acompañado de Temür.

—¿Dónde demonios está Berke ahora? —gruñó Altan, conteniendo al *shanyu* a duras penas.

—¡Se fue a buscarla, Laoshang! —aulló Pama, desesperada—. ¡Yo se lo pedí cuando volví a la ciudad!

El rugido de Jizhu se dejó oír por toda la capital xiong, rompiendo en mil pedazos la serena indiferencia de la estepa.

—¡Soltadme ahora mismo u os arrancaré la piel a tiras y os haré hervir después!

Los dos comandantes mantenían bien sujeto a Jizhu, pero no podrían retenerlo mucho más tiempo.

—No le hagas nada a la niña, Laoshang, ella no tiene la culpa.

La voz del chamán se impuso con autoridad dentro de la *yurta*. Todos los demás callaron de golpe; solo el crepitar del fuego osaba quebrar el silencio que ordenaba la propia presencia de Sacha.

Jizhu se liberó por fin de malos modos.

—No tenía intención de hacerle nada.

El chamán avanzó unos pasos hasta plantarse frente a él.

—Tus esposas han venido corriendo a buscarme. Me han dicho que estás enojado.

Jizhu se irguió en posición desafiante. La situación era bastante comprometedora de por sí como para que comenzasen a extenderse rumores.

—Vamos a hablar a mi *yurta*. Pama, tú también. Y en cuanto a vosotras —añadió, dirigiéndose a sus esposas—, como a alguna se le ocurra hacer cualquier tipo de comentario sobre lo que habéis visto u oído, no volverá a ver salir el sol. ¿Queda claro?

Las mujeres asintieron, mudas por el miedo. Sacha lanzó una tranquilizadora mirada a Tiyui, al tiempo que posaba una mano protectora sobre el hombro de Pama.

Una vez en el hogar de Jizhu, Sacha solicitó hablar con él en privado. Los guerreros hicieron guardia en la puerta, mientras a la niña se le permitió pasar y se le encargó que encendiera fuego.

—¿Qué ha ocurrido, Laoshang?

—La princesa *han* ha huido con uno de mis capitanes, Sacha. ¿Qué quieres que haga? Saldré a buscarlos y los mataré yo mismo, con mis propias manos, delante de todo el clan.

—¿Ah, sí? ¿Con qué derecho? —En cuanto hubo formulado la pregunta, el chamán comprendió que se había equivocado. Jizhu montó en cólera.

—¿Cómo que con qué derecho? ¿Cuestionas acaso mi autoridad?

—Laoshang, por favor, cálmate. Nadie cuestiona tu autoridad, ni lo ha hecho nunca. Aleja de ti ese temor de una vez.

Jizhu abrió la boca para replicar, pero no dijo nada. Sacha era el chamán. Veía cosas que los demás no verían nunca. Junto al exiguo fuego, Pama lloraba en silencio.

—Tal vez no tenga derecho sobre ella, pero sí sobre mi capitán. Le arrancaré el corazón y a la princesa la mandaré de vuelta a Chang'an. Ya pueden pedir ayuda a sus espíritus, los chinos. Porque en cuanto pase el invierno, caeré sobre ellos como la peor plaga que hayan padecido.

—Antes de tomar ninguna decisión, Laoshang, sería bueno que intentases comprender. Dime, ¿qué sabes en realidad de la princesa *han*? ¿Alguna vez has tratado de conocer sus deseos, sus miedos, sus esperanzas? ¿Has visto en ella algo más que su evidente belleza? Ponte en su lugar: una muchacha que ha vivido prácticamente toda su vida encerrada en un palacio, temiendo a los bárbaros, es enviada de repente, sin ser consultada, a vivir con ellos. Es más, es ofrecida como regalo al *shanyu* del clan que ella siempre ha considerado su enemigo. ¿Qué le has ofrecido tú, Laoshang, aparte de tu lecho? Los chinos son diferentes a nosotros, ya lo sabes. La princesa es delicada y tiene miedo de ti. Sin embargo, tú ni siquiera te habías dado cuenta.

Jizhu escuchaba con un profundo pesar en el corazón. «Quise protegerla desde el primer momento en que la vi. Pero solo me he comportado como un patán irascible» pensó. Se resistía a mostrar su dolor ante ellos y negó con la cabeza. «¿Y Berke? ¿Qué demonios está haciendo?» Endureció el gesto. Berke no le había respetado como *shanyu*.

Con la vista fija en Jizhu, Pama no perdía detalle de la miríada de sentimientos que el guerrero pretendía ocultar y no vio esperanza. En su desesperación, Pama trató de pensar como una mujer, en vez de como una niña. Por su culpa, perdería a Lirio y Berke sería ejecutado. La princesa era su amiga; el capitán... Bueno, era un fanfarrón presumido, pero no había hecho nada malo. No merecía morir.

—¡Laoshang! —imploró de pronto—. ¡No devuelvas a Lirio a los chinos! ¡Ella me contó lo que le pasaría y tiene mucho miedo!

—¿De verdad? —gruñó Jizhu—, ¿qué terrible castigo le aguarda?

—Me dijo que el honor del emperador le impediría acogerla de nuevo y que se la entregarían al *shanyu* de los yuezhi.

Jizhu apretó la mandíbula.

—Me da igual... —susurró airado.

No convenció a nadie: ni a la niña, ni al anciano, ni a sí mismo. Pama intuyó su victoria. Era el momento de arriesgar.

—Además, Laoshang, la princesa no huyó con Berke. Se marchó ella sola. Berke fue a traértela de nuevo, porque fue el primero al que encontré. Si hubiera visto a Altan, o...

—¡Cállate, Pama! Puede que fuera mala suerte que te lo encontraras a él antes que a otro, y puede que no—. Jizhu se puso en pie y se aproximó hasta la niña—. Aún no me has contado qué es lo hacían esos dos a mis espaldas.

Pama se estremeció. ¿De verdad pensaba que Lirio y Berke...?

«Oh, no, no...»

Quiso responder, pero tenía la garganta seca y las palabras no brotaron de sus labios. Negó con la cabeza.

—¿Qué vas a hacer, Laoshang? —preguntó Sacha.

—Ir en su búsqueda.

—¿Ahora, en plena noche? —pareció inquietarse el chamán—. No es lo más adecuado.

—Inmediatamente. Mis esposas se quedan al mando hasta que vuelva.

Jizhu salió al exterior y dio las órdenes oportunas. Dentro, Sacha abrazó a Pama, intentando ofrecer consuelo.

—Tranquila, Pama. Creo que al final las cosas se arreglarán.

—¿Arreglarse? ¿Para quién? Fui yo la que hizo enfadar a Lirio diciéndole cosas que no pensaba. Laoshang los matará a los dos.

—Si lo hace, él será el único responsable, pequeña. Laoshang será un buen líder si aprende a vencer a su mayor enemigo. Si no, este le destruirá.

—¿Quién es ese enemigo? ¿Berke? —preguntó Pama con incredulidad.

—No, no es Berke. Es él mismo. Su corazón guarda muchas sombras. Lucha contra sí mismo cada día, tratando de hallar la luz, pero es un duro combate. Quizás el desenlace esté próximo. De momento, vete a descansar, Pama, tu madre está muy asustada. Ya no podemos hacer más.

—Buenas noches, Sacha— le deseó la niña, sorbiendo por la nariz.

—Buenas noches, pequeña.

18

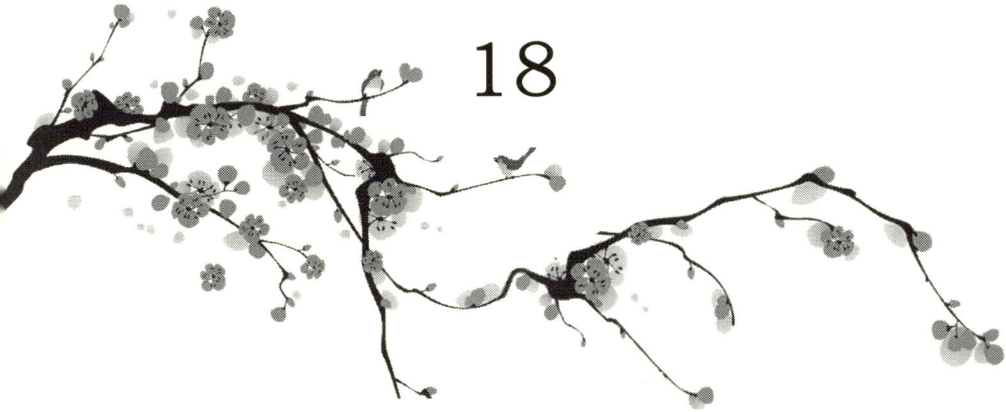

Habían perdido mucho tiempo buscando más ramas para quemar y, al final, en un golpe de suerte, habían encontrado un matorral seco bastante grande que la tempestad había arrastrado cerca. Berke había metido al aguilucho entre su ropa para mantenerlo caliente; una vez el fuego hubo prendido, lo sacó y lo colocó cerca, dándole algunos trocitos más de carne y unas gotas de agua.

—¿Dónde vas a echarte, Lirio? —preguntó con su característico tono burlón.

—Aquí mismo —contestó ella con un hilillo de voz. Estaba aterida; se acercó a la fogata tanto como pudo.

Berke la observó durante un rato. Cuando la había concido, había imaginado que sería una delicada princesita que se vendría abajo en cuanto descubriera cómo sería su nueva vida. Sin embargo, tenía que reconocer que hasta entonces no la había oído quejarse ni una sola vez. No era tan débil como aparentaba.

—Ven aquí —le dijo—. Túmbate junto a mí; te rodearé y así te daré calor.

Lirio le miró con los ojos consumidos.

—Tranquila, no te haré nada. No me desnudaría aquí por nada del mundo, ni siquiera por ti.

La princesa esbozó una sonrisa y fue a sentarse entre sus piernas. Berke la abrazó, frotándole los brazos vigorosamente para calentarla.

—Cuando te entre el sueño, despiértame y yo vigilaré el fuego.

—De acuerdo, hermosa.

Lirio no se enojó esta vez. Berke no dejó de sostenerla en toda la noche. Estaba más que acostumbrado a las privaciones y, en caso necesario, podía dormir montando a caballo.

«Ah, pero si perdimos los caballos...» pensó.

Las estrellas refulgían con viveza aquella noche. El rostro de Lirio adquirió un tono plateado, apenas más oscuro que el manto de piel de zorro que la cubría. Su respiración era dulce, relajada. No moriría de frío, al menos no aún. Su preciosa melena estaba llena de enredones y seguía oliendo a la carne descompuesta del camello. Unos finos pendientes de oro adornaban sus orejas; no lucía más joyas. Berke podría haber estado contemplándola durante toda la vida. En su fragilidad reposaba su enorme fortaleza.

—En ti descansa la belleza del mundo —le susurró. Se le encogieron las entrañas.

«No seré capaz. No podré hacerlo.»

La mañana se despertó transparente, más fría que el día anterior. Lirio se estiró con cautela.

—¿Has dormido bien, princesa?

—Todo lo bien que he podido. Y tú, ¿has dormido así, sentado?

Berke sonrió.

—Soy un hombre muy duro. Algún día te enseñaré cuánto.

Lirio se rio. Su risa era fresca, como un arroyo que se abría camino entre las praderas heladas.

—No lo creo.

—Tú te lo pierdes, bella.

—¿Qué tal está el pájaro?

—De momento, vivo, como nosotros —contestó frunciendo el ceño—. ¿Tienes hambre?

—Puedo aguantar.

—Mejor. Lirio, estoy seguro de que tienes tus buenas razones para haberte escapado, pero si te digo la verdad, tenemos que regresar o moriremos en la estepa. De hecho, es posible que muramos de camino. A pie, sin agua... Lo mejor es volver y resolver tus problemas con Laoshang. No merece la pena perder la vida aquí, de esta forma tan tonta. ¿Por qué te fuiste? ¿Por qué estás siempre huyendo?

Lirio le miró por entre las pestañas.

«¿De verdad estoy siempre huyendo? ¿De quién? ¿De mí?»

—No se puede huir de uno mismo —continuó Berke, como si hubiese leído sus pensamientos—. Al final, siempre te encuentras.

—Si te digo que en realidad no quería escapar, ¿me creerías? —preguntó Lirio, poniéndose en camino.

—No.

—Es mi elemento. Mi madre se quejaba de que tenía demasiado fuego. A veces hago cosas sin saber por qué las hago, creo que es el fuego que se agita en mi interior para reavivarse.

—¿Así que eres fuego? Vaya, yo soy madera. Aciago futuro, el nuestro.

—Jizhu es agua. Yo te destruyo a ti, él me destruye a mí. —Aunque Lirio quiso sonar despreocupada, una nota de tristeza enturbió su voz.

—Tú me destruyes a mí y le mantienes bajo control a él. Ya sabes que cuando hace mucho calor, el agua se evapora.

Lirio se le quedó mirando con la boca abierta. Definitivamente, Berke era mucho más de lo que se adivinaba a simple vista.

A pesar del sol radiante que dominaba sin oposición el firmamento, el frío era intenso y les lamía los huesos. Mantuvieron el paso durante horas; Berke conocía un pequeño oasis no muy lejos de allí y con suerte podría cazar algo para comer. Hacia mediodía divisaron un conjunto de árboles raquíticos y unos cuantos matojos apiñados.

—¡Es allí, lo hemos encontrado! —suspiró Lirio, radiante.

—Claro que lo hemos encontrado, ¿qué creías? —replicó ofendido Berke.

De pronto, se detuvo.

—Espera... ¿Qué es aquello de allí? ¿Esa sombra tras los árboles?

—No sé, será algún animal.

—Y tanto que lo es.

Un grito espeluznante atravesó la estepa como una flecha, hiriéndoles los oídos. Varios jinetes salieron en tromba hacia ellos, apuntándoles con los arcos.

—Son yuezhi...

Los yuezhi eran enemigos de los xiong. No tardaron en rodearles. Vestían ropas muy similares a ellos; idénticos eran sus gorros picudos de piel y sus adornos de metal. Uno de los guerreros avanzó hasta detenerse junto a Berke. Le examinó de arriba abajo, enseñando los dientes como un perro rabioso.

—¿Os habéis perdido, xiong?

Berke no contestó. Hablaban lenguas distintas; no obstante, las semejanzas eran mayores que las diferencias y tanto él como Lirio pudieron entender cuanto decían. El yuezhi se acercó a continuación hasta Lirio, con la misma mueca pintada en la cara; cuando la vio de cerca, la lascivia sustituyó al desprecio.

—Hermoso botín. Nos llevamos a la mujer; matad al otro.

—¡No! No lo hagáis —gritó Lirio—. Jizhu os despellejará vivos si le hacéis daño.

—¿Quién has dicho? —preguntó curioso el líder yuezhi.

—Es el hermano de Jizhu. El *shanyu* de...

—... de los xiong —terminó la frase por ella—. Un botín de lo más interesante.

Los yuezhi habían levantado un campamento no muy lejos de allí, parapetados tras unos peñascos que se alzaban en mitad de la estepa. No habría más de una docena de *yurtas* y no se veían mujeres.

—Es una avanzadilla —explicó Berke.

Uno de los guerreros les condujo al interior de una de las tiendas y les ofreció carne y cerveza. Se quedó allí mientras ellos comían, sin levantar la vista de Lirio.

—¿De dónde eres tú? —preguntó—. No eres de su clan.

Lirio miró a Berke; su mano se quedó inmóvil sujetando un trozo de comida frente a la boca.

—¿A ti qué te importa, perro? —respondió Berke.

—No me digas que eres uno de los regalos del emperador *han*—. Hablaba con glotonería, tratando de imaginar el alcance de su descubrimiento—. ¿Es cierto lo que dicen de las princesas *han*? ¿Qué sois insaciables con los hombres, como los lobos con la carne fresca?

—¿Qué más te da, sarnoso, si tú no lo vas a comprobar nunca?

El yuezhi miró enojado a Berke, que seguía comiendo con absoluta parsimonia. Lirio se inquietó. Tal vez esa era la manera que tenía el capitán de protegerla, o tal vez no le preocupara para nada lo que pudiera ocurrirle. De cualquier forma, su situación comenzaba a complicarse.

—El hermano segundón del *shanyu* y el nuevo juguete chino. ¿Sabes lo que hacía Maodun con las concubinas chinas?

Berke terminó de masticar el último trozo de carne y le arrojó el hueso a la cara. Se puso en pie con pereza, haciendo crujir los nudillos.

—Y tú, ¿sabes lo que hacía Maodun con los perros yuezhi?

El guerrero yuezhi sostuvo la torva mirada de Berke, que ya no parecía tan gracioso, sino más bien siniestro. Se midieron durante unos segundos y el yuezhi se lanzó contra Berke, aunque no era rival para el capitán xiong, más alto y fornido. En el forcejeo, el yuezhi perdió una daga, que salió disparada hasta Lirio. La princesa se apresuró a cogerla y esconderla bajo su túnica, justo antes de que dos hombres más irrumpieran en la *yurta*.

—¿Qué estás haciendo, estúpido? —le preguntó uno de ellos a su compañero—. ¿Te crees que son para ti?

Los separaron y empujaron a Berke a un rincón.

—El jefe vendrá dentro de un rato a haceros una propuesta —gruñó uno de ellos. Al pasar junto a Lirio, le asestó un puñetazo en la cara—. Así estás más guapa.

Lirio estuvo frotándose la mejilla un buen rato, sin quejarse.

—¿No se habrá hecho daño el pájaro? —preguntó de repente.

—Está ahí. No le harán nada, entre animales suelen cuidarse.

—¿Quién es Maodun?

Berke resopló. Su adversario le había alcanzado en un par de ocasiones y le dolían los nudillos.

—Era el anterior *shanyu*. El padre de Laoshang— explicó con desgana—. Otro animal.

Lirio se extrañó.

—Creía que me habías dicho que fue un gran líder.

—Y lo fue. Pero también fue un animal sanguinario —se encogió de hombros—. No digo nada que no sea cierto. Supongo que para mandar a los bárbaros tienes que serlo. Igual que tu emperador, por otro lado.

Lirio se quedó callada un tiempo, reflexionando.

—¿Jizhu también es un animal sanguinario?

Berke se revolvió, incómodo. Sus ojos no dejaban traslucir ningún sentimiento, pero su cuerpo se agitaba revelando su malestar. Algo dentro de él pugnaba por salir al exterior. Por fin, suspiró y se cubrió la cabeza con las manos, agachándose y quedándose inmóvil.

—¿Te encuentras bien? —preguntó Lirio.

Berke negó con la cabeza, sin hablar.

El pollo de águila piaba, quejoso, en un extremo de la *yurta*. Al comprobar que Berke no quería salir de su trance, Lirio se acercó al pájaro y le dio de beber de las reservas de agua del capitán xiong, como le había visto hacer a él, ofreciéndole unos trozos de carne. El ave picoteó de la mano de la princesa, haciéndole cosquillas. Aflojó un poco la tira de seda para observarle la pata herida: en apariencia, todo seguía igual.

Afuera, el jaleo aumentaba de intensidad; probablemente estaban bebiendo. Por ahora, todo parecía bajo control, pero Lirio se acobardó. Las cosas podían empezar a torcerse en cualquier momento.

Al anochecer, el jefe de los yuezhi se decidió a hacerles una visita. Al contrario que sus hombres, no había bebido; su voz retumbaba en la *yurta* como un trueno. Era más bien pequeño, pero muy fornido; sus ojos se juntaban más de lo común hacia el centro, confiriéndole un aspecto temible.

—Solo vengo a deciros que no os preocupéis. Nadie volverá a atacaros sin permiso. Ya ha sido castigado el que lo hizo. Seréis nuestros huéspedes durante unos días y, luego, os devolveremos a vuestro clan.

Berke salió de su letargo para preguntar con tono despreocupado:

—¿Muchos días, o pocos?

—Cinco días.

—Esperaremos pacientemente.

—Si necesitáis alguna cosa...

—Sí, la verdad es que hay algo que necesito... Muy buena, vuestra cerveza, pero ¿te importaría traerme algo de agua?

—¿Para la mujer?

—No, para el aguilucho —dijo Berke, señalando al animal con la cabeza.

—Claro, en seguida te la traerán.

Cuando el jefe se marchó, Berke comentó con calma:

—Van a esperar a la luna llena para sacrificarnos. ¿Te has dado cuenta?

Lirio palideció.

—¿De verdad?

—Sí, de verdad. La luna llena siempre es propicia para este tipo de cosas. Ah, tú ibas a casarte el mismo día, ¿verdad? Qué coincidencia tan desagradable...

—El día de después —contestó Lirio, ausente.

—Bueno, si te sientes sola y desesperada alguna de estas noches que faltan, por favor házmelo saber y haré un esfuerzo por ti...

Lirio no se molestó en fingirse ofendida.

—¿Crees que nos estarán buscando?

Berke la miró con expresión sombría.

—Lo dudo. Imagino lo que Laoshang estará pensando de mí ahora...

19

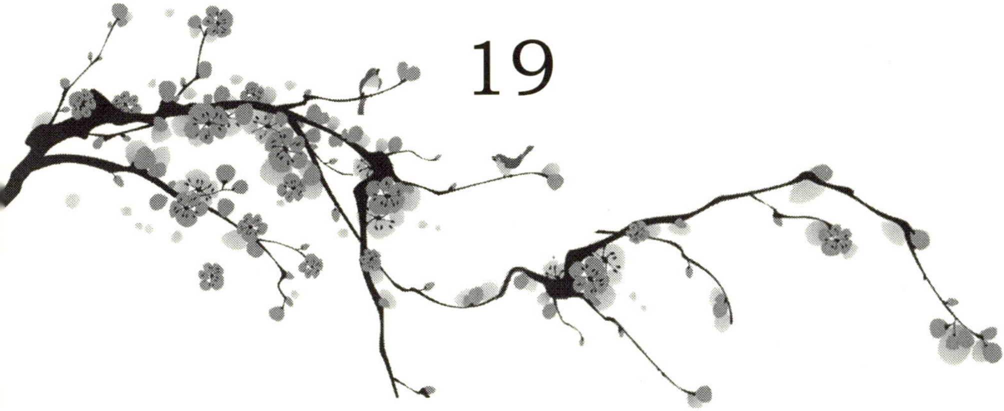

Aunque Jizhu inició la búsqueda aquella misma noche, transcurrieron varios días sin que hallaran ni rastro de los desaparecidos. Según las indicaciones de Pama, Lirio se había alejado más o menos cuando llevaban la mitad del camino recorrido; sin embargo, a pesar de haber rastreado todas las direcciones posibles, no dieron con ninguna pista.

—La tierra está muy revuelta, Laoshang —explicó Qara—. Tal vez les sorprendiera alguna tormenta de arena. En esta estación son frecuentes.

Jizhu no le prestó atención; se limitó a señalar un bulto en la lejanía.

—¿Qué es eso? Vamos a ver.

Restos de una fogata revelaban un improvisado campamento.

—Lo abandonaron hará por lo menos un par de días —dijo Jizhu a media voz—. No quedan ascuas.

—Mira, Laoshang —uno de los hombres había encontrado un adorno de mujer enganchado en un jirón de piel seca—. ¿Lo reconoces?

A Jizhu le dio un vuelco el corazón. Lo cogió para examinarlo más de cerca. Era uno de los *ji* de Lirio.

—Es de la princesa *han* —confirmó.

Buscó frenéticamente marcas de huellas o algún otro rastro que pudiera delatar el paso de Lirio y Berke. La tempestad se había encargado de borrarlo todo sin misericordia. Jizhu paseó la vista a su alrededor. ¿Hacia dónde habría seguido él? Si su intención era regresar, el camino más rápido era el mismo por el que habían venido.

«Eso si querían regresar» pensó alicaído.

—Eso de allí es tierra de nadie. Puede que la princesa sea una estúpida, pero Berke nunca se habría adentrado por esa zona.

—No sabemos por qué huyó la princesa —gruñó Jizhu. No le gustó que la insultaran en su presencia.

Qara sacudió la cabeza.

—¿Qué ocurre? —le espetó Jizhu—. ¿Tienes algo que decirme?

—En realidad, sí, Laoshang. —Qara fue discreto y se alejó unos pasos con Jizhu para que no les escucharan—. Recuerda lo que te advertí de las princesas *han.*

—¿Qué estás insinuando, comandante? —la expresión de Jizhu se tornó gélida—. ¿Que la princesa que ha de ser mi consorte ha estado yaciendo con uno de mis capitanes? ¿Sabes algo de eso y me lo has ocultado?

Qara apretó los dientes.

—Si alguna vez lo hubiera sospechado siquiera, habrías sido informado al instante. No dudes de mí.

—Como tampoco dudo de la lealtad de Berke.

Qara bajó la vista al suelo, quizás avergonzado por las consecuencias de su comentario.

—Y tampoco es verdad lo de las princesas *han* —atajó Jizhu. A continuación, levantando la voz para que todos se enterasen, añadió—: ¡No toleraré ninguna muestra más de deslealtad hacia mí, hacia mis esposas o hacia ninguno de mis guerreros! ¡Si alguien lanza una acusación más sin pruebas, será ejecutado al momento!

Altan se acercó tentativamente a Jizhu.

—La piel del camello está desgarrada, yo diría que por guijarros más que por los dientes de otro animal. Puede que se cobijaran aquí de una tempestad muy violenta... Si fue así, probablemente perdieron a los caballos.

La mente de Jizhu calculó entonces las rutas alternativas que podrían haber tomado.

—Hay un oasis en esa dirección —los demás asintieron—. Si tenían que volver a pie, irían antes a recoger agua para el camino. ¡Vamos!

El aguilucho estaba mejor. Daba saltitos por la *yurta* y estiraba las alas preparado para volar.

—¿Lo soltarás? —preguntó Lirio, apenada mientras le quitaba la tablilla.

—Me lo quedaría si no fuese a morir mañana, bella.

Unas profundas ojeras ensombrecían la mirada de la princesa, enmarcando sus delicados rasgos. Además, tenía la cara hinchada y moratones por todo el cuerpo. Dormían poco y mal: en varias ocasiones, algunos yuezhi habían irrumpido en la tienda y les habían atacado. Entraban en grupos de cuatro o cinco, armados con dagas y cuchillos; primero sujetaban a Berke y luego enfrentaban a Lirio, con humillantes amenazas acerca de traer al mundo hijos mestizos. La vergüenza invadía a Berke al no poder hacer nada por ayudarla.

El capitán contempló en silencio la desvalida silueta de la princesa y le preguntó con voz tranquila:

—¿Por qué te eligieron a ti, Lirio?

—No lo sé —mintió.

—¿Ah, no? Qué raro. Yo sí que lo sé. Te lo digo simplemente porque ahora ya da igual. Por lo del sacrificio y todo eso.

—No entiendo, Berke, porque siempre has intentado enredarme con comentarios así. No sé qué pretendes oír.

Berke suspiró.

—¿Quieres que te enseñe una cosa que estos perros no me quitaron? Mira...

Berke le mostró una figurita de oro que representaba a un dragón. Los ojos estaban hechos con rubíes. Lirio abrió la boca, asombrada.

—¿De dónde has sacado eso?

—¿No lo adivinas? Me lo regaló tu emperador. Tenía que ayudarte en tu misión, Lirio...

Lirio sintió que la sangre se le helaba en las venas. ¿Cuánto sabía Berke? ¿Y quién más estaría al tanto? No encontró palabras para exigirle más información; un frío incontrolable se extendió desde sus entrañas por todo su cuerpo.

—No te asustes, no lo sabe nadie más. Aunque sobreviviéramos, quiero decir. He cambiado de idea.

—¿Habrías traicionado a Jizhu? —Lirio no acababa de asumir todas las connotaciones de su inesperada confesión.

—Sí, de hecho es lo que pensaba hacer antes de que tú llegaras. —El tono de Berke estaba desprovisto de emoción—. Ya sabes lo que pienso de Laoshang. Vive acobardado por el temor de no hacer honor a su padre y eso puede significar que un día se convierta en una bestia peor que Maodun. Si no fuera por esa razón, se convertiría en un gran *shanyu*, hasta puede que el mejor. Eso es lo que mi clan necesitaría. No otro salvaje.

—No entiendo, Berke... —Lirio meneó la cabeza con pesar y su melena flotó con suavidad a su alrededor, a pesar del polvo y la suciedad.

—¿No has visto cómo te mira Laoshang? Tú podrías domar a la bestia, Lirio.

Lirio cerró los ojos tratando de absorber lo que Berke le había contado. ¿Sería cierto? ¿Se dejaría Jizhu domesticar por ella?

—Si lo consigues... —Berke le dedicó una de sus sonrisas pícaras—, tú me gustas mucho más que el emperador chino. Eres mucho más civilizada. Tienes mi lealtad.

Lirio se levantó y fue a sentarse junto a Berke. Al igual que ella, tenía el rostro desfigurado por los golpes y la suciedad se pegaba a él. Y sin embargo, en aquel momento, Lirio admiró al bravo guerrero que asomaba bajo las ajadas ropas. Le acarició el rostro con ternura, depositando un casto beso en su mejilla.

—Berke... —susurró Lirio al cabo de un rato—. Mira lo que tengo aquí...

Lirio se levantó la túnica que llevaba bajo el caftán. Berke sonrió de oreja a oreja.

—Ya iba siendo hora, preciosa.

Lirio le ignoró y extrajo de su ropa interior la daga que

había arrebatado al yuezhi.

—Oh, vaya, qué decepción.

—Si hemos de morir, hagámoslo con dignidad. Sé lo que diría mi abuelo si me viera aquí sentada esperando que estos perros nos sacrifiquen.

—Yo sé lo que me dirá Laoshang cuando vea lo mal que te he protegido.

—Bueno, así al menos verá que no estás enamorado de mí y que no te importa lo que me pase.

—Qué absurdo, pensar que me he enamorado de ti. Yo solo buscaba otra cosa...

Lirio sonrió divertida. En su interior, Berke sintió una ligera punzada de celos.

El sol iniciaba su perezoso descenso; era el momento preferido por los yuezhi para empezar a beber. Aquél día el viento soplaba con furia, agitando las paredes de la *yurta* y levantando el polvo del suelo en forma de remolinos. Lirio se agachó para ojear el exterior: los caballos de los guerreros descansaban no muy lejos de su tienda, mientras los hombres, en su mayoría, se relajaban en la dirección contraria. Dos guerreros hacían guardia junto a la puerta de la *yurta*; uno, más adelantado, estaba pendiente de las chanzas de sus compañeros y el otro vigilaba más de cerca la entrada.

Berke cogió al aguilucho y lo escondió, bien arropado, en su pecho.

—Tendré que soltarlo, al fin y al cabo. No me gustaría que acabara herido por mi culpa.

—A lo mejor vuelve con nosotros.

—A lo mejor —Berke lo dudaba—. No llevamos mucho

tiempo juntos, de todas formas.

Lirio entregó el cuchillo a Berke; él le daría mejor uso.

—¿Estás lista?

Lirio asintió sin mirarle a la cara. No había más opción. Inspiró profundamente y se encomendó a sus ancestros, especialmente a su abuelo.

«Guíame.»

En su mente, una voz firme y cariñosa le contestó:

«No es momento de pensar, Lirio. Deja que tu cuerpo actúe. Abre tus canales de energía. Libera tu fuego.»

Lirio avanzó unos pasos hasta colocarse detrás del primer guardián y, con un movimiento rápido, giró sobre sí misma y le lanzó una patada al cuello. El certero impacto, unido a la sorpresa, hizo que el hombre trastabillara hacia atrás; Lirio levantó la pierna casi en posición vertical y la descargó sobre la nariz del guerrero. Se desvaneció sin hacer ruido.

En cuanto Lirio asestó el primer golpe, Berke corrió hacia el segundo guardia, cuchillo en mano, y lo degolló sin miramientos. Un chorro de sangre brotó hacia delante, salpicando el suelo; antes de que se desplomara, Berke le arrancó el arco y el carcaj y se sacudió la mano sin prestar atención al cuerpo inerte que yacía como un saco frente a él.

«¿A cuántos hombres habrá matado así?» se preguntó Lirio.

Agazapados entre la hilera de *yurtas*, corrieron hacia los caballos. Montaron rápidamente; conforme se alejaban, Berke lanzó un aullido espectral que asustó a los demás animales, sembrando el caos.

Los yuezhi tardaron unos segundos en reaccionar. Berke liberó al aguilucho, que remontó el vuelo agradecido, trazando círculos sobre ellos. Cuando los guerreros, medio borrachos, consiguieron montar, Berke y Lirio se lanzaban a galope a través de la estepa, con bastante ventaja sobre sus rabiosos perseguidores.

Berke tomó la delantera, pero sin aproximarse mucho a Lirio. En cuanto los tuvieran a tiro, los yuezhi cargarían los arcos y arremeterían contra ellos; si se mantenían separados les resultaría más difícil acertar. La tierra reseca protestaba contra la feroz carrera, haciendo brotar nubes de polvo bajo las patas de los caballos. El viento aullaba empujándolos desde atrás. Un silbido agudo alertó a Berke.

—¡Aléjate, Lirio! ¡Muévete en zigzag, nos están disparando!

A pesar de que la princesa era buena amazona, no era rival para los yuezhi, quienes, al igual que los xiong, comenzaban a montar a los tres o cuatro años de edad, podía decirse que vivían sobre los animales y podían incluso dormir galopando. Además, la extensa amplitud de la estepa jugaba en su contra: en cuanto los caballos comenzaran a cansarse, sus perseguidores se abatirían sobre ellos sin compasión.

Ni Lirio ni Berke albergaban esperanza alguna sobre su huida, pero ambos estaban de acuerdo en que era la opción más honorable. Aun con todo, el capitán no iba a permitir que los yuezhi obtuvieran una victoria sencilla. Antes de dejar que capturaran de nuevo a Lirio, él mismo la atravesaría con la última de sus flechas.

Los gritos de los guerreros laceraban sus oídos. Berke volaba con su montura, abriendo mucho el zigzag para que

Lirio se distanciara hacia delante todo lo posible. Cuando las flechas enemigas comenzaron a ser más constantes, se volvió y apuntó con el arco al que tenía más cerca. Los yuezhi parecían más despejados; de todas formas, la bebida consumida les impedía dirigir con precisión sus flechas y esquivar las de Berke.

El capitán abatió a un par de jinetes. Los yuezhi, furiosos por la pérdida de dos de los suyos, pusieron sus caballos al límite, recortando la distancia. El caballo de Lirio empezó a dar muestras de flaqueza. Berke lo percibió y lo azuzó para que continuara.

«Corre, Lirio. Ellos también se cansarán. Corre. Yo me sacrificaré por ti.»

Berke trazó un semicírculo para enfrentarse a sus enemigos. Los yuezhi enseñaban los dientes, aullando para infundir ánimos a sus animales y atemorizar a la pareja. Ya se imaginaban el cálido reguero que la sangre de Berke dejaría sobre la dura tierra de la estepa.

—¡Berke! ¡Mira allí! ¡Es Jizhu!

Berke se giró, asombrado. Era cierto. Volvió grupas y galopó de nuevo junto a Lirio, llamando a voz en grito a su *shanyu*:

—¡Laoshang!

—¡Jizhu! —La voz aterrorizada de Lirio se abrió paso entre las rocas, el viento infatigable y el polvo, hasta robar la atención de Jizhu, que había divisado la polvareda pero no podía imaginar quien era su responsable. Las flechas yuezhi zumbaban junto a los fugitivos, perforando el aire, salpicando el camino.

—¡Laoshang! ¡Es Berke!

—Ya lo veo. ¡Vamos!

Los xiong se lanzaron por la estepa con la furia de una avalancha, liderados por Jizhu, quien ya había tensado el arco y se arrojaba en feroz carrera en defensa de su princesa y su capitán.

—¡*Hurai*! ¡*Hurai!* —el grito de guerra xiong llegó hasta ambos como el dulce sonido de las primeras lluvias.

—¡*Hurai!* —contestó Berke.

Los yuezhi no se amilanaron al ver al torrente xiong que amenazaba con despedazarlos. Uno de ellos quiso reclamar su botín antes de haberlo ganado y apuntó con su flecha hacia Lirio. El tiro erró, pero por poco, y fue a clavarse en un flanco del animal que ella montaba. El caballo dobló las patas delanteras y cayó de bruces al suelo. Lirio salió por los aires y aterrizó de medio lado. El fuerte golpe la dejó aturdida y los yuezhi se lanzaron en su dirección como aves de rapiña.

Desde la distancia, Jizhu profirió un terrible grito, de rabia y temor; Berke, que había oído el estrépito a sus espaldas, hizo girar al caballo y galopó hacia la princesa, que trataba de incorporarse. Jizhu lanzó a sus hombres directos a por los yuezhi, ordenando una descarga de flechas que hostigó a los guerreros. Berke pudo llegar hasta Lirio, la levantó en volandas y, colocándola sobre sus piernas, corrió a cubrirse tras las filas de sus compañeros.

Jizhu fue el primero en llegar hasta los enloquecidos perseguidores; por la cercanía, los arcos se volvieron inútiles y los guerreros desenvainaron los puñales. Jizhu, con el corazón latiendo más rápido que su caballo al galope, se batió con la ferocidad de tres hombres. Al primer yuezhi sobre el que se abalanzó lo degolló sin llegar a detenerse; al siguiente lo apuñaló hincándole el cuchillo izquierdo en un costado y rematándolo con el derecho. Avanzaba siempre de frente, segando las vidas de sus adversarios de lado a lado. Cuando logró abrirse paso hasta la retaguardia yuezhi, repitió el camino a la inversa.

Los xiong eran inferiores en número, pero se hallaban en perfectas condiciones para el combate. En cuanto los yuezhi empezaron a caer sin remedio, los supervivientes esquivaron la lucha y huyeron en desbandada.

Altan se apresuró hasta donde estaba el *shanyu* y preguntó:

—¿Los perseguimos?

Jizhu los observó trotar en estampida; con el dorso de la mano se limpió la sangre enemiga que ensuciaba su rostro y contestó con voz sorda:

—Déjalos. Volveremos a vernos.

Desmontó y se acercó hasta Lirio. Estaba sentada en el suelo, frotándose las costillas para mitigar el dolor, con la vista clavada en él. A cierta distancia, Berke le observaba también, con el gesto impasible y la respiración jadeante. Ambos presentaban un aspecto deplorable, con los párpados hinchados y moratones en la cara; Berke, además, tenía un labio partido.

Jizhu se esforzó por controlar la rabia que amenazaba con estallar sobre ellos. No sintió lástima por Berke, que al fin y al cabo, era un guerrero. En cambio, la imagen de su delicada princesa magullada y maltratada sacudió cada una de las terminaciones nerviosas de su cuerpo, instalándose con descaro en sus entrañas y grabándose a fuego en su memoria. Tomó el dolor de la princesa y lo hizo todo suyo.

No sabía cómo reaccionar. Había visto, al igual que el resto, cómo Berke arriesgaba su vida por poner a Lirio a salvo. A cualquiera de sus hombres se lo habría agradecido sin tapujos, permitiéndole recoger de los caídos la justa recompensa a su valerosa acción, porque lo habría aceptado como muestra de lealtad sin más. Sin embargo, con su capitán... ¿Qué era lo que la había empujado a actuar así? ¿Lealtad hacia él? ¿O algún otro sentimiento, más poderoso quizá, hacia ella?

Inspiró hondo y se encaminó hacia Berke, traspasándolo con la mirada. Obedecería a lo que su instinto dictaminara en función de cómo se comportara el otro.

De forma consciente, dio unos toquecitos en la empuñadura de su cuchillo. Al caminar cerró los dedos sobre esta y se plantó ante él con las piernas ligeramente separadas. Berke le sostuvo la mirada, apretando la mandíbula. Si Jizhu le atacaba, no se defendería. Si lo único que le quedaba era el honor, debería conservarlo para después de muerto.

Jizhu ladeó la cabeza, como sopesando alguna idea. No vio vacilación en Berke, ni dudas, ni temor. Los segundos se ralentizaron, el tiempo avanzaba lento como una pluma cayendo desde lo alto. El *shanyu* se adelantó un paso más, hasta situarse a dos palmos escasos. Levantó un brazo hacia él y, por fin, le abrazó con fuerza, lo que le exoneró de cualquier delito posible ante sus hombres. Aunque estos no dijeron nada, alguno resopló y todos respiraron más tranquilos. El capitán seguía siendo honorable, seguía contando con la aprobación del *shanyu*. Lo que ocurriera con la princesa, fogosa o no, era problema de Jizhu.

Berke fue cuidadoso. No preguntó nada; no hizo ninguna indicación al *shanyu* con respecto a Lirio.

Jizhu se aproximó hasta Lirio; sus hombres se alejaron varios metros con discreción. La hermosa princesa no había dejado de observarle desde que se había desatado la lucha. El líder de los xiong le había recordado, más que nunca, a un tigre. Ahora, regado de pies a cabeza con sangre enemiga y expresión de dureza en el rostro, semejaba más bien un dios de la guerra.

Lirio trató de ponerse en pie; el dolor de la caída la traspasó como una cruel dentellada. Jizhu la retuvo en el suelo, agachándose a su vez.

Cuánto sabría él por boca de Pama, Lirio no tenía ni idea; de todas formas, quería persistir en su actitud de no tener miedo nunca más y resolvió enfrentarse a la verdad, o, al menos, a la parte de verdad menos peligrosa.

—Siento los problemas que te he causado, Jizhu. Gracias por haber venido a rescatarme.

Su voz era suave, modulada; tenía un timbre serio y adusto que transmitía sinceridad a sus palabras. Al oírla hablar en su idioma, Jizhu se quedó atónito.

—Qué pronto has aprendido a hablar mi lengua...

—Siempre la he hablado. Mi abuelo materno era xiong. Perdóname por haberlo ocultado. En realidad, no sé muy bien por qué lo hice.

Jizhu estaba tan perplejo que ni siquiera se enfadó. Ante él se extendía un mundo inmenso de posibilidades. Sacudió la cabeza.

—Ya tendremos ocasión de hablar de eso más adelante. Dime, ¿estás herida? ¿Podrás soportar el viaje de vuelta?

Lirio intuyó una tierna preocupación en él, pero desterró la idea. ¿Cómo iba a estarlo, después de todo lo que había hecho ella?

—Estoy bien. Solo un poco dolorida por el golpe, pero no quiero ni pensar en quedarme aquí más de lo necesario.

Jizhu la ayudó a levantarse con delicadeza. Aún quedaban unas horas de luz. Dudó sobre la conveniencia de acampar para hacer noche o cabalgar sin descansar todo lo posible. A pesar de que Berke ofrecía muy mal aspecto, si tenía que continuar lo haría sin quejarse: todos ellos estaban acostumbrados a llevar una vida muy dura. Lirio era distinta. Al mirarla ahora, parecía incluso más frágil que cuando la había conocido. Por otra parte, apestaban a sangre: no le tentaba demasiado la idea de atraer a los lobos. Aunque no se atreverían a atacarles, eran incómodos compañeros de viaje. Llamó a Qara.

—Nos pondremos en marcha ahora mismo.

El comandante miró de refilón a la muchacha.

—¿Aguantará?

—Aguantaré, Qara. No os preocupéis por mí.

El comandante se quedó con la boca abierta.

—¡Habla! —dijo estupefacto, señalándola.

El viaje de regreso transcurrió sin sobresaltos; ni depredadores, ni yuezhi les acecharon. Solo oscuros pensamientos turbaban la calma del *shanyu*: conforme pasaban las horas acudían a su mente todas las escenas compartidas con Lirio en las que, creyéndola ignorante de lo que él decía, había desnudado su corazón ante ella. Jamás lo habría hecho de saber la verdad. Lo cual le conducía, de forma inexorable, a la siguiente pregunta: ¿por qué la princesa había ocultado sus conocimientos? ¿Cuántas cosas más le escondía? De pronto, recordó las palabras de Pama: «Hace muchas cosas que tú no sabes y te pondrías muy furioso si te enteraras».

Jizhu se revolvió inquieto. Debía interrogar a Lirio, pero no allí, delante de sus hombres: su autoridad se resentiría y eso era algo que no estaba dispuesto a permitir.

Lirio, por su parte, permaneció muda, recluida en pensamientos que volaban de su infancia en el hogar de su familia a los años encerrada en el pabellón de las concubinas en Weiyang; del momento en que ella y Jizhu se habían conocido, a las últimas horas vividas con Berke. Pensó en Pama y en Yue, en la maldita misión que le habían encomendado antes de abandonar China, en lo que le depararía la vida como consorte de Jizhu, si es que aún pretendía aceptarla. No tendrían que estar en mitad de la estepa, tendrían que estar en la ciudad bárbara, preparando sus esponsales. Abatida, trató de vaciar su pensamiento de imágenes dolorosas y se concentró en contar las piedras que descansaban a ambos flancos del camino.

Sin saber muy bien por qué, llamó a las puertas de su memoria una canción que su madre le cantaba cuando se despertaba en mitad de una pesadilla. No recordaba la letra, solo la música. La tarareó, cabizbaja y a media voz. El tono era melancólico.

Los guerreros escucharon en silencio, con lo que parecía una actitud de respeto. Quizás para uno significaba la despedida de una madre a su hijo que iba a la guerra, para otro podría anunciar la inminencia del invierno y para otro simbolizar la soledad del pastor en medio de la estepa.

Para Berke, hablaba de un amante abandonado que cada día sufría porque seguía viendo a su amada y sabía que nunca sería suya. Pero Berke no era un hombre blando, y le pareció que el amante era un estúpido que se consumiría por la pena en vez de luchar por seguir adelante.

Para Lirio, era la canción con la que una madre insuflaba fuerzas a su niña temblorosa. Cantó durante un largo rato, hasta que se le quebró la voz por culpa de los recuerdos y calló para que nadie la oyese llorar.

20

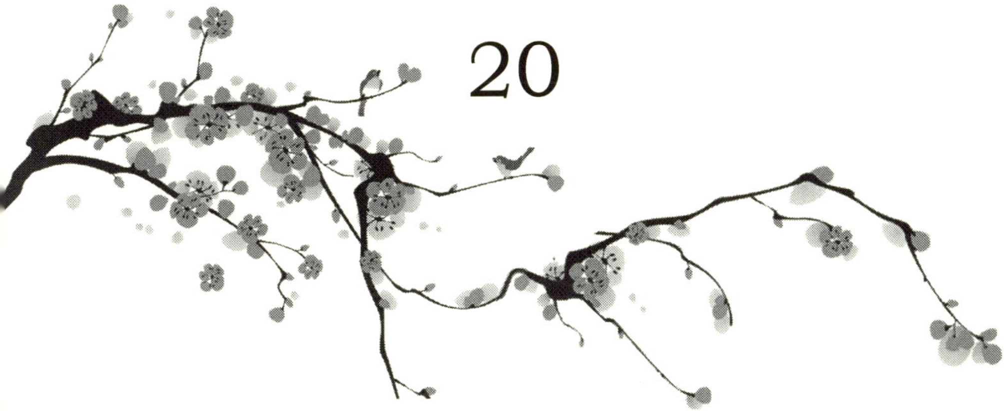

El grupo llegó a la ciudad xiong de madrugada. Temür fue informado por los centinelas y salió a recibir a su *shanyu*.

—Todo sigue como lo dejaste, Laoshang. Me alegro de que la expedición haya tenido éxito.

Jizhu le dio las gracias y ayudó a la princesa a desmontar. En todo el viaje no la había oído quejarse ni una sola vez, lo que le enorgullecía.

En cuanto entraron en la *yurta*, se sentaron en el suelo y comieron algo de carne seca que preparó Jizhu. Lirio se sentía muy incómoda y Jizhu lo notó.

—¿Necesitas algo? —preguntó.

—Necesitaría un baño —contestó ella mirando al suelo.

Jizhu la observó con los ojos entornados.

—¿Crees que sigues en Chang'an? —su tono era mordaz, hiriente.

Lirio pareció a punto de replicar, sin embargo, quizás

consciente de todo lo que había sucedido, se limitó a encogerse de hombros.

—La sangre seca me estira la piel.

Jizhu resopló. Cuando había visto por primera vez a Lirio, hermosa y refinada como una de las pinturas que decoraban los muros del palacio de Weiyang, nunca habría imaginado que le escucharía decir una frase como esa. Se rascó la cabeza.

—Podrías ir al lago que hay al norte, pero el agua estará helada.

—Me perdería otra vez si voy sola.

Aquello sonaba a invitación. Jizhu dudó: no estaba de humor para juegos. Claro que lo que ella decía era cierto y tampoco estaba de humor para una nueva expedición.

—¿De verdad no puedes prescindir del baño?

—Sí que puedo, por supuesto que puedo. Mañana iré, con la luz del día será más fácil.

«Sí, seguro que sí. También será más fácil que alguien te acompañe.»

—Bueno, está bien; si tanta falta te hace, voy contigo.

Lirio vaciló.

—¿No estás cansado?

Aquello ofendió a Jizhu, que se puso de pie de un salto.

—Si quieres ir, vamos ahora. No me hagas perder el tiempo.

Montaron de nuevo y se dirigieron hacia el norte. El lago, en realidad, poco más que un estanque, no estaba lejos de la ciudad, pues se aprovechaban de él para abastecerse. La luna llena bañaba con luz de plata los alrededores, rociando las exiguas plantas y matorrales que se hacinaban en torno a la serena superficie del agua.

El viento se filtraba entre las ramas secas, arrancándoles quejosos crujidos. Un animal huyó dando saltitos al oír los cascos de los caballos que se aproximaban.

Jizhu no se molestó en desmontar. Dio media vuelta al animal y se inclinó hacia delante, con los ojos cerrados, dispuesto a echar una cabezada mientras Lirio se congelaba por su propio capricho.

«No pienso mirar ni una sola vez.»

Lirio se despojó de la ropa con premura; el frío penetraba la piel hasta los huesos. Dejó una gruesa manta de piel de zorro preparada junto a la orilla, e introdujo un pie en el agua. Jadeó. Metió el otro pie y sofocó un gritito. Se agachó allí mismo.

Jizhu no quería mirar. Se esforzaba en repasar la cantidad de hebras enredadas en la crin de su montura, tarea que requería de gran concentración. No quería mirar; de hecho, trató de evitarlo a toda costa. Sin embargo, miró.

Un primer vistazo fugaz, simplemente para asegurarse de que ella seguía allí y estaba bien, que no se había desvanecido por culpa de la baja temperatura. Comprobó que todo parecía en orden. Volvió a centrarse en la crin.

Lirio se frotó con brío las piernas, los brazos, el vientre, los pechos. Cada vez que las gélidas aguas le salpicaban, exhalaba aire con fuerza, pero no dijo nada. Utilizó un frasquito que había traído consigo; un exuberante olor a sándalo impregnó el pasillo que se había creado entre ella y Jizhu.

El guerrero xiong inspiró hondo, dejando que el aroma embotara sus sentidos. Siguió con la mirada el destello de una luciérnaga fugitiva que atrajo su atención, y, diríase que sin querer, sus ojos fueron a posarse de nuevo, esta vez sin prisa, sobre la bella silueta blanquecina que se aseaba desnuda a pocos metros de él. El tenue fragor de la luna recortaba su figura contra la más absoluta oscuridad que suponía el lago de noche. Lirio se acicalaba el pelo: su melena de seda descendía en cascada robando de la princesa las gotas adheridas a su piel, que a Jizhu le hubiera gustado lamer con paciencia durante horas junto al fuego en su *yurta*.

Lirio terminó todo lo rápido que pudo; Jizhu desmontó con agilidad y se apresuró a tenderle la manta sobre los hombros. No importaba lo furioso que pudiera estar con ella por cientos de razones: siempre que se permitía admirar su singular belleza, olvidaba cualquier cosa que no fueran él y ella compartiendo un mismo espacio, un mismo tiempo. Un hombre y una mujer, sin más. Era cada vez más consciente de la tremenda debilidad que ella representaba para él, pues era incapaz de sustraerse al embrujo que Lirio ejercía sin darse cuenta siquiera; lo peor era la certeza de saberse vulnerable, de que no podía luchar contra el deseo que le embargaba.

Claro que, ¿era deseo sin más? Jizhu intuía que no: era algo mucho más profundo, que nacía de las entrañas. Un sentimiento que le había sacudido en tromba desde el primer encuentro; una urgencia por tenerla siempre cerca, cuidar de ella, pertenecerle a ella; era, pura y llanamente, necesidad de ella.

¿Sentiría lo mismo Lirio? Deseo, desde luego, era innegable. Había visto en sus ojos la misma pasión que creía reflejar él, la había escuchado y la había sentido cuando habían estado juntos. Ese vínculo existía. ¿Existiría algo más, a un nivel superior? Jizhu no estaba seguro. Esto le colocaba en una situación aún más delicada; si algún día ella llegaba a sospechar el alcance de su poder, podría doblegarlo a su voluntad y dudaba de poder resistir si antes daba ciertos pasos. Tendría que ser fuerte. Podía que su destino fuera casarse con Lirio; aun así, debía permanecer alerta. Alejar la mente del corazón, y el corazón del cuerpo. Lirio podía yacer bajo él; en cambio, nunca permitiría que se adueñase de su corazón. No era solo por él: era todo su clan el que se tambalearía bajo los seductores pies de su princesa *han*. Jizhu no tenía ese derecho.

Lirio se vistió a trompicones con prendas limpias que había cogido de la *yurta*. Le castañeaban los dientes y sus movimientos eran torpes en exceso. Jizhu la tocó y dio un respingo: su temperatura corporal era demasiado baja. Le ayudó a ponerse la ropa y la subió en volandas a su propio caballo; él se sentó detrás, rodeándola con brazos y piernas, y puso al animal al galope.

Ya estaban a unas cuantas zancadas de la *yurta* de Jizhu, cuando este notó que la cabeza de Lirio caía hacia un lado en un ángulo anormal.

«¡Maldición diez mil veces! No para de dar problemas...»

El *shanyu* la arrojó sobre las alfombras sin muchos miramientos y puso agua a calentar. La cubrió con varias capas de mantas y la acercó al fuego. Era tan ligera... Cuando el agua estuvo lo bastante caliente, le abrió la boca con la mano y vertió un poco en su interior. Frotó con ahínco en la zona del vientre y sobre el estómago; cada poco volvía a darle agua caliente.

Tras unos minutos, Lirio enfocó de nuevo la mirada; Jizhu siguió masajeándola hasta que entró en calor y recuperó la expresión.

—Si no dejas de darme sustos, en primavera te devuelvo a Chang'an —exclamó malhumorado.

—Perdóname —respondió Lirio, un poco atontada todavía.

Jizhu permaneció junto a ella lo que quedaba de noche; durmieron abrazados, como deberían haber hecho si Lirio no se hubiese escapado y hubieran celebrado su casamiento.

El *shanyu* resopló agotado: ahora el chamán tendría que volver a consultar los astros. Cerró los ojos y cayó en un pesado sopor hasta bien entrada la mañana.

Al despertar, encontró a Lirio tiritando, sacudida por una intensa fiebre. Estaba muy pálida; sus labios de ciruela tenían un color desvaído y se veían agrietados y secos; gruesas gotas de sudor empapaban las sienes y el cuello. La joven miró en dirección a Jizhu y solo percibió un contorno difuso, que se alejaba de ella, hasta perderse por completo en la bruma.

Además de chamán, Sacha era el hombre-medicina del clan. Se apresuró hasta la *yurta* de Jizhu en cuanto fue avisado del estado de la princesa. También el eunuco llegó a la carrera; el color había desaparecido de su agradable rostro y tartamudeó al dirigirse al *shanyu*.

—¿Qué... Qué ha podido ocurrirle, Laoshang? ¿Alguna enfermedad contraída en el campamento yuezhi?

Jizhu negó con la cabeza.

—Se empeñó en darse un baño en el lago, anoche.

—¿Y tú se lo permitiste? —Sacha observó a Jizhu con reprobación—. Muy irresponsable por tu parte, Laoshang.

Jizhu enmudeció. Merecía la regañina del chamán.

Sacha abrió un petate que traía consigo y esparció plantitas secas y piedras de colores alrededor de Lirio, mientras agitaba una varilla y entonaba cánticos sagrados. Yue contempló consternado el ritual. Tiyui entró en la tienda y se quedó junto a Jizhu; más que su esposa, parecía su madre, dándole palmaditas en la espalda y susurrando palabras tranquilizadoras. El chamán le ordenó que preparase una infusión con unas hierbas que guardaba en otro bolsito más pequeño.

—¿Qué es? —preguntó Yue, curioso.

—Son medicinas xiong —replicó Sacha, sin añadir nada más.

Yue paseó arriba y abajo a través de la *yurta*, en silencio, aguardando con paciencia a que Sacha terminase. Lirio tomó a pequeños sorbos el mejunje que le ofrecieron y volvió a recostarse sobre las alfombras.

—Laoshang —dijo Sacha en tono preocupado—, ya no se puede hacer nada más. Ahora todo depende de la fortaleza de la princesa.

Jizhu tragó saliva. Lirio era frágil de por sí y había regresado muy debilitada.

—Gracias, Sacha. De momento me quedaré junto a ella. Te haré llamar ante cualquier novedad.

Sacha salió con Tiyui, meneando la cabeza con pesar. Jizhu se sentó junto a la princesa, cabizbajo.

—Laoshang —empezó a decir Yue con un hilo de voz—. Tal vez me permitirías utilizar mis propios remedios...

Jizhu asintió sin mirarle. Yue extrajo unas pinzas de plata de un bolsillo del *hanfu* que vestía bajo el grueso caftán de pieles. Tomó la mano derecha de Lirio, que estaba helada, y sujetó con firmeza las pinzas apretando el pulgar a ambos lados del hueso. Luego repitió la operación con la otra mano.

—Voy a cubrirla un poco con las mantas; como Sacha ya concluyó su ceremonia, no le importará que la arropemos. Aunque tenga fiebre, no es bueno que se enfríe más.

Jizhu le dejó hacer, observándole ahora con más atención.

—No quites las piedras y las hierbas.

—No, por supuesto que no.

Cada cierto tiempo comprobaba que las pinzas no se hubiesen aflojado y le palpaba la frente.

—Hay que darle agua de vez en cuando. La fiebre da mucha sed —explicaba entre susurros.

Al rato, la temperatura comenzó a remitir. La tez de la muchacha recobró algo de color y los agrietados labios ya no lo eran tanto.

—Yue... —musitó con voz quebrada.

Jizhu se incorporó junto a ella, acariciándole la melena.

—¡Está sana! —exclamó incrédulo.

—Todavía no —repuso Yue—, pero Lirio es más fuerte de lo que parece. Tiene que descansar y recobrarse de todo lo que le ha ocurrido estos días. Además, la fiebre puede volver en cualquier momento.

—¡Es magia! —gritó Jizhu, que no lograba salir de su asombro—. ¡Magia china, muy poderosa!

Entre incómodo y divertido, Yue ofreció a Lirio una bebida oscura, de olor amargo.

—Esto te ayudará a dormir, Lirio. Tienes que descansar.

Lirio se durmió, en efecto, en pocos minutos. Un letargo denso, plúmbeo, sin sueños.

Jizhu continuó acariciando a su princesa, mirando a Yue con inusitado respeto. Al rato, se decidió a preguntarle:

—¿Conoces bien a la princesa?

—Bueno, yo... —Jizhu le había cogido desprevenido—. La verdad es que había decenas de concubinas en Weiyang. Ella no estaba a mi cargo; solo la conozco superficialmente y por lo que ella misma me contó en el viaje, que no fue mucho —añadió por si acaso.

Jizhu clavó su vista en él. Yue agachó la mirada.

—¿Crees que es de fiar?

Yue tragó saliva.

—Diría que sí, Laoshang.

—¿Qué esperaba cuando se le anunció que vendría conmigo? ¿Te habló de ello?

Yue movió la cabeza con lentitud.

—Verás, Laoshang. Por lo que he observado desde que estoy aquí, vuestras mujeres son muy distintas a las nuestras. Las chinas están acostumbradas a la sumisión, mientras que aquí las consideráis a vuestra misma altura. Supongo que para un clan como el xiong, resultaría un lujo prescindir de la fuerza de vuestras mujeres. En cambio, para los chinos, que están más asentados en la tierra, las mujeres son un bien más. A Lirio nadie le preguntó si quería venir aquí; tampoco ella lo habría esperado. Se le dijo sin más que debía convertirse en tu esposa. ¿Entiendes lo que quiero decir?

—Sois unos salvajes, los chinos.

—Tal vez. Sin embargo, a nosotros nos parece de salvajes lo que hacéis vosotros con vuestros mayores: en China, los mejores trozos de carne siempre son para ellos. Aquí, son para los jóvenes. No respetáis a los ancianos.

—¿Eso crees? —Jizhu cambió el peso del cuerpo—. Los ancianos ya no pueden empuñar las armas si nos atacan. La defensa de todo el clan recae sobre los jóvenes: si no están bien alimentados y no pueden luchar, toda la tribu estaría en peligro. No es una cuestión de respeto, sino de responsabilidad.

—Nunca lo habría visto de ese modo —asintió Yue, pensativo—. Supongo que, en el fondo, todo depende del punto de vista.

Permanecieron un rato en silencio. Por fin, Jizhu formuló la pregunta que más le interesaba:

—¿Por qué eligieron a Lirio de entre todas las concubinas?

Yue se revolvió, incómodo. Él conocía la auténtica razón y no estaba dispuesto a revelarla. Comprendía mejor a los bárbaros desde que vivía allí, pero su lealtad seguía en China. Optó por una verdad a medias.

—No era la más apreciada.

—Lo imagino.

—De vez en cuando, su comportamiento era... Digamos, inapropiado para una concubina imperial.

Jizhu apretó la mandíbula.

«¿Qué significa inapropiado?», habría querido preguntar. Justo en ese momento, Lirio se despertó.

—Yue... Tengo mucha sed.

El eunuco aprovechó para desentenderse de la incómoda conversación y se levantó para llevarle agua.

—Tienes mejor aspecto, princesa, pero quédate reposando. No te conviene siquiera ponerte de pie. Laoshang se quedará contigo, yo tengo cosas que hacer.

Antes de que le detuvieran, Yue se escabulló al exterior

de la *yurta*. Lirio se incorporó con dificultad y le sonrió penosamente.

—Parece que no puedo dejar de causar problemas...

Recordando lo que le había dicho la noche anterior, Jizhu replicó adusto:

—Si lo que quieres es regresar a Chang'an, solo tienes que decírmelo.

Lirio se sonrojó.

—No... No es lo que quiero, en absoluto.

—¿Ah, no? ¿Qué pasaría si te devolviera?

—Yo... No puedo volver.

La vergüenza que descendió sobre ella pareció reavivar la fiebre y tuvo que recostarse sobre los codos presa de una inesperada debilidad.

—¿Por qué no? —preguntó otra vez Jizhu, inclinándose sobre ella. Su rostro distaba unos pocos centímetros.

—Me quitaría la vida antes de regresar a China —contestó ella con gran esfuerzo.

Volvió a tumbarse con gesto dolorido. Jizhu no supo si fingía, pero la respuesta había hecho mella en él.

«¿Por qué? ¿Porque sería humillante que te enviaran con los yuezhi? ¿O porque prefieres quedarte conmigo?»

La fiebre asaltó de nuevo a la princesa. Jizhu le colocó las pinzas de plata en torno a los pulgares, como había visto hacer a Yue, y se sentó junto a ella a esperar.

Era tedioso, esperar.

Lirio guardó un inquieto reposo durante varios días. Tiyui se ofreció a velar por ella, pues Jizhu se impacientaba al pasar tantas horas inmóvil dentro de la *yurta*; seguía siendo el *shanyu* de los xiong y no podía desatender sus deberes.

Cuando por fin se recuperó, gracias a los cuidados de Yue, Lirio se encontró con que Jizhu había organizado una expedición de castigo contra los yuezhi que duraría, con toda seguridad, hasta después del invierno. Repartió sus días entre Tiyui, Yue y Pama, con la que hizo inmediatamente las paces.

—¿Me perdonarás, Lirio? ¿Por todo lo que te dije y lo que le dije a Laoshang de ti?

Lirio se quedó un tanto perpleja, preguntándose qué sería aquello que Pama le había contado a Jizhu. Sin embargo, prefirió no darle muchas vueltas, ya que el mal estaba hecho.

—Te perdono, Pama. De verdad, no pasa nada. Entre hermanas pasan estas cosas.

La cara de luna de Pama se iluminó al escucharla.

—¿Somos hermanas, Lirio? ¿Las hermanas se lo perdonan todo?

—Claro que sí —sonrió Lirio, aunque no tenía ni idea. Era la única hija de sus padres.

Lirio dedicaba las mañanas a tejer lana para las lonas de las *yurtas* y hacer queso con las mujeres. Por las tardes, practicaba artes marciales junto al lago: en ocasiones iba con Pama; la mayoría de las veces, iba sola.

La estación transcurrió impertérrita, dura y heladora, sesgando no pocas vidas en el camino. Las condiciones de los xiong eran mucho más difíciles de lo que Lirio nunca hubiera imaginado.

Por fin el frío pareció atenuarse un poco, los días crecían en luminosidad y la primavera anunció una ligera relajación. El paisaje permanecía inmutable: la estepa infinita rodeaba la ciudad xiong sin ofrecer gran consuelo a sus habitantes.

—¡Pronto nos iremos de aquí! —Pama irrumpió en la *yurta* de Lirio sin previo aviso, como iba siendo costumbre.

—¿Irnos? ¿Adónde?

—Recuerda que somos nómadas, Lirio. ¡Iremos a buscar nuevos pastos!

—¿Y Jizhu? —preguntó inquieta.

—¡Esperaremos a Laoshang y luego iremos donde él diga!

21

Un chillido sacudió la ciudad xiong desde el aire, como un enorme trozo de seda al rasgarse. Lirio miró al cielo y vio una hermosa águila trazando elegantes círculos sobre las *yurtas*.

—¡Laoshang! —gritó alguien y una multitud surgió de repente lanzando vítores a los guerreros que se acercaban.

Lirio también corrió, nerviosa. A lo lejos se divisaba un grupo muy nutrido de hombres a caballo con los arcos al hombro. Jizhu los lideraba, con dura expresión en la mirada, la vista fija en su clan que les saludaba al frente. Sus comandantes, Altan y Qara, le flanqueaban un par de pasos por detrás y, junto a ellos, sus capitanes, Temür y Berke. Lirio suspiró con alivio al verlos a todos; Tiyui se acercó a ella con una amplia sonrisa dibujada en la cara.

—¿Qué se supone que debo hacer, Tiyui? —inquirió la princesa—. ¿Voy a presentarle mis respetos o le espero en la *yurta* hasta que él me reclame?

—Oh, tranquila, muchacha. No somos tan complicados, quédate aquí conmigo para darle la bienvenida.

Los guerreros saludaron con cariño a los suyos; los familiares de aquellos que habían caído se retiraron a sus tiendas a llorarles, las esposas se reunían con los hombres, las madres con los hijos. Al cabo de un rato, el gentío se fue dispersando. Jizhu no se había movido, como tampoco lo hizo Lirio.

Poco a poco se quedaron solos, uno frente a otro; el viento empujaba a Jizhu hacia delante y enredaba la suntuosa melena de Lirio en torno suyo. El *shanyu* desmontó. La princesa lo vio por primera vez en meses y le pareció que había cambiado. No sonreía. Tal vez fuera solo cansancio. Una cicatriz en forma de V asomaba a su rostro sin afeitar; las ropas lucían manchurrones de sangre como macabros trofeos. Cohibida, Lirio pensó que se le veía más implacable que nunca. Le hubiera gustado ponerse un *hanfu* para recibirle. En cambio, ahí estaba, plantada ante él, con ropas demasiado abrigadas, demasiado gruesas para resultar hermosas. No sabía qué hacer.

—Veo que te has recuperado —dijo él con torpeza.

Cuando decidió iniciar la expedición, contaba con olvidar su atracción por Lirio y regresar colmado de honores que mantuvieran la distancia entre ellos. Ahora, al contemplarla de nuevo frente a él, con esa expresión desamparada, lo único que quería hacer era abrazarla y susurrarle que la había echado de menos.

—Sí.

Un incómodo silencio se instaló entre ambos. Lirio alzó la mano, como para tocarle, y la dejó caer de nuevo.

—Estarás cansado... —Lirio se sonrojó, sintiéndose absolutamente ridícula. Venía de luchar, ¿cómo iba a encontrarse? Jizhu asintió vagamente con la cabeza—. Ven, vamos a casa... Te ayudaré a quitarte esas ropas sucias.

—Voy a ir al lago. Quiero quitarme el olor a yuezhi. —Habló con un profundo desprecio que a Lirio le puso los pelos de punta.

—¿Quieres que te lleve ropa limpia?

Jizhu la observó de arriba abajo.

—Bien. Te esperaré allí.

El lago reposaba sereno y no se molestó con la inesperada visita. La vegetación seguía siendo tan escasa y rancia como la última vez; un penetrante olor a humedad ensuciaba el aire. Solo los grillos se atrevieron a desgarrar el silencio con sus zumbidos.

—No había vuelto aquí desde... En fin, desde aquella noche —comentó Lirio como para sí misma.

—¿De verdad? ¿Quieres bañarte conmigo? —las palabras salieron solas de la boca de Jizhu, que se mordió el labio arrepentido.

El sol arrojaba con pereza sus rayos sobre la estepa. Aunque a principios de la estación aún no calentaba demasiado, la mañana limpia y sin viento parecía querer tentar a Lirio. El agua, sin embargo, estaba bastante fría.

—No pasa nada, no es como la otra vez. No es peligroso. Claro que, si no te apetece...

—Sí, sí que me apetece. Es decir, si a ti no te molesta.

—¿Por qué iba a molestarme? —mintió él, zambulléndose.

Lirio le observó mientras se desvestía con cuidado: nuevas heridas salpicaban su cuerpo de dios antiguo. El pelo le había crecido; no solía trenzárselo, al contrario que la mayoría de sus guerreros y, así, mojado, le llegaba hasta la mitad de la espalda. El tatuaje que Lirio veía palpitar con vida propia brillaba bajo multitud de perlitas de agua que reflejaban con timidez el débil sol primaveral.

Antes de quitarse la túnica interior, Lirio echó un rápido vistazo a su alrededor para asegurarse de que estaban solos y se metió en el agua con lentitud. Hundió los dedos del pie y salpicó al aire. Sonrió. Como no sabía nadar, no quiso adentrarse mucho. En la orilla estaba bien, con el agua cubriéndola apenas. Le gustaba enterrar los dedos en la tierra mojada y sentir como se escurría, huyendo de ella.

Jizhu la miró, pasándose una mano por la cara. ¿Por qué le resultaba tan turbadora su belleza? La baja temperatura del agua no consiguió aplacar el deseo feroz que se apoderaba de él. Sintió cómo todo su cuerpo se endurecía con la simple visión de la espléndida desnudez de Lirio. ¿Qué pensamientos cruzarían su mente ahora? ¿Estaría pensando en él? Se aproximó a ella, avanzando con lentitud, como un depredador ante su presa. Lirio le oyó, no se movió. El sol, a pesar de su poca fuerza, abría sus canales de energía aumentando su vitalidad; su elemento adquiría cada vez más poder. El fuego se adueñaba de la oscuridad que el invierno había provocado, desbordando su sensualidad.

Jizhu se inclinó sobre ella, sin decir ni palabra, enterrando los dedos en su melena, deslizándolos por la seda de su piel. Recorrió la suave curva del cuello con la punta del índice, retirando las gotitas que resbalaban sobre ella. Lirio cerró los ojos, dejándole hacer. Un reguero de chispas parecía surgir allí donde él la rozaba. Con delicadeza, la tumbó sobre la tierra mojada de la orilla y la besó. Sus labios reconocieron los párpados, las mejillas, su diminuta nariz, sus labios de ciruela. Con los dientes le arañó la barbilla y continuó mordisqueando cuello abajo, hacia los hombros. Los jadeos de su princesa eran suficiente estímulo para no detenerse.

El tiempo transcurría despacio, delicioso. Lirio le acarició el pelo, clavando apenas las uñas en su espalda, dibujando los músculos de los hombros y los potentes brazos. Echó la cabeza hacia atrás cuando Jizhu colocó la mano sobre uno de sus pechos, presionando con dulzura, atrapándolo, jugueteando con los dedos. Lo rozó con la lengua y con los dientes. Un calor insoportable se instaló en el vientre de Lirio. Alzó ligeramente la cadera contra él, suplicando caricias que Jizhu aún se reservaba.

El fiero guerrero estaba al límite de su resistencia. Todo su cuerpo la reclamaba con urgencia, igual que Lirio le reclamaba a él. La besó, saboreando las exquisiteces que le eran ofrecidas. Le separó las piernas con la rodilla y el reguero de besos se dirigió hacia su vientre. Lirio se entregaba a él sin vacilaciones, cada latido de su corazón más desenfrenado que el anterior.

Jizhu hundió su lengua en lo más profundo de su princesa, una fruta exótica que devoró arrastrándola por caminos que ella desconocía, hasta que sintió cómo estallaba ante él en mil pedazos, sin oponerse al torrente de sensaciones que la invadió durante unos segundos mágicos.

La belleza de Lirio en esos momentos era desbordante, avasalladora; Jizhu tuvo que echar mano de todo su autocontrol para no caer ante ella y, aun así, el esfuerzo le hizo temblar.

La princesa abrió los ojos, todavía nublados por las acometidas de la pasión, y se sorprendió al ver la rendida devoción con la que él la contemplaba.

Jizhu se dio cuenta y endureció el gesto, besándola con brusquedad. Asustada por lo que había descubierto, Lirio llevó una mano hacia él y lo tocó. Todo lo que en ella era blando y suave, en él era duro y áspero. Indagó, palpando con delicadeza las partes de Jizhu que le eran tan desconocidas, viendo su reacción. Cerró su mano en torno a él, sin saber muy bien qué hacer, y dejó que Jizhu le guiara, aprendiendo lo que él le enseñaba, adivinando por sus roncos jadeos. El guerrero implacable se dejó vencer por la delicada princesa china, que empezaba a atisbar el verdadero alcance del poder que ostentaba sobre el *shanyu.*

Durante un rato, Lirio y Jizhu permanecieron abrazados en la orilla, lamidos por las frías aguas del lago, acariciándose, hasta que la muchacha empezó a tiritar. Jizhu se levantó de golpe.

—Vístete, Lirio. No quiero que vuelvas a enfermar.

Lirio se puso las ropas desmadejadamente y Jizhu hizo lo propio.

—¿Cuándo crees que organizará Sacha el casamiento? —preguntó de repente la princesa.

—¿Tienes ganas de ser mi esposa? —preguntó Jizhu con tono burlón.

—Sí —contestó ella con un dulce soplo de voz.

Jizhu no dijo nada, se limitó a encogerse de hombros y mirar al cielo.

—Tenemos que aclarar unas cuantas cosas antes, ¿no te parece?

Lirio tragó saliva y asintió con la cabeza. El *shanyu* no sabía cómo empezar.

—Lo del idioma, por ejemplo. ¿Por qué me lo ocultabas?

—Tal vez no me creas, Jizhu, pero no sé muy bien por qué lo hice. Cuando te vi por primera vez, bajo el magnolio, colgada de la rama, me hice la despistada porque no pensé que fuera a verte más. Y luego, todo fue sucediendo tan deprisa...

Las mejillas de Lirio ardían de vergüenza por la mentira. Esperó que no se diera cuenta. Por suerte, Jizhu confundió su turbación por timidez.

—¿Y lo de montar a caballo?

—Te lo ruego, Jizhu, trata de entenderme... Yo creía que tenía que representar el papel de princesa china más tradicional. No quería ofenderte.

Jizhu recordó lo que Yue le había contado sobre las mujeres *han*. Quizá, en la lógica de ellos, era natural que se comportaran así.

—Bueno, puedo llegar a comprenderlo, si me prometes no volver a decir más mentiras.

Lirio inclinó sumisa la cabeza.

«Aún nos queda Berke» pensó él.

—Supongo que con esto ya está todo zanjado —concluyó finalmente.

No se rebajaría a mostrar de forma abierta sus dudas acerca de su capitán. Lirio, por su parte, no añadió nada más. Se dirigieron a la ciudad xiong, caminando uno junto al otro, sin acercarse demasiado.

—Consultaré a Sacha en cuanto lleguemos. Sabes que pronto se iniciará el traslado.

—Eso me han dicho.

Jizhu se detuvo, tomó su barbilla entre las manos y la obligó a mirarle a los ojos. El pelo mojado le caía sobre la frente enmarcando sus caprichosos ojos verdes, entornados por culpa del reflejo del sol. Lirio se preguntó como un solo hombre podía acaparar tanta belleza y conservar al mismo tiempo su innegable aura de poder. Y, a pesar de todo, ella había percibido su debilidad, la que tal vez fuera su única flaqueza: ella misma. ¿Sería capaz de domar a la bestia, como había dicho Berke?

—¿Te arrepientes de que te entregaran a mí? —preguntó con la voz enronquecida.

—No... —la respuesta de Lirio fue apenas un susurro que la brisa hizo desaparecer—. Creo que a tu lado puedo ser mucho más feliz de lo que llegué a soñar en Chang'an. —Jizhu tragó saliva, incómodo ante la inesperada declaración de su princesa. Como no dijo nada, Lirio se armó de valor y siguió hablando—: Sé que no hemos tenido un comienzo fácil, en parte por mi culpa. Si me das tiempo, te mostraré cómo soy en realidad y llegará un día en que te sientas orgulloso de mí.

«No... no... Esto no es lo que quiero decir. ¿Cómo puedo expresar tan mal lo que siento de verdad? Jizhu... Mi vida no es la misma desde que te conocí... Yo...»

Jizhu no estaba preparado para exponer su corazón, ni para que Lirio expusiera el suyo, y atajó la conversación de inmediato. Su pulso latía desbocado por lo que las frías palabras de Lirio trataban de confesarle con torpeza. También él quería sincerarse, pero le habría resultado mucho más fácil abatir a diez enemigos.

—Date prisa, Lirio. Tengo muchos preparativos que hacer todavía.

22

Sacha, Yue y los dos comandantes aguardaban la entrada de Jizhu. En sus semblantes inquietos, el *shanyu* adivinó que se veían obligados a trasladarle una información que no sería de su agrado. El chamán y el eunuco intercambiaron miradas temerosas, mientras los guerreros retrocedían un paso para no interferir. Qara se volvió para disimular una sonrisilla nerviosa.

—¿Qué es lo que ocurre aquí? —preguntó nada más desmontar, con el ceño fruncido.

—Laoshang —empezó a decir Sacha, aclarándose la garganta—, he consultado con atención todos los signos para elaborar de nuevo el calendario más propicio a tu casamiento. Con la ayuda de Yue y su poderosa magia, los espíritus me han confiado una sorprendente revelación, nunca conocida hasta hoy.

Jizhu abrió mucho los ojos, escéptico.

—Dime, chamán, ¿qué revelación es esa?

—El casamiento solo podrá llevarse a cabo bajo los auspicios de la piedra de la luna, durante la próxima luna llena. Cualquier noche con luna llena servirá, pero la piedra, según me cuentan los espíritus, es imprescindible.

Jizhu observó al chamán, que temblaba de manera ostensible ante él, y después a Yue, no mucho más relajado.

—¿Dónde tienes esa piedra de la luna?

—No la tenemos nosotros, poderoso Laoshang —intervino el eunuco—, los espíritus solicitan que vayáis a buscarla, la princesa y tú, para que la ceremonia cuente con su aprobación. Parece ser una especie de ritual.

—No dijiste nada de semejante ritual la otra vez —Jizhu empezaba a perder la paciencia por lo absurdo de la situación—. No puedo irme ahora a buscar piedras cuando el traslado está a punto de iniciarse.

Un paso por detrás, Lirio miraba a Yue de hito en hito, tratando de atisbar en él alguna otra emoción que no fuera temor.

—El traslado —Sacha retomó la palabra— lo hemos realizado durante generaciones y no supone riesgo alguno. Tus esposas están capacitadas para ejercer el mando durante tu ausencia. Sin embargo —añadió bajando la voz—, el asunto del casamiento está durando más de lo debido. Los chinos se ofenderán si descubren que no has tomado como esposa a la concubina que te ofrecieron.

—¿Quieres que te diga lo que me importa la opinión de los chinos?

—También el clan se extraña, Laoshang. Se preguntan por qué la princesa no te parece apta.

Jizhu se mordió la cara interior de la mejilla. El chamán no faltaba a la verdad al considerar que el casamiento se alargaba en exceso, y lo último que quería era que en su clan se cuestionaran asuntos concernientes a su autoridad. Lirio sería su esposa, la esposa del *shanyu*, a la que todos rendirían sus respetos. Era imprescindible atajar cualquier atisbo de duda. Refunfuñando, preguntó:

—¿Cómo reconoceremos la dichosa piedra?

Sacha comenzó a describirla. Lirio aprovechó para reunirse con Yue, aparte.

—¿Qué es toda esta historia, Yue? —inquirió con el corazón en vilo. Algo parecía fuera de su sitio.

—Sé tanto como tú, aunque Sacha me haya metido en medio. Esta mañana me ha asaltado con esas ideas raras sobre buscar una piedra. Creo que, en el fondo, pretende que paséis un tiempo juntos para que... En fin, ya sabes.

—No sé, Yue, dime, ¿para qué?

—Para que florezca el amor, diría yo —contestó Yue, visiblemente azorado—. Está convencido de lo idóneo de vuestra unión y no sabe cómo hacer para que el *shanyu*...

—¡Lirio! —la ronca voz de Berke se abrió paso entre ambos. El capitán lanzó una malhumorada mirada al eunuco, que desapareció.

—Berke... Hacía mucho que no te veía —saludó Lirio, incómoda.

—¿El castrado está conspirando contra Laoshang o cuenta con tu respaldo? —Berke trató de sonar despreocupado, pero el miedo tiñó cada una de sus palabras.

—¿Conspirando? —Lirio palideció—. ¿A qué te refieres?

—No permitiré que nadie me involucre en la traición. Renuncié a muchas cosas, Lirio, porque puse en ti mis esperanzas—. Berke la agarró con fuerza del brazo.

—No estoy al corriente de nada —protestó, tratando de

zafarse—. Y no sé si Yue está tramando algo o no, pero desde luego no sabe nada de lo que tú me contaste.

Jizhu había dejado de escuchar al chamán en cuanto había visto a Berke hablar con Lirio. Apretando la mandíbula, se acercó hasta ellos en dos zancadas. Berke soltó a la princesa en cuanto llegó.

—¿Qué demonios pasa, capitán? —preguntó entre dientes, tomando a Lirio por la cintura.

—Laoshang —replicó Berke con rabia contenida—, imagino que no pretenderás irte a por ningún pedrusco.

—¿Te molesta que prepare el ritual para el casamiento? —siseó Jizhu.

Berke reculó de forma espontánea. Su credibilidad pendía de un hilo desde hacía tiempo. No podía dar un paso en falso.

—Laoshang, es la idea más ridícula que hemos oído nunca en boca del chamán.

—¿Crees entonces que debo dudar de su lealtad? —Y, volviéndose hacia Lirio, añadió—, ¿o de la del eunuco?

—No te fíes de nadie, Laoshang. No abandones a tu clan.

—¿Qué opinas tú, Lirio? ¿A quién debería escuchar? ¿A *mi* chamán, o a *nuestro* capitán?

A Lirio no le pasó por alto el desafío contenido en las palabras de Jizhu, quien a pesar de querer parecer relajado, tensaba los hombros de forma inconsciente. La princesa bajó la mirada y rehuyó tomar partido.

—Lo que tú decidas me parecerá bien, Jizhu.

Jizhu sonrió como haría un lobo ante una oveja y anunció su partida inminente.

—Prepara tus cosas, Lirio. Voy a hablar con mis mujeres.

Berke esperó a que Jizhu se alejara lo suficiente y susurró a Lirio:

—En cambio, yo sí que confío en ti. Velaré por los intereses de mi *shanyu* y por los míos y, si descubro que alguien intenta traicionarle, lo mataré con mis propias manos. Sea quien sea.

Dio media vuelta y se marchó a buen paso. Lirio le observó durante un rato, con una extraña sensación de frío en el estómago. Berke volvía a ser la figura amenazante que la había asaltado en la *yurta*; aun con todo, intuía que tenía razón. De pronto, todos cuanto la rodeaban adquirieron matices que jamás había adivinado en ellos. La atmósfera traicionera y letal de Weiyang la había perseguido para instalarse entre los xiong. Yue, que la había acompañado desde Chang'an, se convirtió en el primer sospechoso. ¿Por qué trataban de alejarles de la ciudad?

—¡Lirio! —la voz chillona de Pama se abrió hueco a través de la multitud. Traía los ojos empapados de lágrimas y las mejillas enrojecidas—. Me acabo de enterar de que os vais. ¡Cuánto me alegro de que por fin vayáis a celebrar el casamiento!

—Entonces, ¿por qué estás llorando? —preguntó divertida Lirio.

—¡Oh! No lloraba, Lirio. Es del viento, porque he venido corriendo. Cuidarás de Laoshang, ¿verdad?

—Sí, Pama —a la princesa le extrañó la petición—. Y tú, vigila bien a todo el mundo. Y si te enteras de alguna cosa rara, cuéntasela a Berke, ¿me lo prometes? Solo a él.

—¿A Berke, el capitán? —preguntó llena de aprensión—. ¿Por qué a él? ¿No se enfadará Laoshang?

—Ay, Pama —Lirio se frotó las manos con nerviosismo—. ¿Me lo prometes o no?

—Está bien. Te lo prometo. ¿Y si se lo digo a mi madre, para que ella...?

—No, Pama, me lo has prometido. Recuérdalo. Y cuídate mucho.

—¡Uf, si no tendré tiempo! ¡Tendré que estar con las cabras!

Lirio la abrazó con cariño. Bueno, de Pama sí podía fiarse. O, al menos, eso esperaba.

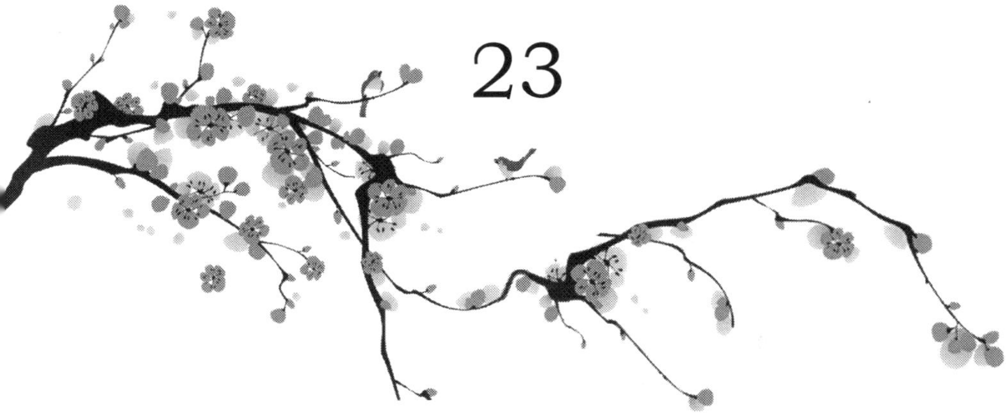

23

Tomaron el camino hacia el sudeste, respetando las confusas indicaciones de Sacha con respecto a la misteriosa piedra de la Luna. Durante varios días el trayecto fue más o menos cómodo, sin abandonar el monótono paisaje de la estepa, sin más compañía que el viento y las nubes de polvo que levantaban los caballos. Hablaban poco, cabalgando uno junto a otro, sin atreverse a desnudar sus corazones o confesar sus miedos. Las noches, sin embargo, veían como sus cuerpos se buscaban para aplacar el deseo arrollador que les sacudía sin compasión cada vez que por azar se rozaban, o se descubrían mirándose en silencio, trasluciendo con sus gestos lo que sus entrañas anhelaban y nunca llegaban a confesar con palabras.

El paisaje fue cambiando poco a poco, los días se volvieron más cálidos, el aire húmedo se empeñaba en pegarse a ellos aumentando su impaciencia. Lirio sustituyó sus ropas de lana por una túnica de seda, pantalones, y un caftán fino de algodón.

—Así te pareces más a la princesa que conocí bajo el magnolio —dijo un admirado Jizhu.

Lirio se sonrojó.

—¿No echas de menos tu vida en el palacio? —preguntó Jizhu.

—No —contestó la princesa encogiéndose de hombros—. A pesar de la belleza de Weiyang, la vida de las concubinas era bastante aburrida.

—¿De verdad? —Jizhu fingió indiferencia—. ¿Qué solías hacer, allí en el palacio?

—No mucho —Lirio echó la vista atrás. Le parecía que hacía años de todo aquello—. Practicaba caligrafía. Escuchaba música, si había algún eunuco tocando cerca. Me peinaba...

Jizhu la miró con los ojos entornados. ¿Era cierto que su vida se limitaba a eso? Se arriesgó a tirarle de la lengua. Algún día tendría que saberlo todo.

—Verás, Lirio. Supe que el emperador te eligió por una razón concreta. Para entregarte a mí, me refiero. ¿Me lo vas a contar tú o prefieres seguir disimulando?

Lirio se detuvo de súbito.

«Es imposible. No puede saberlo. Me habría matado.»

—¿Qué me dices, preciosa? ¿Me lo vas a contar por fin?

Lirio vació, asustada. ¿Quién le podría haber dicho algo? ¿Berke?

«De ninguna manera. Él no.»

¿Yue? Sí, Yue. ¿Quién si no? ¿Cuánto le había contado sin comprometerse a sí mismo?

—¿Qué es lo que te contó el eunuco? —preguntó con

voz gélida.

—Que tu comportamiento no era todo lo decoroso que cabría esperar de una concubina —replicó él con el mismo tono de voz.

—¿Que mi comportamiento no era...? —visiblemente relajada, Lirio se echó a reír. Su risa era cristalina, fresca, pura. Sin poder evitarlo, Jizhu esbozó una sonrisa, aproximándose hasta ella, de modo que pudo aspirar el aroma de sus cabellos, ahumados con incienso—. Es cierto, me temo. Mi comportamiento causaba quebraderos de cabeza a los eunucos que me vigilaban. Y, por fin, uno de ellos, habló con el emperador.

—¿Tenías... algún amante? —preguntó a bocajarro el guerrero, sin poder resistirse más.

Lirio se escandalizó.

—¿Un amante? ¡Me habrían despedazado! —la princesa entrecerró los ojos y le vino a la memoria el desafortunado comentario sobre las princesas *han* que había escuchado a uno de los guerreros xiong durante el viaje a la capital bárbara.

De repente, todo cobró sentido para ella: las dudas de Jizhu durante tantas noches, los malos entendidos, Berke... ¡El *shanyu* estaba muerto de celos! Aunque en un primer momento le divirtió la escena, pronto entendió las implicaciones que todo ello podía tener en su relación. No sabía mucho sobre el amor, pero recordaba demasiado bien las intrigas entre las concubinas imperiales como para reconocer los devastadores efectos que podían arrojar.

—Ni siquiera el emperador fue mi amante una sola noche —confirmó, por si acaso.

Jizhu se miró las manos, indeciso y avergonzado.

—Discúlpame, Lirio. No pasaría nada si hubieras sido la amante del emperador. Es que...

Lirio se encogió de hombros y le acarició el rostro con ternura.

—Déjalo estar, Jizhu. Es un nuevo comienzo.

Se miraron durante un buen rato sin pronunciar palabra. Al cabo de unos minutos, Lirio recordó:

—No sé qué aspecto tiene la dichosa piedra de la Luna.

Jizhu se agachó y trazó un dibujo en el suelo con la mano.

—Sacha me dijo que tiene el tamaño de un puño, y es así, como en forma de media luna, ¿ves? De color blanco muy luminoso.

Lirio enmudeció. Sabía perfectamente de qué tipo de piedra estaban hablando. Cerca de su aldea natal las había a montones.

—¿Te sugirió dónde buscar? —preguntó con un hilo de voz.

—Nada concreto. Siguiendo esta dirección, fuera del alcance de la estepa. Solo espero no tardar mucho más en encontrarla, porque por allí...

—Por allí está la frontera china —concluyó Lirio por él—. Quizá Berke tenía razón. Quizá no era buena idea venir hasta aquí.

Jizhu se pasó la mano por la cara, enojado.

—No me digas. ¿Berke tenía miedo de que nos vieran los chinos, o qué?

—No me gusta tener que defender así a uno de tus hombres, Jizhu —replicó airada—. Berke teme que todo esto sea un complot para alejarte de tu pueblo y que alguien trame un golpe de mano, aprovechando que tú estás en China para realizar el encargo de un chamán. ¿Por qué dudas de él? ¿Dudarías igual de Altan, o de Qara, o de Temür?

—Dudo de él porque he visto cómo te mira —resopló Jizhu—. Porque vi cómo arriesgó su vida para salvarte de los yuezhi.

—Como habría hecho cualquiera de tus hombres, Jizhu. Pero no lo hizo por mí, lo hizo por ti.

Jizhu abrió la boca para contestar, aunque debió pensárselo mejor y no dijo nada.

—Ya, ¿y qué crees tú que deberíamos hacer? —añadió al rato—. ¿Me olvido de la piedra que ha de sancionar nuestro casamiento? ¿Me olvido de ti?

Lirio bajó la vista al suelo.

«No te olvides de mí.»

—Tenemos que atravesar la frontera. ¿Cómo haremos para evitar las guarniciones?

—Hay muchas formas de atravesarla. Las fortificaciones no son infinitas, ¿sabes? Una vez dentro, ¿sabrías llegar a alguna zona con piedras de Luna?

—Sí, supongo —contestó Lirio, no muy convencida.

—Muy bien. Pongámonos en camino, entonces.

Antes de volver a montar, Jizhu se acercó a ella y hundió sus dedos en los cabellos de Lirio, dejando que escurriera como si fuera arena. Con dulzura, la atrajo hacia sí con los labios entreabiertos y la besó. Fue un beso largo, tierno.

Lirio adelantó la cadera hacia él, rozándole, y despertando su deseo. Se besaron con intensa urgencia, revelando todo cuanto sus palabras callaban aún. Un sol tibio lamía sus cuerpos sin entrometerse, mientras una repentina brisa azotaba la seda que cubría a la princesa y le enredaba el pelo, entrelazándolo con la negra melena del guerrero. Transcurrieron varios minutos así, disfrutando de la cercanía el uno del otro, de su intimidad, como podrían haber transcurrido horas, o días, o, por qué no, toda una vida.

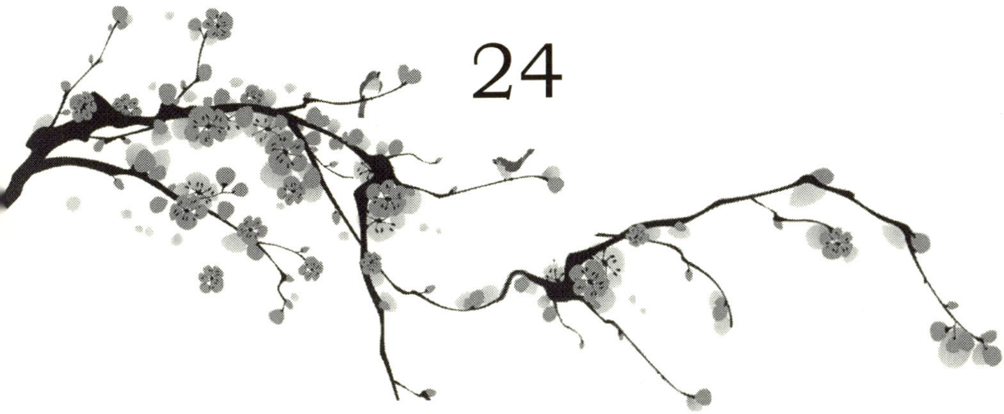

24

El río Amarillo bullía con fuerza acogiendo en su seno las aguas del deshielo. En su superficie, las olas se encrespaban, embistiendo rabiosas contra los intrusos que arrastraba la corriente: palos, hojas, ramas, algún animalillo... La furia del agua levantaba una fina cortina de agua que salpicaba las orillas, empapando la exuberante vegetación que allí crecía. Incluso el ruido que lo acompañaba resultaba excesivo, ensordecedor, violento.

Lirio contempló el espectáculo con fascinación en el gesto y avanzó hasta Jizhu para preguntarle al oído, sobreponiéndose al estruendo:

—¿No pretenderás que crucemos el río a nado, verdad? ¡Porque no pienso hacerlo!

Jizhu se rio.

—¡No te preocupes! ¡Yo tampoco! Cerca de aquí hay un paso con un puente. Cruzaremos por allí.

Siguieron el curso del río hasta llegar al paso que Jizhu

había mencionado. En realidad, se trataba de una pasarela colgante que unía dos paredes. El río Amarillo atravesaba a gran distancia por debajo, formando una abrupta garganta. Los caballos piafaron irritados al comprender que tendrían que continuar por la pasarela.

—Los caballos son más listos que tú —gruñó Lirio.

—¿Te da miedo, princesa? —preguntó Jizhu en tono burlón—. Puedes esperar aquí, si quieres, hasta que vuelva.

Lirio fingió sopesar la idea.

—Creo que no, sería bastante aburrido.

—El puente aguantará. Lo construyeron los chinos.

Jizhu bajó del caballo de un salto y, con mimo, lo condujo hasta la pasarela. Dio unos cuantos pasos aferrado a las sogas que hacían las veces de pasamanos, comprobando que el suelo era sólido. Susurrando palabras tranquilizadoras al animal, fue cruzando con cuidado, animando siempre a su montura, lanzando miradas a Lirio que querían decir, «paciencia, confía en mí».

La princesa les vigilaba con el alma en vilo, temblando con cada ráfaga de aire. Respiró aliviada cuando, por fin, los vio al otro lado. Jizhu volvió junto a ella. El guerrero no debía de conocer lo que era el miedo. Recorrió el puente de nuevo con el caballo de Lirio con la misma parsimonia con la que podría recorrer un jardín de flores.

—Ahora tú, princesa —dijo en voz baja al llegar hasta ella.

Lirio se aferró con fuerza al pasamanos sin atreverse a mirar hacia el fondo del acantilado.

—No... No sé si podré, Jizhu —murmuró asustada.

—Ven, dame la mano —la voz de Jizhu se volvió cálida

y reconfortante—. Puedes cerrar los ojos, si quieres. Yo te guío. Confía en mí.

Lirio tragó saliva.

—Está muy alto. Si nos caemos...

—Nos mataremos los dos —Jizhu terminó la frase por ella. No había vacilación en él—. Tranquila, Lirio. Confía en mí —repitió.

Lirio asió con fuerza su mano y cerró los ojos. Jizhu tiraba de ella con suavidad, dándole ánimos. La pasarela se columpiaba crujiendo bajo sus pies. El ruido proveniente del río perforaba sus oídos, engullendo cualquier otro sonido. Tras recorrer unos pocos metros, Lirio no pudo evitar abrir los ojos y se detuvo en seco. Justo por debajo de ella, la corriente trazaba furiosos remolinos que danzaban hipnóticos, como llamándola. El tablón sobre el que se apoyaba se quejó con un débil chasquido. Lirio estiró de la mano de Jizhu, tratando de zafarse para regresar, pero él la retuvo con fuerza.

—Ya casi estamos, preciosa...

—¡Tengo miedo! —gritó con expresión aterrada.

Jizhu no la soltó y la atrajo hacia sí. Los movimientos bruscos aumentaban el balanceo de la pasarela.

—No tienes que tener miedo —Jizhu levantó la voz para hacerse oír por encima del fragor de las aguas—. Estoy a tu lado.

Lirio inspiró hondo varias veces, tratando de hacerse con el control de su fuego que pugnaba por liberarse para arrasar con todo.

—Vamos, confía en mí.

La princesa apretó los dientes con fuerza, contrayendo la boca en duro gesto. Dubitativa, miró hacia atrás: unas pocas zancadas y se sentiría de nuevo a salvo.

«Retroceder nunca es una solución». La voz de su abuelo brotó de su interior para insuflarle fuerzas.

Fueron unos segundos eternos para la princesa. ¿Qué ganaría negándose a cruzar? Nada.

El guerrero esperaba; no tenía prisa. Sus ojos verdes la escrutaban. Lirio tragó saliva y dio un paso vacilante al frente. Y otro más, y luego otro. Jizhu no soltó su mano. La pasarela parecía crecer en longitud, poniendo a prueba su valor y su confianza.

Por fin, el otro extremo comenzó a acercarse, los tablones dejaron de crujir; la corriente perdió su interés en ella y la dejó proseguir en paz, acallando su llamada. En cuanto notó la tierra firme bajo sus pies, suspiró con infinito alivio, abrazando nerviosa al guerrero que la contemplaba satisfecho.

Y fue en ese momento, cuando una especie de golpe devastador la sacudió por completo, desde el corazón hasta cada una de las terminaciones nerviosas de su cuerpo. Jizhu era la mitad que la completaba. En su expresión, entre preocupada y tierna, dejó de ver al guerrero implacable que los xiong veneraban como líder indiscutible y vio al hombre que se escondía debajo. Lirio era el *yin* y Jizhu el *yang*, ella era fuego y él agua: eran los dos opuestos que, juntos, formaban el todo.

Lirio comprendió que estaba enamorada de él. De repente, su viaje dejaba de ser una locura y se convertía en la prueba que confirmaría su amor ante todo el clan xiong.

Jizhu debió de percibir algo en ella, pues frunció el ceño y le preguntó:

—¿Qué pasa? ¿Estás bien?

Lirio le regaló la más bella sonrisa que él hubiera visto nunca y contestó:

—Estoy mejor que nunca, Jizhu.

«Jizhu». Al *shanyu* le encantaba como sonaba su nombre en los labios de su bella princesa: como el inicio de una melodía, como el discurrir de la brisa entre las hojas de los árboles, como el crepitar del fuego en las noches de tempestad. «Jizhu».

—¿Continuamos?

Lirio asintió con la cabeza. Montaron una vez más, dirigiéndose a buen paso hacia el denso bosque de bambú que se extendía a ese lado del bravo río Amarillo.

El bosque infundía un respeto sobrenatural. El aire que se filtraba entre las cañas producía sonidos fantasmagóricos, semejando quejidos de almas condenadas que acechaban a los intrusos. Los pájaros y los insectos callaban de golpe cuando los recién llegados caminaban demasiado cerca. Algún animal pequeño trotaba huyendo de su escondrijo, correteando entre las patas de los caballos. De vez en cuando, estos pisoteaban el suelo como negándose a avanzar, y solo la paciencia de Jizhu, que parecía entender su lenguaje, era capaz de persuadirles para seguir adelante.

La espesa vegetación filtraba la luz del sol, por lo que el camino aparecía en penumbra la mayor parte del tiempo. Cuanto más se adentraban, más tenebrosa se volvía la senda.

Jizhu hizo unas señas a Lirio para que se aproximara. Hacía rato que los sonidos del bosque habían enmudecido.

—¿Habías estado alguna vez por aquí, hermosa? —preguntó Jizhu.

—No, nunca —contestó ella.

—¿Y te parece bonito?

A Lirio le extrañó la pregunta, más aun si cabía porque no parecía en absoluto pendiente de su respuesta.

—Es bonito, pero sobrecogedor. ¿A ti, te gusta?

—Sigue hablando, Lirio —por el tono, la invitación sonaba más bien a una orden—, en voz un poco más alta.

Lirio miró a su alrededor, temerosa.

—¿Ocurre algo?

Jizhu negó imperceptiblemente con la cabeza.

—Alguien lleva rato siguiéndonos. Tú sigue hablando, que no sospeche. Estoy intentando averiguar dónde se oculta.

Asustada, Lirio se quedó por unos instantes sin palabras, hasta que le vino a la cabeza el poema infantil del oso y comenzó a recitarlo en chino:

El panda no quiere dormir
El bambú hace ruido y le asusta
Su madre lo coge, le canta y le arrulla
El bambú se ha dormido
El pequeño panda ya puede jugar.

Reconociéndolo, Jizhu torció el gesto.

—¡Ya podrías haber pensado otra cosa! —refunfuñó.

Lirio hizo caso omiso y siguió recitando. Varios pasos por detrás, hacia la derecha, Jizhu creyó ver unas ramas que se agitaban de forma inusual.

—¡Agáchate, Lirio! —rugió Jizhu.

Un dardo silbó junto a ellos y fue a clavarse en una rama de bambú, con un ruido sordo. Jizhu tomó su arco y apuntó hacia la espesura, lanzando varias flechas al tiempo que azuzaba a los caballos.

—¡Corre, preciosa! —gritó a Lirio—. ¡Voy detrás de ti!

Lirio se lanzó al galope sorteando los finos troncos; en un par de ocasiones giró la cabeza para comprobar que Jizhu le pisaba los talones, disparando a ciegas y guardándole la retaguardia. Las ramas bajas les arañaban la ropa, desgarrándoles las mangas y en ocasiones la piel. La furiosa carrera provocaba una suerte de eco en la frondosa vegetación; las cañas huecas amplificaban el estruendo de los cascos impidiendo determinar cuántos jinetes participaban en la persecución.

Al cabo de un rato, el bosque clareó y la luz comenzó a inundar el camino, primero con timidez y luego, por fin, con altivo dominio. Jizhu moderó el paso; unos metros por delante, Lirio hizo lo propio, con el corazón desbocado.

—No veo a nadie. Creo que ya no nos siguen.

La princesa tenía la boca seca, tuvo que tragar saliva para poder articular palabra.

—¿Quiénes serían? ¿Bandidos? Hay muchos merodeando por la frontera...

—¿Ah, sí? No lo sé; de todas formas, iremos con cuidado. Tal vez los hemos perdido, o tal vez aguardan para sorprendernos más adelante.

—¿Te encuentras bien? —preguntó de pronto Lirio.

Un sudor repentino perló la frente de Jizhu; el color había abandonado su rostro. Respiraba con jadeos entrecortados, como si se estuviera ahogando. Abrió la boca para decir algo, pero perdió las pocas fuerzas que le quedaban y cayó al suelo como sin vida.

—¡No! ¡Jizhu, no! —con el rostro transido por el miedo, Lirio desmontó de un salto y corrió hacia él.

Le asió de los hombros, tratando de incorporarle y fue entonces cuando apreció el minúsculo dardo clavado en el cuello. Lirio lo extrajo con cuidado; la punta estaba manchada con una especie de tinta oscura. ¿Sería algún veneno?

La respiración de Jizhu se había tornado rápida y muy superficial, pero, al menos, seguía vivo. Lo abrazó con ternura susurrándole ánimos al oído.

«¿Qué puedo hacer? ¿Intento llegar a mi aldea? Estamos tan lejos...»

No tuvo tiempo de pensar mucho. Unas botas oscuras se plantaron ante ella. Al alzar la vista, vio un grupo de hombres que la miraban sonriendo. Uno de ellos, el que parecía el líder, la saludó con una profunda reverencia.

—Bienvenida a tu casa, hermosa flor de loto.

La cara del hombre le resultaba vagamente familiar; sus facciones eran anodinas, con mandíbula cuadrada, pómulos altos y ojos pequeños, demasiado separados. Le tendió una mano, grande y callosa, y la ayudó a ponerse en pie, haciendo un gesto a sus acompañantes para que se hicieran cargo de Jizhu. Lirio se tragó el miedo para preguntar:

—¿Quiénes sois? ¿Qué queréis, oro? Os entregaré mis joyas. Por favor, dejadnos tranquilos —su voz reflejaba una extraña mezcla de temor y desprecio.

—Tenemos asuntos que tratar, hermosa concubina.

Parece que alguien ha faltado a la palabra dada —el cabecilla sonrió; le faltaba un diente—. No te preocupes por tu señor, no morirá... Por lo menos, no por el veneno. Solo le dolerá un poco la cabeza al despertar.

Uno de los hombres empujó a Lirio para que caminara. Cargaron el cuerpo de Jizhu sobre uno de los caballos y echaron a andar en fila. La princesa no tuvo más remedio que seguirles.

Anduvieron durante media jornada, dando varias vueltas y deshaciendo el camino un par de veces para desorientar a Lirio. El *shanyu* no despertó. La dosis de veneno debía de ser potente para mantenerlo dormido durante tanto tiempo.

Por fin llegaron a lo que parecía una diminuta aldea, de a lo sumo una docena de cabañas con tejados de paja. La hierba crecía descuidada, por lo que Lirio supuso que en realidad nadie habitaba la zona de continuo. Sin miramientos, bajaron a Jizhu del lomo del animal y lo arrojaron dentro de una de las chozas. Lirio se estremeció al oír el golpe contra el suelo.

—No es necesario que lo tratéis así —espetó airada al jefe.

Este se encogió de hombros y mandó buscar algo de comer y beber para la princesa, sin quitarle los ojos de encima.

—Tuvo buena suerte el bárbaro, al fin y al cabo. Podía haberle tocado una concubina más fea, teniendo en cuenta tus antepasados.

Un escalofrío recorrió la espalda de Lirio, pero se obligó a mostrar valor.

—¿Debo suponer que sabes con quién estás hablando?

El hombre profirió una risotada que sonó obscena y desproporcionada a oídos de Lirio.

—Guárdate ese tono impertinente para la intimidad de tu lecho. Mira, te he traído un regalo. De parte del emperador. ¿Quieres verlo?

Lirio negó con la cabeza. El hombre se acercó a ella y, tomándola por la muñeca, depositó algo a la fuerza en la palma de su mano. Lirio lo miró con horror y trató de soltar el objeto.

—¿Qué es lo queréis? —sollozó.

—Pero, qué desagradecida —protestó el hombre—. Venir tan lejos a por una piedra de la Luna y rechazarla de este modo tan grosero. En fin... ¿Quieres que me la quede y te la dé más tarde, cuando se despierte el xiongnu?

Lirio palideció, presa del miedo.

—No... no —acertó a decir—. Si tienes algún mensaje que transmitir, hazlo ahora.

—Lo imaginaba —replicó satisfecho, mostrando su desdentada sonrisa—. Verás, ha ocurrido algo muy raro. El xiongnu al que habíamos comprado no ha vuelto a dar señales de vida. No sabemos qué es lo que ha podido ocurrir, tal vez haya muerto. Tampoco podemos preguntar a los otros, puesto que entre ellos no saben quiénes son. Una medida de seguridad, ¿entiendes? El caso es que la información que habíamos solicitado al traidor nunca llegó hasta nuestras manos. ¿No sabrás por casualidad a quién me refiero, bella?

—No —mintió Lirio.

—Ya... —poco convencido, el hombre continuó hablando—. Y tú, ¿recuerdas la misión que te fue encomendada? ¿Quizá no has tenido ocasión de cumplirla aún?

—Yo... No he podido recabar todo lo que me fue solicitado —farfulló la princesa—. El *shanyu* ha pasado mucho tiempo fuera, realizando incursiones en territorio de los yuezhi.

El hombre la observó con detenimiento, quizás tratando de interpretar su expresión. Lirio estaba muerta de miedo, resultaba evidente; sin embargo ello no determinaba si decía o no la verdad.

—¿Puedo preguntar yo una cosa?

—Adelante —la invitó él, picado por la curiosidad.

—¿A qué vino todo esto del ritual de la piedra de la luna?

—Vaya... Pensaba que estaba muy claro —la decepción parecía teñir las palabras del cabecilla—. El emperador está preocupado porque no teníamos noticia de que el *shanyu* te hubiera tomado finalmente por esposa. Como recordarás, era un paso imprescindible en el plan. Sin esponsales, no hay presentes: ni joyas, ni sedas, ni esclavos... Ni embajadores. Ni espías, en suma. Y sin espías, no hay manera de saber cómo atacar a los xiongnu y acabar con ellos hasta destriparlos como los perros bárbaros que son.

El hombre se inclinó hacia Lirio con expresión amenazantey ella sintió una náusea al percibir su apestoso aliento. Se puso a temblar solo de imaginarse la escena que le estaba siendo descrita. Cerró los ojos y vio los cadáveres de Pama, de Tiyui, de Sacha, de Berke... de Jizhu. Nunca había aceptado con gusto la misión impuesta por el emperador, pero hasta ahora no había tenido la certidumbre de que en el fondo esperasen que ella colaborara. Había creído que con facilitar algunos detalles sobre el estilo de vida de los xiong, sus armas, el tamaño de su ejército, habría podido salvar la situación. Y, por descontado, no había contado con llegar a enamorarse de Jizhu. Aunque se hubiese dado cuenta hacía poco, en realidad ya hacía mucho que había ocurrido. Podía que incluso la primera vez que lo había visto, su corazón se hubiera rendido en secreto ante él. ¿Qué iba a hacer ahora? Nunca podría traicionarle: no solo supondría la destrucción de Jizhu, sino la de todo el clan. ¿Tenía ella ese derecho? Claro que, por otro lado, ¿qué le harían a ella si se negaba a colaborar?

Lirio decidió que, por el momento, mientras estuviera dentro de las fronteras chinas, lo mejor sería fingir que estaba dispuesta a llevar a cabo el papel esperado. Después, cuando regresara a la capital xiong... Bueno, tal vez Berke había logrado dar con los traidores y los eliminaría antes de que Jizhu se enterase.

Los traidores... Hasta ella llegaban todas las implicaciones de lo que el jefe de sus asaltantes había contado. El plan de la piedra de la luna; qué idea tan burda, y qué estúpidos habían sido al aceptarlo. ¿Habría sido cosa de Yue? ¿Quién si no? Y, sin embargo, le había parecido tan sincero al despedirse... ¿Sacha? ¿Podía de verdad el chamán estar implicado? Lirio se envaró: ¿había puesto en peligro a Pama al pedirle que se mantuviera alerta? Era una niña, y muy indiscreta, por cierto... Si algo le ocurría, ella sería la responsable. Y por último quedaba Berke. El guerrero tenía dos caras: una burlona y simpática, sí, que había terminado por ganarse su amistad y confianza, pero también otra más siniestra e implacable. Si Berke tenía que matar para protegerse, lo haría sin dudarlo, ya se lo había hecho saber.

Lirio se tapó la cara con las manos. El otro esperaba con paciencia, saboreando un trozo de carne que comía con los dedos.

—En cuanto se celebren los esponsales, seréis avisados para que enviéis las embajadas oportunas. A ellos remitiré cuanta información haya sido capaz de reunir.

—Algunos de ellos se quedarán en la ciudad bárbara. No vamos a fiarnos de tu palabra, como comprenderás. No después de lo torpe que has demostrado ser a la hora de cautivar al *shanyu*.

Lirio apretó los dientes. Eso era un hecho, muy a su pesar. En realidad, salvo por las contadas ocasiones en que él se había visto atraído físicamente, Jizhu no parecía mostrar especial interés en ella.

—Te ruego que escondas la piedra de la luna. Si Jizhu... Si el *shanyu* nos ve con ella aquí se dará cuenta del engaño y nos matará a todos y el emperador no podrá volver a usar la artimaña de la concubina para lograr sus fines.

Al cabecilla no le pasó desapercibido el tono agrio con que había pronunciado las últimas palabras, pero admitió, a regañadientes, que tenía razón.

—Te llevaré a la cabaña donde está el *shanyu* y te dejaré allí, medio atada. Voy a quitarte las joyas para que crea que somos bandidos y no sospeche nada; por la noche, finge que te has liberado y huid aprovechando la oscuridad. Vuestros caballos están atados ahí fuera.

Lirio asintió; la vergüenza que sentía por estar confabulando contra Jizhu solo era comparable al asco que se daba a sí misma.

—Espera, vamos a hacer esto un poco más creíble —

dijo de pronto el jefe.

Lirio se volvió hacia él, abatida. El hombre, con una sonrisa impúdica, le dio un tirón a la túnica, rasgándola por la mitad. La princesa se cubrió con las manos, aterrada.

—Pero, ¿qué haces?

—Ya te lo he dicho, preciosa. Hacer esto un poco más creíble.

Se abalanzó sobre ella, sujetándola por los brazos, tratando de besuquearla. En el forcejeo, le arrancó el *ji* que sujetaba el moño, desperdigando su melena. Lirio trató de zafarse, arañándole la cara para obligarle a recular.

—Mira, mira, qué gata tan descarada.

El hombre dejó escapar una risa boba, creyendo que la princesa se limitaría a arañarle y estirarle del pelo. Sin embargo, en cuanto abrió una mínima distancia, Lirio giró sobre una pierna asestándole una patada en el pecho que le dejó sin aire. Sujetándose las costillas, el otro empezó a toser, intentando recuperar el aliento.

—Atrévete a venir a por más —siseó Lirio.

El hombre escupió en el suelo. Podía darle una paliza, o podía que se la diera ella a él. Gruñendo, levantó las manos en señal de rendición y se limitó a atarla con las manos a la espalda.

Se dirigieron hacia la choza en la que se encontraba Jizhu. Lirio se dejó caer junto a él. En un último acto de venganza, el grotesco secuestrador terminó de arrancarle la parte superior de la ropa, dejándola expuesta de cintura para arriba.

Lirio apoyó la cabeza contra la pared de madera, haciéndola crujir quedamente. Jizhu continuaba dormido, aunque su respiración parecía haberse normalizado. Lo habían arrojado al suelo como un fardo y había quedado tumbado de medio lado, con el cuello doblado en una posición antinatural. Le observó con calma: incluso así, en su obvia vulnerabilidad, resultaba un guerrero imponente, mucho más alto que los demás hombres, con los músculos cincelados fruto del entrenamiento marcial y el duro trabajo al aire libre. Sin embargo, y tal vez él no se hubiera percatado, un extraño rictus, una especie de tic nervioso en el mentón afloraba cuando se sentía amenazado: un temor oculto a perder el respeto de los suyos. Recordó las palabras de Berke sobre Maodun y supo que tenía razón: si en algún momento en el clan llegaban a dudar de su capacidad como líder, Jizhu echaría mano de la crueldad.

Lirio se revolvió, incómoda. ¿De verdad sería ella la encargada de controlar a la bestia que anidaba en su interior? ¿Sería capaz?

Transcurrieron horas. El resplandor proveniente del exterior se atenuaba, anunciando la pronta venida del ocaso.

Jizhu emitió un débil quejido que sacó a Lirio del sopor en que había caído, pero ella no se atrevió a moverse. El sentimiento de deshonra aún teñía sus mejillas; Jizhu podría darse cuenta. El guerrero trató de incorporarse, mareado y desubicado. Pasaron unos largos minutos antes de que se recobrara por completo y, aun así, su expresión se veía aturdida.

—¿Lirio? —gimió en voz baja.

—Estoy aquí —replicó ella desde un lateral.

Jizhu volvió la cabeza para mirarla. Al verla atada y

semidesnuda dio un respingo, intentando ponerse de pie. El veneno no había desaparecido del todo y trastabilló hasta caer al suelo junto a ella. Ante su indefensión, las lágrimas asomaron en los ojos de la princesa.

—¿Qué te han hecho, Lirio? —preguntó malinterpretando su llanto.

A Lirio se le encogió el corazón; el *shanyu* xiong estaba dispuesto a vengar la afrenta que los bandidos hubieran cometido contra su princesa *han*. La misma princesa que se vería obligada a traicionarle a él y a todos los suyos.

—Nos han atado. No puedo soltar las cuerdas.

Jizhu se aproximó hasta ella reptando. La vergüenza y la ira consumían a Lirio al verlo así.

«Soy despreciable, despreciable. Perdóname, abuelo, por haber fallado a toda la familia.»

—¿Qué ha ocurrido, preciosa? —jadeó Jizhu—. Lo último que recuerdo es el calor que me invadió de repente. Creo que me caí del caballo.

—Son bandidos, Jizhu. Me... Me han quitado las joyas.

—¿Qué te han hecho, Lirio? ¿Te han tocado?

—No. Lo intentaron, pero... —Lirio se calló de repente. ¿Qué excusa podía esgrimir?

—Pero, ¿qué? ¿Qué hicieron? —Jizhu recobraba las fuerzas a una velocidad vertiginosa. A pesar de la penumbra que sumía la cabaña, Lirio distinguió la expresión asesina de sus ojos y la firme determinación reflejada en la forma en que apretaba la mandíbula.

—Uno de ellos se interpuso. Gritó a los otros que me dejaran en paz.

—¿Y le hicieron caso? —Jizhu se mostró incrédulo unos segundos—. Bien. Tendrás que decirme quién fue y mataré a todos los demás.

Lirio tragó saliva.

—No le vi bien la cara.

—Bah, no importa. Que mueran todos. Ayúdame a quitarme las ataduras.

La princesa se agitó asustada, mientras trataba de forcejear con las cuerdas. Las suyas estaban prácticamente sueltas.

—Espera... Casi me he soltado yo. Llevo un buen rato intentándolo —esbozó media sonrisa—. ¡Ya está!

Las cuerdas cayeron al suelo. Lirio se inclinó junto a Jizhu y tomó su rostro entre las manos con dulzura. Jizhu se detuvo, mirándola con pasión. La princesa acarició con delicadeza las hermosas facciones del guerrero, con preocupación en el gesto.

—¿Estás bien, Jizhu? ¿Te duele algo?

—Estoy bien, princesa. Solo herido en el orgullo. Desátame —ordenó.

Lirio cruzó los brazos, fingiendo enojo.

—No soy uno de tus hombres. No me mandes.

—Si fueras uno de mis hombres, no me estarías mimando tanto —sonrió burlón—. Ni yo te dejaría hacerlo. Ahora, ¿tendrás la bondad de desatarme?

Lirio hizo un mohín y le liberó. Jizhu se abalanzó sobre ella y la besó con voracidad, cogiéndola por sorpresa. Con una mano le presionó un pecho, mientras con la otra la aferraba por la cintura, atrayéndola hacia sí. Lirio le devolvió el beso, empujándole después para quitárselo de encima.

—Jizhu... No quiero que mates a nadie por mí. Te lo suplico, te lo pido por favor.

—¿Por qué no? —preguntó asombrado—. Escucha, Lirio, no sé, ni me importa tampoco, la clase de personas que te rodeaban en Chang'an. En mi clan, todos somos guerreros. Aunque te parezca desagradable, estamos acostumbrados a la muerte. Si alguien te hace daño, lo pagará con su sangre. Nadie en mi clan dudaría en matar para proteger la vida de un familiar, o un amigo. Lo comprenderás con el tiempo.

—Ya lo sé.

—¿Lo sabes? ¿Te lo dijo Yue?

—Vi a Berke hacerlo.

Una sombra atravesó el rostro de Jizhu, apenas iluminado por la escasa luz proveniente del exterior. Lirio se arrepintió de haber nombrado al capitán.

—Mucho se preocupa Berke por ti, ¿no te parece? —siseó.

—Teníamos que escapar de los yuezhi.

Contrariado, Jizhu hizo un gesto en el aire. Se quitó el caftán y se lo tendió a Lirio; su torso quedó tan solo cubierto por una fina túnica de algodón. Lirio se apresuró a cambiar de tema.

—¿Qué significan esos tatuajes, Jizhu?

—Nada concreto —replicó él, encogiéndose de hombros—. Invocan la protección de Tengri. ¿Qué es esto? —murmuró extrañado al notar un bulto bajo sus pantalones—. No me han quitado los puñales... Estúpidos. De todas formas, no tendrán mucho tiempo para arrepentirse.

—¡Espera! ¿Adónde vas? —gritó alarmada.

—Ya te lo he dicho. A matarlos a todos.

—¡No sabes cuántos son!

—¿Cuántos son?

Lirio abrió mucho los ojos, pasmada.

—¿No sería mejor esperar a que se hiciera más de noche y salir de aquí con sigilo?

Jizhu la fulminó con la mirada.

—¿A qué te refieres? ¿A huir, escondidos como perros? —Jizhu meneó la cabeza—. Tienen que pagar por lo que han hecho. Quédate aquí. No creo que tarde.

—Espera, Jizhu. Son cinco. Ten cuidado, por favor.

Jizhu depositó un beso en sus labios y salió al exterior sin hacer ruido. Afuera, tres de los bandidos, que no esperaban ninguna acción hasta medianoche al menos, cenaban y bebían confiados alrededor de una exigua fogata. Los otros dos no estaban a la vista.

Amparado por las sombras, Jizhu se precipitó hasta ellos, tomando a uno por la espalda y degollándolo con destreza, tal y como Lirio había visto hacer a Berke. Atónitos, sus compañeros tardaron en reaccionar, lo que les costó la vida: Jizhu apuñaló a uno de ellos en el estómago, girándose rápidamente hacia el tercero, que solo tuvo tiempo de dar la voz de alarma antes de caer muerto a los pies del *shanyu*.

Un cuarto hombre apareció de una de las chozas armado con una espada. Jizhu y él comenzaron a trazar un círculo, estudiándose el uno al otro. Puede que el bandido blandiera la espada, sin embargo, temblaba de forma ostensible, quizá por la visión de sus tres compañeros yaciendo sin vida, o quizá por la expresión asesina de Jizhu, que le enfrentaba enseñando los dientes. Hizo ademán de atacar, sin mucha fe. Jizhu esquivó el sablazo desplazándose con agilidad a un lado, mientras dirigía uno de sus cuchillos a un costado del supuesto ladrón. Al recibir el golpe, este soltó su arma chillando de dolor: Jizhu no dudó un segundo y lo degolló.

Lirio lo observaba todo escondida tras el hueco de la puerta. Cuando vio al último atacante acometer con la espada, salió de la cabaña asustada para ver mejor, con el pulso latiendo a la velocidad de un caballo al galope. Fue entonces cuando el cabecilla aprovechó para atraparla desde atrás, sujetándola de un brazo y colocándole una daga en el cuello.

—¡Perra traidora! —gritó entre dientes—. Dile que deponga las armas o te rajaré como ha hecho él con mis hombres.

Jizhu se volvió lentamente al oírle. Apretó con fuerza la mandíbula y le clavó una mirada llena de desprecio.

—Cobarde. Buscas refugio detrás de ella en lugar de enfrentarte a mí como un hombre.

Lirio sabía que Jizhu no iba a arriesgar a lanzar los cuchillos esde esa posición, puesto que podía herirla. Durante unos segundos, la tensión fue en aumento. Sin embargo, al vigilar los movimientos de Jizhu, el bandido parecía haber olvidado que Lirio también era capaz de defenderse a sí misma y cometió el error de desplazar la hoja unos centímetros hacia delante.

Aquello era lo que Lirio esperaba que hiciera. Con un golpe seco en la muñeca le obligó a tirar el puñal. El secuestrador trastabilló un par de pasos hacia la derecha y ella aprovechó para lanzarle una patada circular que le impactó contra la barbilla, desequilibrándolo por completo. Jizhu cayó sobre él como un halcón que desciende en picado, para rematarlo en el suelo. Un chorro de sangre salió proyectado hacia arriba, salpicando la ropa de la princesa.

Jizhu respiraba entre jadeos; extendió un brazo sobre los hombros de la princesa y la atrajo contra su pecho, reconfortándola.

—¿Te encuentras bien? —susurró.

—Creo que sí —mintió ella.

—¿Crees que podríamos pasar la noche aquí, o te sentirás incómoda?

—¿No vendrán los lobos? —preguntó ella con voz desvaída.

—Me llevaré lejos los cuerpos. Si viene algún animal, no necesitará entrar a la aldea, y además no apagaremos el fuego.

Lirio asintió con la cabeza. El olor rancio de la sangre invadió sus pulmones, y le sobrevino una arcada. Jizhu la sostuvo.

—Ven, te acompañaré a la cabaña. No tienes por qué ver esto.

Lirio se dejó llevar y se sentó en el suelo con la vista extraviada.

«Soy más fuerte de lo que crees. Me repondré. Es que han sido tantas impresiones en un solo día...»

Oyó el ruido que producían los cuerpos arrastrados sobre la tierra. En un par de ocasiones le pareció que se le caían al suelo, haciendo un ruido sordo. Cuando terminó, Jizhu se encargó de avivar el fuego y acercar unas cuantas ramas para más tarde. Al cabo de un largo rato, Lirio le vio entrar, cubierto de sangre. Se apoyó en el hueco de la puerta.

—¿Estás mejor?

Lirio asintió, insegura, poniéndose en pie. El olor a muerte era cada vez más penetrante y hería sus sentidos.

Dio unos pasos vacilantes hacia el exterior y, sin poder evitarlo, vomitó cuanto había en su estómago. Regresó al interior, llorando, agachándose en cuclillas junto a una pared. Jizhu fue hasta ella, la abrazó con ternura y la ayudó a tumbarse en su regazo.

—Intenta dormir, Lirio. Yo me encargo de vigilar el fuego.

No dejó de acariciar su aterciopelada melena.

—Cuando te canses, despiértame —acertó a decir entre sollozos.

—Lo haré. Ahora, descansa y no te preocupes.

Lirio sabía que no la despertaría, al igual que había hecho Berke. Los xiong parecían tener una resistencia infinita al cansancio y al sufrimiento.

25

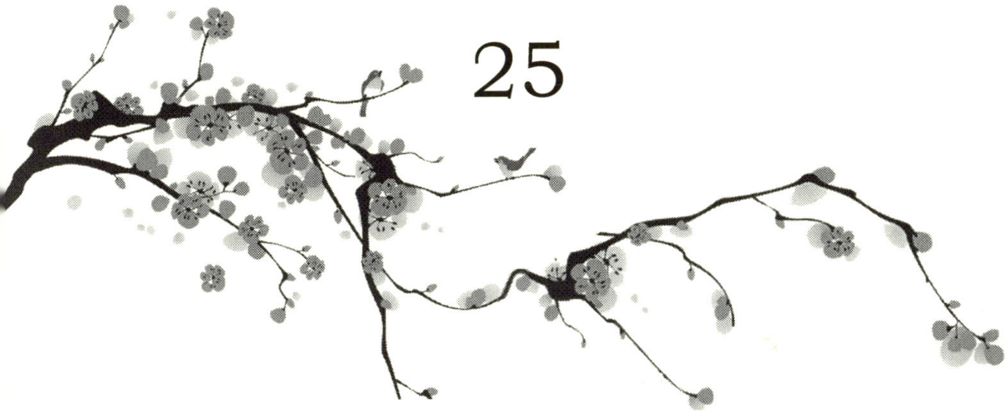

El cielo se cubrió de plomizos nubarrones arracimados y el aire se impregnó con el olor que anuncia las tormentas. Los arbolillos que rodeaban la aldea eran zarandeados con violencia por el fuerte viento, que soplaba desde el sudeste cargado de humedad. En poco rato, un tremendo aguacero vertería su furia contra la tierra. Jizhu se ocupó de poner los caballos a refugio antes de que comenzase a llover, dejando a Lirio recostada en el suelo.

Un trueno bramó por encima del estruendo del agua, seguido de otro más bronco aún. Lirio se despertó, sobresaltada. Le llevó unos instantes recordar dónde estaba y todo lo que había ocurrido el día anterior: los bandidos, la traición, la muerte, la sangre, la náusea y Jizhu. Jizhu a su lado, meciéndola como a una niña, velando por su descanso. Jizhu, implacable; Jizhu, protector. Tal vez, un día, Jizhu, su esposo.

El *shanyu* entró en la cabaña empapado, sonriendo al

verla levantada. El pelo, chorreando, se le pegaba al rostro y la túnica se había vuelto transparente.

—He encontrado comida en una choza. ¿Tienes hambre?

—No deberías rebuscar entre las cosas de los muertos, Jizhu. Molestarás a sus espíritus —dijo Lirio consternada.

—No, con nosotros no se enfadan por esas cosas. Lo hacemos a menudo. No he encontrado tus joyas, no sé dónde las habrán escondido. Cuando deje de llover buscaré mejor.

—No hace falta, no las quiero —Lirio se puso en pie de un salto, muy nerviosa—. No quiero que toques nada de los muertos. Te lo ruego, Jizhu, hazlo por mí.

Su súplica surtió un efecto inmediato. Jizhu sonrió de oreja a oreja.

—De acuerdo, preciosa, no te preocupes. Lo dejo todo como está. Lo hago por ti —su voz era más bien un ronroneo.

Lirio se abrazó a sí misma.

—No entiendo cómo puedo parecerte preciosa, con este aspecto desastroso. Me gustaría...

—¿Qué te gustaría, bella? —Jizhu se acercó hasta rozarle el cuello con los labios, su voz poco más que un susurro arrastrado.

—Me gustaría que pudieras verme hermosa de verdad, con mi ropa de seda, y limpia.

«Parezco una bárbara.»

—Te veo hermosa de verdad, Lirio —Jizhu le recorrió la línea de la mandíbula con la punta de la lengua, haciéndole cosquillas. Se separó ligeramente de ella y añadió—, no te vería más hermosa si vistieras sedas y olieses a aceites chinos. Veo la belleza que hay en ti, no la que puedes adornar con joyas.

Lirio se le quedó mirando con la boca abierta.

—Nunca habría imaginado que un guerrero xiong pudiera decirme algo tan bonito —murmuró apoyando la cabeza en su pecho.

Un tanto incomodado, Jizhu hizo una mueca.

—No te burles. Lo mío no son las palabras, Lirio.

—Lo decía en serio, Jizhu.

—Tengo ganas de encontrar la dichosa piedra y unirme a ti, Lirio. Creo que jamás había deseado algo con tanto ahínco.

La besó con ternura, repasando el contorno de sus labios, saboreando cada rincón de su boca. Echando la cabeza hacia atrás, Lirio le correspondió con arrebatadora dulzura.

—Yo también deseo lo mismo, Jizhu. Deseo ser tu esposa.

—¿De verdad? —Jizhu le levantó el borde del caftán por encima de la cintura mientras la acariciaba—. ¿Deseas ser la esposa del *shanyu* xiong, el jefe bárbaro?

—No, Jizhu. Deseo ser tuya y que tú seas mío. No me importa si eres o no el *shanyu*. Te querría igual si fueras esclavo.

Jizhu se apartó de ella con más brusquedad de la pretendía, asiéndola de los brazos y escrutándola con la mirada. Lirio dio un respingo.

—¿Es eso cierto, Lirio? ¿Lo jurarías?

—Sin dudarlo, Jizhu. Si tú me aceptas, te seguiré a donde vayas.

—Te quiero, Lirio.

Así, sin más. No hubo declaraciones pomposas, ni promesas grandilocuentes. Ya lo había confesado antes: Jizhu no era bueno hablando. Para ella, no obstante, que vio cómo las palabras brotaban limpiamente del corazón, lo significó todo. Él la quería, ella le quería. Se amaban. ¿Qué importancia podía tener el mundo? Ambos se sentían poderosos, nada podría arrancarles del sueño. Se amaban.

Tal vez por eso, Lirio empezó a encontrarse peor de lo que se había sentido jamás. Traicionera, mentirosa y cobarde. Jizhu la amaba. Ella haría cualquier cosa por él.

«¿De verdad? ¿Lo haré?»

En su mano residía, sin embargo, la capacidad para hacer añicos todo lo que significaba algo para Jizhu. Su autoridad, su familia, su clan, su vida y su amor.

La lluvia dio una pequeña tregua, y un pálido sol asomó con timidez entre las espesas nubes. Jizhu y Lirio se besaron intensamente sobre el suelo de la cabaña, regalándose íntimas caricias. Los dedos de la princesa recorrían perezosos el cuerpo del guerrero, de la nuca a la cintura, recreándose sobre los intrincados tatuajes, formando diminutos círculos con las yemas. La respiración entrecortada de Jizhu era la única guía que necesitaba. Su cálido aliento sobre la curva del cuello le erizaba la piel, provocándole cosquillas. Jizhu parecía absorto en el placer que poco a poco le entregaba su princesa... Parecía...

De pronto, Jizhu se incorporó, alerta. Lirio aguzó el oído. No percibió nada. Los pájaros, quizá, más silenciosos. Una inoportuna rama quebrándose bajo el peso excesivo de algo... O alguien. Podía que un depredador hubiera olfateado a los caballos. A lo mejor no era más que su imaginación.

Jizhu la tomó por la muñeca y la arrastró hacia él. Se asomó con sigilo por el hueco que hacía las veces de puerta, sin ver nada.

—Vámonos de aquí —susurró.

La guio hasta la cabaña donde había refugiado a los caballos; iba a ayudarla a montar, pero Lirio saltó con presteza a la grupa. Jizhu sonrió, orgulloso de ella.

—¿Estás preparada? —preguntó en voz baja. Lirio asintió con los ojos muy abiertos y la expresión seria—. Entonces, ¡corre!

Los dos caballos se encabritaron asustados y salieron lanzados al galope al exterior. Atravesaron la minúscula aldea a la carrera, irrumpiendo de súbito ante un grupo de hombres armados que avanzaban con cautela.

—¡*Hurai*! —el grito de guerra xiong sonó como un feroz aullido en boca de Jizhu.

Como una exhalación dejaron atrás las cabañas, internándose de nuevo en el bosque. Algunas flechas les persiguieron sin éxito; Jizhu y Lirio no perdieron el tiempo en averiguar si les seguirían.

El suelo embarrado no favorecía el galope frenético de la partida y se vieron obligados a aminorar la marcha. Algunos charcos eran tan profundos que cubrían por entero las pezuñas de los animales. El bambú había dejado de ser la especie dominante; hayas y abedules poblaban aquella zona del bosque, donde el musgo trepaba descarado desde la tierra. El aire parecía volverse irrespirable por la acuciante humedad. Jizhu no se sentía a gusto en este ambiente. Los árboles suponían un límite, una frontera. Él prefería los francos espacios abiertos de la estepa, en los que no cabía ocultarse sino enfrentarse al enemigo.

—¿Por dónde seguimos ahora, Jizhu?

El guerrero no respondió, inmerso en una profunda reflexión.

—Jizhu... No sabes dónde estamos, ¿a que no?

Jizhu se removió en el sitio, fingiéndose ofendido.

—Por supuesto que lo sé. Quiero cerciorarme de que nadie más nos persigue, eso es todo.

Lirio resopló.

—Si continuamos dando vueltas, regresaremos de cabeza a la aldea.

—¿Ah, sí? ¿Por dónde sugieres tú que vayamos, bella?

Lirio se encogió de hombros, disimulando una sonrisa, al verle tan frustrado.

Tardaron casi toda la jornada en abandonar el bosque. La vegetación comenzó a clarear, liberando parte de la sofocante humedad, y luego pareció esfumarse de pronto, dando paso a enormes extensiones verdes de campos de cultivo. Lirio los contempló con añoranza, recordando su hogar: suaves lomas cubiertas de cereales alfombraban la tierra hasta donde alcanzaba la vista. A lo lejos divisaron grupos de campesinos de vuelta a casa. Jizhu los observó con el ceño fruncido y una tosca expresión pintada en el rostro.

—¿Qué ocurre? —preguntó la princesa.

—Nada... La vida aquí es mucho más fácil que en la estepa, ¿no crees?

En realidad, la vida no era fácil en ningún sitio, pensó Lirio. Aunque podía que tuviera razón: la resistencia de la que hacían gala los xiong había nacido de la dureza de su tierra.

—Este invierno ha sido especialmente cruel para mi clan —añadió Jizhu, pensativo—. Tal vez tengamos que realizar alguna incursión por aquí pronto.

—Es mi pueblo, Jizhu —protestó Lirio.

—No, princesa... Tu pueblo somos los xiong. No te olvides.

Lirio trató de no amilanarse ante lo que sonaba como una advertencia.

«¿Sabes algo más de lo que yo creo?»

Lirio se mostró obstinadamente silenciosa durante los siguientes días, en que trataban de desplazarse al anochecer para evitar llamar demasiado la atención. No obstante, al encontrarse en tierras fronterizas, los habitantes de la zona parecían acostumbrados a la presencia de bárbaros que llegaban para intercambiar productos con ellos, y apenas les hacían caso.

—No quiero continuar más el viaje —dijo Lirio de repente, deteniendo el caballo en un cerro.

Desde allí se divisaba una pequeña aldea, que descansaba en un valle rodeado de campos de arroz. Jizhu se giró hacia ella, contrariado.

—¿Cómo que no? —gruñó.

—Yo vivía allí —Lirio extendió la mano hacia el pueblecito, con gesto cansado—. Cerca de aquí encontraremos piedras de la Luna. Al menos, las había cuando yo era niña.

Jizhu permaneció en silencio ante la revelación. Unos instantes después, preguntó con voz queda,

—¿Quieres ir a ver a tu familia? Tal vez nunca más puedas...

—Mi familia ya no vive aquí —le interrumpió ella—. Se trasladaron a un pueblo cerca de Chang'an cuando fui elegida para convertirme en concubina imperial.

Jizhu asintió sin decir nada, quizás intuyendo que los recuerdos de su princesa le traían dolor, y eso podría ofenderla.

—Bueno... A ver si la encontramos pronto.

Si a Jizhu le pareció extraño que la piedra que el chamán necesitaba se hallase tan cerca del primer hogar de Lirio, no lo dijo en voz alta. Los espíritus solían ser caprichosos.

Lirio no se molestó en buscar. Contempló la silueta de su aldea hasta que sus contornos se tornaron difusos y un nudo en la garganta le impidió tragar saliva. Jizhu se aproximó hasta ella, en respetuoso silencio, y le tomó de la mano.

—Tengo una —susurró—. Volvemos a casa.

Lirio inspiró sorbiendo por la nariz y parpadeó con fuerza para alejar de sí las últimas lágrimas. Montaron en los caballos, alejándose con paso perezoso, absortos los dos y sin volver la vista atrás. El cielo se tiñó de rojo y un sol enorme descendió hasta ocultarse tras los campos de arroz.

Jizhu tuvo pesadillas recurrentes durante las siguientes noches; temía perder la piedra, o a Lirio, o ambas cosas y, aun sin quejarse en voz alta, sentía cómo un ligero picor lo asaltaba cada poco tiempo justo bajo el tatuaje de la espalda. Trataba de alejar de sí la sensación de que algo iba a salir mal describiendo a Lirio cómo realizarían los esponsales.

—Celebraré una carrera de caballos en tu honor, Lirio. —Cuando hablaba de los preparativos, una inocente alegría, casi infantil, bañaba su rostro implacable, iluminándolo—. Sacha realizará el ritual y por fin serás mi esposa. Entonces te entregaré una cosa que estuve haciendo. Será mi regalo.

Lirio escuchaba sus planes con el corazón dividido: por un lado, ansiaba convertirse en su mujer, emocionándose con su entusiasmo; por otro, el miedo la devoraba por dentro al pensar en lo que devendría después. Tarde o temprano tendría que tomar una decisión: en cuanto se realizara el casamiento, llegarían los embajadores. Con ellos, su traición.

Deshicieron el camino de ida hasta localizar la frágil pasarela sobre el río Amarillo. Con las últimas lluvias, su caudal había aumentado de forma considerable y rugía amenazante desde el fondo de la garganta. La espuma salpicaba de cuando en cuando empujada por las corrientes de aire que serpenteaban siguiendo el trazado de las aguas.

El pavor que Lirio sintiera la primera vez reapareció sin tapujos. La pasarela se balanceaba de forma ostensible, con las tablas lanzando dolorosos crujidos. Al igual que en la anterior ocasión, los caballos retrocedían resoplando por los ollares.

—Están más inquietos que el otro día —dijo Jizhu rascándose la cabeza. Luego, mirando a Lirio, añadió— y tú también. ¿Te da miedo el puente?

—El viento sopla con fuerza. No me extraña que estén inquietos, pobres animales. Yo, yo no sé si voy a atreverme.

—¿Ah, no? ¿Y qué piensas hacer? ¿Esperar a que se

congele el río en invierno y cruzarlo andando?

La princesa se retorció las manos.

—Voy a llevar a los caballos —resopló Jizhu.

Con palabras tranquilas y golpecitos cariñosos en el lomo, el *shanyu* perdió todo el tiempo que fue preciso para conseguir que los animales atravesaran la pasarela, aunque no fue fácil. Cuando pasó al segundo, se quedó al otro lado, mirando a Lirio, dispuesto a ir a buscarla si se lo pedía, pero expectante respecto a lo que haría ella. La princesa se aproximó hasta el límite de la pared rocosa, aferrando la soga que servía de pasamanos. Sin pretenderlo, clavó la vista en el fondo del barranco y observó como la espuma creaba remolinos que despedazaban airados cualquier cosa que cayera a la superficie. Tragó saliva y miró a Jizhu.

«No quiero cruzar.»

Al borde de las lágrimas, Lirio comprendió que existían muchas razones por las que no quería cruzar el puente. La rabia del viento y el fragor del río eran tal vez las menos importantes. Durante el camino de ida, había sufrido una especie de revelación, que la había sacudido con la potencia de un rayo en las entrañas: amaba a Jizhu. Ahora, en cambio, regresaba al lugar del que había partido con la necesidad de traicionarle, y no solo a él, sino a todo su clan. ¿Y si daba media vuelta y huía sola? Claro que, ¿a dónde? Jizhu tardaría segundos en alcanzarla y, entonces, ¿qué iba a explicarle? ¿Por qué siempre veía la huida como una solución? Nunca lo había sido. Nunca.

«Lirio, Lirio. Abre tus canales de energía. Deja que el fuego tome el control. No tengas miedo, muchacha. Yo estoy a tu lado.»

La voz de su abuelo retumbaba desde el interior de su mente, rebotando contra las paredes de su cuerpo, cada vez más audible y clara, tanto que la princesa temió que Jizhu llegara a escucharlas en la distancia.

«Tengo miedo, abuelo. No sé qué hacer.»

«Yo te guiaré cuando sea el momento. No permitas que el miedo decida por ti.»

Inspirando con fuerza, Lirio dio un primer paso sobre la pasarela, luego otro y otro más. El viento lanzaba ráfagas cortantes contra ella, haciendo oscilar el puente. La melena se le escapaba poco a poco del moño; varios mechones le azotaban el rostro impidiéndole ver. Las aguas revueltas del formidable río Amarillo pronunciaban su nombre desde el fondo.

«El agua no te derrotará, Lirio. Cuando el fuego es potente, el agua se evapora. El viento puede apagar una llama. También puede extenderla y volverla más poderosa. Sigue adelante, muchacha. Sigue siempre adelante.»

El puente parecía haber crecido desde la última vez, o quizá era que de la mano de Jizhu no resultaba tan largo. Con pasos vacilantes, sin dejar de asir el pasamanos, Lirio consiguió cruzar al otro lado. Cuando pisó tierra firme, abrió la boca tomando una gran bocanada de aire y se dejó estrechar por los fuertes brazos tatuados de Jizhu.

—Has sido muy valiente, princesita —susurró.

—No seas malo, Jizhu —protestó Lirio, con el corazón aún desbocado—. He pasado mucho miedo.

—Claro que sí. Yo también tuve miedo la primera vez que pasé por aquí. Lo importante es superarlo. No permitas que el miedo decida por ti.

Lirio le miró con los ojos entrecerrados, perpleja.

—¿Qué has dicho?

—Que yo también tuve miedo. Hasta puede que más que tú.

—¿Qué hiciste?

—Mi padre me dio la mano, como hice yo contigo.

De un salto, montó en el caballo y comenzó a alejarse, sin añadir nada más. Lirio hizo lo propio, tratando de imaginar al sanguinario Maodun tranquilizando a su niño. No encajaba con la idea que se había formado del padre de Jizhu. Aunque, después de todo, ¿quién era ella para hablar de las primeras impresiones?

26

Jizhu pareció relajarse en cuanto avistaron las lindes de la estepa, al contrario que Lirio, que permanecía callada todo el tiempo, ensimismada. El aire se despojó de toda la humedad que les había acompañado desde su primer encuentro con el río Amarillo y el ambiente se tornó duro, implacable. El ocaso anunciaba su aparición; el sol descendía con pereza como una enorme naranja sobre el horizonte, tiñendo el cielo de un hermoso color rosáceo, puro y sin nubes. El perfil de Lirio se recortaba contra el paisaje de tierras rojizas, iluminado por los últimos destellos de luz, bella como una figura de porcelana, regia en su porte, serena en apariencia. Jizhu la observaba de soslayo, con el pulso agitado cada vez que ella le descubría mirando, todavía admirado por su suerte desde que Lirio le había confesado que lo amaba.

«Tendré que esforzarme en complacerla cada día. Hacerla tan feliz como merece.»

Jizhu escrutó el terreno que les precedía para determinar el mejor sitio para pasar la noche. Nadie había vuelto a molestarles, cosa que no dejaba de asombrarle; no obstante, la estepa resultaba más complicada que los bosques chinos a la hora de pasar desapercibidos.

A lo lejos, una polvareda que avanzaba veloz, captó su atención. Detuvo el paso haciendo visera con las manos; la oscuridad cubría poco a poco la estepa dificultando la visión.

—¿Qué ocurre? —preguntó Lirio, inquieta.

Jizhu señaló con el dedo sin pronunciar palabra. No distinguía bien de lo que se trataba.

—¿Es una tormenta de arena?

Jizhu negó despacio con la cabeza, cogiendo el arco.

—Ponte detrás de mí —ordenó—. Es un jinete.

—¿Los yuezhi?

—No creo. Por si acaso, quédate ahí detrás.

La nube de polvo se aproximaba con la velocidad de un halcón. Sin duda, era un jinete. Jizhu tensó el arco y apuntó hacia él, desconfiado. De repente, un grito perforó la tensa espera.

—¡Laoshang!

Jizhu bajó el arma, incrédulo. Se volvió hacia Lirio.

—¡Es Berke! —confirmó la princesa.

Berke llegó hasta ellos jadeando, presa de una gran ansiedad.

—Laoshang, por fin...

—Berke, ¿qué demonios estás haciendo aquí? ¿Cómo sabías dónde estábamos?

—Si lo hubiera sabido, Laoshang, te habría encontrado hace días. —Apenas dedicó media sonrisa a Lirio—. Menos mal que he dado contigo antes de que regresaras. Ha ocurrido algo...

—¿Qué ha pasado? —preguntó Jizhu con aprensión. Lirio no se atrevió a pronunciar palabra.

—Un golpe de mano, Laoshang. Altan ha asesinado a Qara, Temür y a la mayoría de tus esposas y ha tomado el poder.

Lirio se tapó la boca con las manos, espantada.

—Esperó un par de días y habló con nosotros para decirnos que a estas alturas probablemente estarías muerto y nos pidió que tomásemos partido. Yo le dije que estaba con él y aproveché la noche para salir en tu busca. Qara y Temür fueron más estúpidos y le plantaron cara directamente, sin molestarse en saber cuántos apoyos tenía. No salieron con vida de la *yurta* de Altan.

Jizhu permaneció en silencio, asimilando lo que Berke acababa de contarle.

—¿Y Pama? ¿Y Tiyui? —preguntó con un hilo de voz Lirio.

Berke negó con la cabeza.

—Sacha amenazó con maldecir a Altan si les hacía daño. Cuando me fui, estaban los tres recluidos en la *yurta* de Sacha, junto con Yue. No sé hasta dónde alcanza la traición. —Miró fijamente a Lirio.

Al cabo de unos segundos, Jizhu se volvió hacia los dos, con el rostro transfigurado de odio. Sus ojos verdes eran apenas dos líneas que solo reflejaban ira a duras penas controlada. Berke apretó los dientes. Lirio sabía lo que estaba pensando.

—No nos detendremos a descansar. Cuando llegue, Altan comprenderá de inmediato dónde reside la lealtad de los xiong. Los traidores pagarán con sus vidas. —Jizhu estaba fuera de sí, Lirio supo que no exageraba—. Su sangre y la de sus familias regarán las tierras de la estepa, como un río, volviéndola más fértil. Los chinos oirán sus aullidos de dolor más allá de sus murallas. No tendré piedad. —Se volvió hacia Berke—. Tienes la ocasión de expiar todas tus faltas. Pero como tenga la más mínima sospecha de tu implicación, yo mismo te arrancaré la piel a tiras y te expondré a las águilas para que te devoren vivo.

Cabalgaron durante toda la noche, bajo la pálida luz de la luna menguante. Solo aminoraban la marcha para dar una fugaz tregua a los animales antes de apretar el paso de nuevo. Llegó un momento en que las fuerzas de Lirio fallaron y se dejó caer sobre el cuello del caballo. Berke la vio por el rabillo del ojo y avisó a Jizhu con un escueto movimiento de cabeza. El *shanyu* se acercó a ella, con la preocupación gravada en su rostro.

—¿Necesitas descansar?

—Sí, por favor. No puedo más.

—¿Por qué no duermes un poco?

—Laoshang, ella no es xiong. No puede dormir sobre el caballo.

Jizhu pareció contrariado.

—Yo tengo que seguir adelante.

—Y yo no puedo echarme a dormir, ni sobre el caballo ni sobre el suelo, aquí, sola.

Berke sofocó una risilla que disimuló con un acceso de tos, guardándose mucho de bromear en voz alta. No quería que el *shanyu* le decapitara allí mismo.

Jizhu resopló, impaciente, y se obligó a recordar su propósito de hacerla feliz.

—Bien. Descansaremos unas horas.

Lirio desmontó con rigidez y se tumbó sobre la tierra, apoyando la cabeza en el regazo de Jizhu, que se había sentado. Berke bajó de un salto.

—Duerme un poco, Laoshang. Yo no estoy cansado.

Jizhu acariciaba el pelo de la princesa, que roncaba suavemente. Tenía la mirada desenfocada, clavada en algún punto impreciso del horizonte; una vena bajo la mandíbula palpitaba con fuerza.

—¿Quién más está detrás, Berke? —preguntó en voz baja.

—No lo sé, Laoshang... —respondió incómodo el capitán—. No sé cuántos de los que secundan a Altan lo hacen porque se hayan convencido de que has muerto y a la hora de la verdad se colocarían junto a ti sin dudarlo.

Jizhu se giró para mirarlo.

—¿Por qué ha corrido el rumor de que estoy muerto?

—Tal vez el complot se extienda más allá de las fortificaciones chinas, Laoshang.

—¿Qué quieres decir?

—Que, tal vez, el plan inicial era alejarte lo suficiente como para que Altan se hiciera con el poder, y al mismo tiempo, solicitar ayuda a los chinos para que terminaran contigo.

Jizhu se envaró.

—Eso conlleva más responsables. ¿Sacha? —la expresión de Jizhu se tornó dolorosa—. No puedo creerlo. ¿O el eunuco?

Berke no contestó.

—¿Crees que si el eunuco estaba enterado, también lo estuviera Lirio?

El capitán palideció y dio gracias a la noche por velar

su expresión.

—No lo creo, Laoshang. Ella no quería que partieras, ¿recuerdas?

Jizhu guardó silencio, reflexionando.

—No vacilaré, Berke —añadió, por fin—. Hombre o mujer. Ningún traidor quedará con vida.

Berke bajó la vista, arañando la tierra con la mano.

—Tú eres el *shanyu*. A ti te corresponde tomar la última decisión. Es tu privilegio, y tu condena.

—Hablé con Lirio sobre ti. Sobre lo que ocurrió cuando os retuvieron los yuezhi.

—Perdóname por no haberla protegido mejor, Laoshang. No tuve posibilidad de hacerlo.

—Ella me contó por qué arriesgaste tu vida para salvarla cuando huíais—. Al ver que Berke no contestaba, continuó—: ¿No sientes curiosidad por conocer lo que me contó?

Berke pareció dudar unos instantes, sin saber qué decir.

—No lo hice por ella, Laoshang. Lo hice por ti.

Jizhu asintió, satisfecho.

—Gracias, Berke.

—De nada, Laoshang. Espero que mi gesto mereciera la pena. Ahora, intenta descansar un poco. Al amanecer tus sentidos tendrán que estar alerta y tus brazos preparados para la lucha. Yo hago la guardia.

Jizhu se tumbó en el suelo junto a Lirio, medio cubriéndola con su propio cuerpo para protegerla del frío. Berke los observó durante un rato. Los dos habían terminado por confiar en él.

«Sería tan fácil matarlos ahora.»

27

Desde la lejanía, nada parecía revelar la conmoción que se había adueñado de la capital xiong. No se apreciaban destacamentos de vigilancia, ni jinetes patrullando los alrededores. El sol asomaba con tibieza en los confines de la estepa, proyectando las sombras perezosas de las *yurtas* en la tierra polvorienta. Jizhu, Lirio y Berke se aproximaban con paso cauto, atentos a cualquier señal de alerta por mínima que fuera. Un pesado silencio cubría con espectral manto el habitual ajetreo de la ciudad, presagiando desgracias.

Jizhu se detuvo a una distancia prudencial. Miró a Lirio; profundas ojeras circundaban sus hermosos ojos, no supo bien si por cansancio o por miedo, y sin embargo, nada parecía alterar la serena belleza de su rostro. Su postura tirante reflejaba una valiente aceptación de su destino, pero Jizhu no sabía si era su derecho enfrentarla a él. Todavía no era su esposa. Todavía podía elegir salvar la vida.

La princesa se volvió hacia el *shanyu*, como si hubiera leído sus pensamientos. Su voz era ronca, pero rebosaba determinación.

—Yo también voy, Jizhu, para bien o para mal. Estoy cansada de huir.

Jizhu vaciló. ¿Y si resultaba herida? Un frío incómodo se aposentó en su estómago. ¿Tenía miedo? Sí. Era desagradable descubrirlo ahora. Su temor, no obstante, no era por él, sino por ella; su vulnerabilidad le golpeó en las costillas como la dentellada del fuego. Lirio le volvía débil. Si tenía que luchar vigilando que no le pasara nada, sería derrotado. Si Altan descubría lo que Lirio significaba para él, la atacaría. La princesa era capaz de defenderse si contaba con el elemento sorpresa; aun así, no era rival para el comandante xiong. ¿Y si la mataba? El temor se enquistó en sus entrañas como una bola de hierro, mientras la furia se apoderaba de él a pasos agigantados. No tendría piedad, pero la matanza no le devolvería a Lirio si le ocurría algo. Se dirigió a Berke, con la garganta seca.

—Llévatela de aquí. Hay otro campamento xiong al norte.

Berke abrió mucho los ojos, atónito.

—Ni lo sueñes. Que se vaya ella sola si quiere, yo me quedo contigo. Me vas a necesitar.

—¡No te atrevas a desafiarme!

—No te desafío, Laoshang. Pero no me marcho.

Jizhu llegó hasta él en dos zancadas, la rabia ensombreciendo su rostro.

—No podré luchar si tengo que estar pendiente de ella... —siseó.

—En ese caso demostrarás ser un *shanyu* lamentable, Laoshang. Lo siento. No puedes permitirte anteponer a nadie a la seguridad de tu clan.

Jizhu se pasó la mano por la cara, presa de una creciente desesperación. Berke tenía razón.

—Jizhu. —Lirio se acercó hasta él. La princesa le acarició el rostro, Berke dio media vuelta—. Puedo cuidar de mí misma. No renuncies a tu deber por mí.

—No quiero que te ocurra nada, Lirio —le susurró al oído.

—No me ocurrirá nada. Me quedaré cerca de ti.

Jizhu tragó saliva con dificultad.

—Ayúdame a protegerla, Berke —su orgullo no pudo con el pavor que le producía la mera idea de perderla.

Berke asintió en silencio, preparando el arco.

—Toma mi cuchillo, Lirio. Sabes usarlo.

Reanudaron la marcha. El sol había despertado por completo, arrojando una luz anaranjada sobre la estepa. El viento estaba en calma. Seguía sin oírse ningún ruido proveniente de la ciudad.

Cuando estaban cerca, Jizhu tomó su otro cuchillo, sujetándolo con los dientes y tensó el arco. Berke hizo lo propio, cubriendo el flanco izquierdo del caballo de la princesa. Dieron un ligero rodeo hacia la parte occidental de la ciudad; si Altan lo esperaba, habría apostado más guardias hacia oriente.

Encontraron la entrada desprotegida salvo por un grupo de guerreros muy jóvenes, apenas hombres, que jugaban a los dados. Al ver a Jizhu, uno de ellos salió corriendo para dar la voz de alarma. Jizhu no titubeó y le disparó una flecha; Berke galopó hasta él y lo degolló antes de que cayera al suelo, volviendo grupas de inmediato para acudir junto al *shanyu*. Su mirada se había tornado gélida.

Lirio se mareó. ¿Cuánto tiempo tardaría aquello en convertirse en una carnicería? ¿Podría asumir su parte de culpa? Pero ella no se habría atrevido a traicionar a Jizhu. Altan había actuado por su cuenta y no tenía forma de saber si su plan estaba relacionado con la misión que el emperador le había encomendado.

Uno de los muchachos se tiró al suelo frente a su *shanyu*.

—Por favor, Laoshang, ¡perdónanos! Altan no nos dejó opción, nos amenazó con matarnos si nos levantábamos contra él.

—¡Dijo que habías muerto! —añadió otro, desesperado.

Berke se acercó a Jizhu por la espalda, murmurando:

—Eso será lo que te digan todos, Laoshang. ¿Qué vas a hacer? ¿Mostrarás piedad?

—Por favor, Jizhu —suplicó Lirio con un hilo de voz—. Son unos críos.

Jizhu pareció dudar.

—Mi padre no habría dejado vivo a ningún traidor.

Lirio le tocó en el hombro.

—Tú no eres tu padre, Jizhu. Hay otras maneras.

Berke no perdió detalle de la escena. Jizhu se dio cuenta.

—Es más difícil, Laoshang, pero puedes hacerlo. Estoy a tu servicio, sabes que haré lo que me pidas —aseguró el capitán e hizo un gesto con la cabeza señalando a los aterrados guardias—. También puedo matarlos a todos, si es lo que quieres.

Los muchachos se revolvieron. Lirio se atragantó tratando de controlar las lágrimas.

«Son unos niños.»

—Por favor...

Jizhu apretó los dientes y les preguntó:

—¿Quiénes apoyan a Altan?

Los críos se unieron sin rechistar al *shanyu* y fueron señalando a quienes habían corrido junto a Altan desde el primer momento. Algunos, pocos, osaron levantarse contra Jizhu, y entre él y Berke, los fueron eliminando, ayudados por los hombres que habían demostrado ser fieles y no dudaron en empuñar las armas contra los rebeldes.

Hacia media mañana, la mayoría de guerreros de la capital xiong había elegido el bando de su antiguo *shanyu*. En las *yurtas* solo se escondían los niños, los ancianos y las mujeres embarazadas. A pesar de la extendida lealtad, esporádicos enfrentamientos ensuciaron de sangre las calles de la ciudad, formando densos charcos rojizos en el suelo. El olor a muerte impregnaba el aire cuando por fin Altan apareció, con el arco cruzado al hombro y puñales en las manos.

—Laoshang —saludó escupiendo las palabras, sin mostrar sorpresa por encontrarlo vivo.

—Perro traidor —respondió Jizhu.

Los dos rivales se midieron, trazando un semicírculo con sus pasos. Lirio jadeó, buscando a Berke con la mirada. Estaba justo detrás de ella.

—¿No puedes ayudarle? —susurró.

Berke negó con la cabeza.

—Es su honor, Lirio. Primero tiene que enfrentarse a Altan. Después, según como vayan las cosas... No sé, bella.

—¿Estás esperando para tomar partido por uno u otro? —le espetó.

—Cuidado, Lirio —Berke la tomó del brazo, apretando

con fuerza—. Yo sé de qué lado estoy. ¿Y tú?

Lirio trató de zafarse. A su alrededor, la lucha se había mitigado; al final, todo dependería de quién venciera, Jizhu o Altan. El comandante lanzó una mirada feroz hacia donde estaba Lirio. Jizhu siguió la dirección de sus ojos y tembló por dentro. ¿Qué demonios hacía Berke? ¿Amenazarla?

Vio cómo Lirio se soltaba y reculaba para ponerse detrás del capitán, buscando su protección. Berke miró a Jizhu y asintió levemente con la cabeza. No le quedaba más remedio que confiar en él.

En ese momento, Altan se abalanzó contra Jizhu; el *shanyu* lo esquivó saltando hacia un lado. El puñal de Altan silbó al rozar el rígido caftán de cuero de Jizhu, que se encogió con rapidez, huyendo del contacto. Lirio gritó.

Altan era buen guerrero, pero Jizhu era con diferencia el mejor. Más rápido, más alto, más musculoso; igual de hábil manejando el cuchillo con las dos manos, atacaba a Altan con la velocidad de un halcón y la fuerza de un tigre embistiendo. El comandante logró alcanzar a Jizhu en una ocasión, en un costado. Si le dolió, Jizhu no lo demostró.

Berke tensó su arco. Lirio aferró la empuñadura de su cuchillo. No vería a Jizhu morir ante sus ojos. De ser preciso, se abalanzaría contra el comandante para defender a su amado con su propia vida.

Altan pecó de precipitación. Sin constatar el alcance de su ataque, previó la victoria demasiado pronto y se lanzó hacia Jizhu desprotegiendo su flanco izquierdo. Era el momento que el *shanyu* esperaba: apuñaló repetidas veces a su antiguo comandante, hasta que cayó de rodillas al suelo y Jizhu le agarró por el cuello, apoyando la hoja del cuchillo sobre la yugular.

—¿Por qué, Altan? Maldición diez mil veces. Confiaba en ti. ¿Por qué? —la voz de Jizhu era cortante y glacial, pero dejó traslucir una nota de tristeza.

Altan no se molestó en contestar, sabía que la muerte le esperaba. Solo pudo desear que no se demorase demasiado. Con gesto rabioso, clavó la vista en Berke.

Jizhu se percató.

—Berke... —llamó a media voz.

El capitán se aproximó receloso.

—Laoshang...

—Mátalo tú.

Jizhu se alejó unos pasos, colocándose junto a Lirio para estudiar la expresión de Berke. Apenas le dio tiempo. El capitán desenvainó el puñal con presteza y degolló a Altan sin alterar el gesto. Un gorjeo brotó de la garganta como obscena protesta. La sangre salpicó hacia delante describiendo un semicírculo, manchando a Lirio en las botas.

Berke se volvió hacia Jizhu esperando órdenes, pero no las recibió. El *shanyu* se llevó una mano a las costillas y se desplomó. Lo último que escuchó fue el grito conmocionado de su princesa, ahogado por la súbita sordera que taponó sus oídos antes de perder la consciencia.

28

El fuego chisporroteaba en el centro de la *yurta*, templando el interior. Jizhu abrió los ojos con los sentidos todavía embotados y una desagradable sensación de frío que le paralizaba los músculos. Miró a su alrededor y descubrió a Lirio dormitando sentada junto a él, envuelta en brumas. Quiso extender la mano para rozarla, pero las fuerzas parecían haberle abandonado. Notaba la boca seca e intentó tragar saliva, pero lo único que logró fue sufrir un acceso de tos. Lirio se espabiló como si la hubiesen azotado. Le tocó la frente con el dorso de la mano.

—Lirio... —la voz de Jizhu sonó como un ronco gemido, apagado y frágil.

—Shh... no intentes hablar. Estás muy débil.

Se levantó y acercó un pequeño puchero del que salía humo. Vertió un poco de su contenido en un vaso, una bebida amarga de color oscuro, y se la arrimó a los labios.

—Bebe un poquito, pero con cuidado. Está caliente.

Jizhu se incorporó con ayuda de Lirio; un dolor punzante le sacudió entre las costillas. Apretó la mandíbula, ignorándolo con gran esfuerzo, y se obligó a tragar algunos sorbos. El mejunje tenía un sabor asqueroso, pero al menos alivió la sequedad. Volvió a tumbarse sin emitir queja alguna. Miró a Lirio con la vista transida, solicitando respuestas.

—Tienes mucha fiebre, Jizhu. La puñalada que te dio Altan penetró más de lo que parecía, perdiste mucha sangre. Yue te limpió la herida y te la hemos estado curando. Ha dejado de oler mal, pero aún tenemos que luchar contra la fiebre.

La voz de Lirio dejaba traslucir su inquietud. Tenía los ojos hinchados, las ojeras más pronunciadas. Incluso la veía más delgada.

Levantó la mano y le acarició la barbilla. Lirio sonrió y con ello iluminó el interior de la *yurta*, regándola con su calidez.

—¿Qué ha pasado después de morir Altan? —preguntó gastando las pocas fuerzas que le quedaban.

—Berke se encargó de eliminar a los traidores, al menos a los cabecillas. Ha costado un poco volver a apaciguar los ánimos. De todas formas, solo se ocupó de unos cuantos. Dijo que no quería provocar una matanza absurda. Supongo que todos han aprendido la lección.

—¿Cuándo? ¿Esta misma tarde?

—Deja de hablar, Jizhu. Te estás agotando. No. No esa misma tarde. En realidad llevas varios días aquí postrado.

Jizhu se sintió mareado al escuchar las noticias. ¿Varios días? ¿Tan debilitado estaba? Más le valía recuperarse y salir a ver cómo andaban las cosas. Quiso incorporarse de nuevo, pero no reunió fuerzas suficientes. De pronto se sintió fracasado. ¿Cómo iba a proteger a su clan si una simple herida lo había convertido en un inútil? ¿Cómo iba a cuidar de Lirio?

—He tenido mucho miedo, Jizhu —la voz trémula de la princesa le arrancó de sus penosas diatribas—. Cuando te vi caer al suelo, yo...

Las lágrimas arrasaron sus agotados ojos. Jizhu se conmovió al verla así: hasta entonces, incluso en los contados momentos en los que se habían dejado llevar por la pasión, Lirio había sido, en cierta manera, impenetrable. A pesar de la fragilidad que su cuerpo aparentaba, su rostro siempre se había ocultado tras una máscara en cuanto a sus sentimientos, sus anhelos, sus temores. ¿Qué sabía él, en el fondo, de su princesa?

Lirio no luchó contra el llanto. Llevaba varios días manteniéndolo a raya, luchando contra sus fantasmas, fingiendo una fortaleza que estaba lejos de sentir. Lloró y lloró, recordando sin saber por qué, a su familia, a la que nunca volvería a ver; lloró por Jizhu, porque había llegado a perder la esperanza, y por todo el clan xiong, que ignoraba el auténtico alcance de la amenaza que aún pendía sobre todos ellos. Y lloró por sí misma, porque había tomado una decisión, que la alejaría de Jizhu para siempre.

—Cálmate, Lirio. Me pondré bien, ya lo verás. No es la primera vez que me hieren. Los tatuajes me protegen, no lo olvides. —El guerrero quiso imprimir un tono burlón a sus palabras, sin conseguirlo.

—Te quiero, Jizhu. Haré lo que sea necesario para protegerte. Por favor, acuérdate siempre de lo que te estoy diciendo: te quiero con todo mi corazón. Es lo único que tiene que importarte.

—Mi princesa... —Jizhu acariciaba los mechones sueltos que colgaban sobre él—. Veo que las palabras se te dan tan mal como a mí...

Lirio no respondió, esbozando una sonrisa con pesar. Las lágrimas resecas habían dejado un reguero pegajoso en sus mejillas, que Jizhu recorrió con un dedo, con gran esfuerzo.

—Descansa, Jizhu. Hablaremos cuando estés repuesto.

Lirio le dio de beber unos tragos más de la amarga bebida y le acomodó sobre las mantas lo mejor que pudo. Jizhu pesaba mucho para ella.

El guerrero no tardó en quedarse dormido de nuevo. Su cuerpo se estremecía de cuando en cuando, quién sabe si a causa de la fiebre, o víctima de terribles pesadillas, o puede que de ambas cosas a la vez.

Tiyui entró con sigilo a la *yurta* y encontró a Lirio despierta, con la mirada perdida, acariciando la frente de Jizhu. La mujer se agachó en cuclillas junto a la princesa.

—Te he traído algo de comer, Lirio —dijo en tono dulce—. Intenta tomar algo, aunque no te apetezca. Te vendrá bien.

Lirio suspiró, con la vista clavada en algún lejano punto del horizonte y la mirada desenfocada. El dolor que asomaba a su expresión era más infinito que la propia estepa. Tiyui le apretó con cariño la mano.

—Laoshang está mejor, mi niña. Ahora debes cuidarte tú, si no, nunca veremos vuestro enlace —Tiyui pareció tratar de sonar desenfadada, pero no pudo ocultar su preocupación.

—Tiyui... —la voz de Lirio era tan fina como una hebra de seda, igual de quebradiza, igual de inaprehensible. Tiyui tuvo que esforzarse para entender—. Voy a marcharme.

«Otra vez. Pero esta será la última.»

—Pero, ¿qué estás diciendo, hija mía? ¿Adónde? ¿No quieres a Laoshang?

—Creo que nunca he amado tanto a alguien y que nunca lo haré. Pero si me quedo aquí y me convierto en su esposa, traeré la destrucción y la muerte a tu clan. —La mujer escuchó en silencio sus palabras. Tal vez el temor por Jizhu la estaba haciendo enloquecer—. Yo... Verás, no sé cómo explicarte... —Lirio inspiró hondo, conteniendo a duras penas el nudo que oprimía su garganta y la amenazaba con sucumbir al llanto de nuevo—. Mi presencia aquí no obedece a la suerte. Como bien sabes, mi abuelo era xiong, por lo que hablo vuestra lengua. Esa fue la verdadera razón por la que el emperador decidió entregarme al *shanyu* como concubina. Antes de partir, me encomendó una misión. Por China, me dijo. Mi labor consistiría en suministrarle toda la información que pudiese resultar relevante a mi pueblo acerca de la vida de los xiong, con miras a una futura invasión. Después de mis esponsales, se encargarían de enviar embajadores con presentes, que se quedarían entre nosotros para continuar espiando y, de paso, sembrar el descontento entre las tribus aliadas de los xiong, con la intención de propiciar un levantamiento desde dentro. Al parecer, Altan había sido comprado. Solo que se precipitó. ¿Comprendes por qué no debo permanecer aquí? Si espero a que Jizhu se reponga y me pide que realicemos el ritual del casamiento, yo no seré capaz de decirle que no. ¿Y entonces, qué ocurriría?

Lirio se tapó la cara con las manos, desesperada. Tiyui

le acarició el pelo, tratando de ofrecer consuelo y quizás reflexionando sobre lo que la princesa acababa de confesar.

—¿Por qué no se lo cuentas? —preguntó con delicadeza—. Tal vez...

—¡No! —exclamó Lirio—. No puede ser. Su confianza en mí es demasiado frágil. Si se entera, podría llegar a creer que mi amor ha sido fingido. Eso no podría soportarlo, Tiyui. Es lo único que me queda. Es lo único que puedo llevarme conmigo.

Tiyui inspiró con fuerza.

—¿Hay alguien, alguien más que sepa lo que acabas de contarme?

—Yue lo sabe. Y... —Lirio vaciló—. otra persona más.

—¿Berke?

Lirio no respondió.

—No comprometeré a nadie, Lirio. Solo quiero saberlo.

—Si Berke sospecha que te lo he dicho, te matará —la previno Lirio.

—Lo imagino. En fin. No sé qué añadir para hacerte cambiar de opinión. Creo que Laoshang lo entendería, de todas formas.

—¿Me despedirás de Sacha, y de Pama?

Tiyui asintió en silencio. Durante un rato, no dijeron nada más; se limitaron a observar el cuerpo dormido de Jizhu cogidas de la mano.

—Me siento en la obligación de decirte algo, Lirio —la princesa alzó los ojos hacia ella. Tiyui dio un respingo al fijarse en su expresión devastada—. Jizhu se recuperará de la herida que le provocó Altan, pero no de la que estás a punto de infligirle tú. Le conozco desde que nació. No se le da bien abrir sus sentimientos a los demás, pero yo sé lo que siente por ti. Si le abandonas, la bestia que habita en él lo dominará por completo.

—Berke me dijo algo parecido. Pero es que... No puedo hacerlo, Tiyui. Si la bestia le domina, él sufrirá. Si yo me quedo, todos seréis aniquilados. ¿No ves que, haga lo que haga, voy a destruirle? —La voz de Lirio se quebró en un grito desesperado—. Hay demasiado fuego en mí, soy incapaz de controlarlo.

La princesa se estiró del pelo en su frustración.

—El agua puede apagar el fuego, Lirio. Laoshang es agua.

—Demasiado, demasiado fuego. El agua se evapora si hay demasiado fuego. ¡No puedo controlarlo! —repitió.

—¡Podemos luchar! Los xiong han luchado toda la vida. Mis padres, mis abuelos... Son generaciones enteras, Lirio. ¡Lucharemos!

—¡No! ¡No lo entiendes, Tiyui! ¡Esta vez no podréis! ¡No tendrán piedad!

—¡Lirio, escúchame! —Tiyui la sujetó de las muñecas, empleando el mismo tono que una madre con su hijo rebelde—. ¡Si tu pueblo lo ha decidido, atacarán de todas formas! ¡Tú eres la que no entiende! Con tu ayuda o sin ella, Lirio, vendrán a por nosotros. Así ha sido siempre. Tu pueblo y el mío solo dejarán de luchar cuando uno de los dos caiga definitivamente.

Lirio se puso en pie con la rigidez de un cadáver.

—No es mi pueblo, Tiyui. Mi pueblo sois vosotros.

Afuera, la noche se había apoderado de la tierra. Una infinitud de estrellas titilaban ajenas a las desgracias que sacudían al mundo, contemplándolo impasibles desde lo alto, regias y majestuosas, despiadadas en su indiferencia.

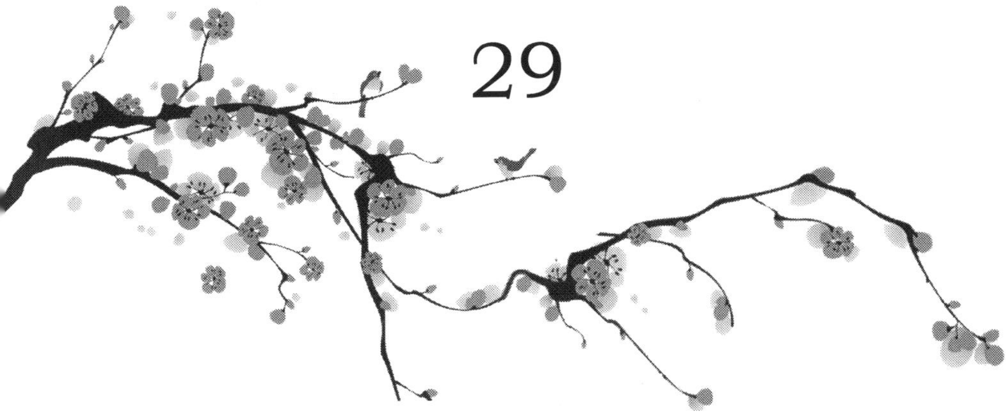

29

Lirio tomó uno de los caballos de Jizhu y salió de la ciudad bárbara en estampida. El ruido de los cascos rebotaba contra las piedras dormidas y se perdía en la distancia, sin hallar eco que le devolviera su memoria. El animal corrió al límite de sus fuerzas; las lágrimas que ahora afloraban sin freno se desintegraban casi al instante de nacer. Cuando se agotaron, Lirio sollozó hasta que su garganta quedó ronca. No aminoró la marcha hasta perder de vista la oscura silueta de las *yurtas*. El caballo resoplaba exhalando vapor por los ollares, percibiendo la agitación que sacudía sin remedio a su amazona. En su precipitada marcha, Lirio no había recogido ninguno de sus enseres; el cuchillo que Jizhu le había dado días atrás era el único equipaje que portaba. A pesar de que la empuñadura se le clavaba en un costado al cabalgar, no lo cambió de sitio, dejándolo como un doloroso recordatorio de la felicidad que había rozado con la punta de los dedos y se había visto obligada a abandonar.

No había recorrido gran trecho cuando el lejano sonido de un jinete que se aproximaba le hizo volver la vista atrás. No trató de escapar; aunque montaba bastante bien para ser china, cualquier jinete xiong le daría alcance sin despeinarse.

Siguió avanzando al mismo paso, como ajena a cualquier circunstancia más allá de sí misma.

El jinete se plantó a su lado envuelto en un torbellino de polvo y rabia.

—¿Adónde demonios intentas escapar esta vez, princesa? ¿No te dije un día que no se puede huir de uno mismo? —Berke la agarró de un brazo dando rienda suelta a la ira que lo consumía.

—Suéltame, Berke —Lirio no hizo ningún esfuerzo por liberarse—. Veo que la indiscreción de Pama viene de familia.

—Pama no me ha dicho nada —gruñó el capitán sin soltarla.

—Pama no, pero Tiyui sí —replicó Lirio, exhausta—. Vete, déjame, he tomado la mejor decisión para todos.

—¡¿Qué demonios estás diciendo?! Para empezar, nadie me ha contado nada, he sido yo quien te ha visto salir corriendo como un espectro de la *yurta* de Laoshang. Lirio, deja ya de engañarte a ti misma. —El tono de Berke era amenazador; sus ojos no traslucían la complicidad que ella había llegado a conocer—. Tu decisión solo es buena para ti. —Lirio suspiró. Apenas le quedaban fuerzas para seguir luchando—. Vas a escucharme, Lirio, quieras o no.

Berke se colocó frente a ella, impidiéndole el paso. Si el lamentable aspecto de la princesa le impresionó, no lo demostró en absoluto.

—No puedes abandonar a Laoshang. Te necesita, ¿no te das cuenta? ¿No eres capaz de pensar en él? ¿Y en todos nosotros, maldición? ¿Ya has olvidado de lo que te dije, sobre domar a la bestia? Tú eras la única que podía hacerlo, Lirio.

—No puedo, Berke. De verdad que no puedo. No tengo armas para eso.

—Laoshang te ama, Lirio. No hay mayor poder que ese. ¿Y vas a negarme que tú le amas a él?

—Todos moriréis si me quedo con vosotros. Tú, más que nadie, deberías saberlo. ¿Pudiste prever la rebelión de Altan? ¿Cuántos más estaban implicados?

—Eso da igual, los maté a todos —contestó.

—¿A todos los que estaban implicados? ¿O a todos los que podrían implicarte a ti, Berke?

—Ya te avisé, bella. No permitiría que nadie lo hiciera.

Lirio rodeó a Berke y remprendió su camino. Berke la siguió a cierta distancia, en silencio, durante un rato.

—¿Vas a traicionarme, Lirio? —su voz se quebró en la última nota.

La princesa se volvió hacia él, los ojos rebosantes de miedo y dolor.

—Tienes que entenderme, Berke. Esperaba que al menos tú me entendieras.

—Podemos luchar. Esa decisión es nuestra, no tuya.

Lirio negó con la cabeza.

—Si no queréis comprenderme, nada de lo que yo os diga os hará cambiar de opinión. Mi decisión está tomada.

—Lirio, me has decepcionado —Berke resopló apenado—. No eres más que una cobarde. Huyes para no enfrentarte de cara a los problemas. Habrá guerra, contigo o sin ti. Pero tú estarás lejos, no participarás, no verás caer a los tuyos, ni les verás levantarse o morir en el barro. Vivirás tranquila en una despreciable ignorancia. Sola, triste. Segura en tu hogar, pero llena de remordimiento por abandonar al hombre que amabas, por negarle tu apoyo cuando más te necesita. Nos estás abandonando a todos, Lirio, eso es lo que estás haciendo. ¡Corre, vete lejos! Búscate un escondrijo, y no salgas. Cúbrete de vergüenza en soledad. Pero no te engañes a ti misma. Si tuvieras valor, te habrías quedado con Laoshang. Si le amaras de verdad, te habrías quedado con nosotros.

Berke volvió grupas y se alejó al galope, levantando una suave nube de polvo tras él.

«No lo entendéis. O... ¿Soy yo la que no quiere entenderles?» se preguntó la princesa. Buscó dentro de sí la respueta. Esperó oír la voz de su abuelo retumbando en su interior, pero su abuelo guardaba silencio. Acaso él también se sentía avergonzado. Acaso su espíritu había decidido quedarse en el hogar de sus ancestros.

—Tiyui. —La voz de Jizhu se dejó oír algo más enérgica, captando la atención de su esposa cuando avivaba el fuego.

—¿Cómo estás, Laoshang? —La mujer se acercó a él con una triste sonrisa dibujada en la cara. Le tocó la frente—. Ya no tienes fiebre.

Jizhu se incorporó poco a poco; Tiyui le colocó unas mantas detrás para que pudiera apoyar la espalda.

—¿Dónde está Lirio? —preguntó con la voz ronca—. ¿Descansando?

—Sí —mintió ella—. No te ha dejado solo ni un instante desde que te desplomaste.

—¿Hay algo de comer por ahí? Me siento un poco débil.

—Yue nos dijo que no te diéramos nada sólido de momento. —Le acercó un cuenco con caldo y Jizhu enarcó una ceja, incrédulo—. Llevas muchos días sin probar bocado, tómate esto a ver qué tal te sienta.

No había hecho más que empezar cuando Berke irrumpió en la *yurta* hecho una fiera. Al ver a Tiyui, hizo un esfuerzo por controlarse.

—¡Berke! —se sorprendió el *shanyu.* Luego preguntó en tono burlón—: ¿Has venido a verme a mí, o a la princesa?

—He venido a ver si estabas mejor —contestó con sequedad.

—La verdad es que me encuentro bastante bien, solo que sin fuerzas. Mañana, si me dejan comer, estaré como nuevo.

Berke asintió sin prestarle mucha atención, con la vista fija en Tiyui. Jizhu terminó el caldo con calma.

—Tiyui, ¿has... habéis cuidado de Lirio estos días?

Tiyui guardó silencio.

—Yo he estado muy ocupado limpiando, Laoshang. ¿Por qué no vuelves a dormirte? Yo me quedo aquí y monto guardia, que se vaya tu esposa a descansar con tu princesita. Mañana tendrás que levantarte, no puedes remolonear aquí durante semanas, y tengo muchas cosas que explicarte.

Jizhu apretó la mandíbula, molesto con la impertinencia de su capitán. No obstante, después de todo lo que había estado haciendo por él, dejó pasar el insulto. Se tumbó de mala gana, despachando a su esposa. Tiyui vaciló, clavando la vista en Berke.

—Aún está débil —farfulló entrecerrando los ojos.

—Vete tranquila, Tiyui. No le molestaré.

30

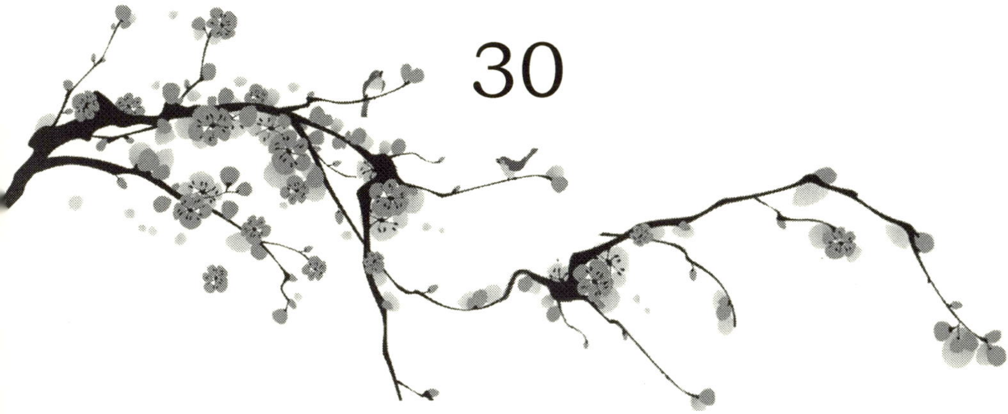

Lirio cabalgó al límite de sus fuerzas durante toda la noche. Le aterraba la mera idea de pernoctar al sereno, sola, en medio de la estepa. Por fortuna para ella, el cielo estaba despejado y las estrellas marcaban el camino con claridad.

Con los primeros rayos del sol, la princesa se atrevió a aflojar el paso. Sintió pinchazos en cada uno de los músculos de su cuerpo, debidos tanto al agotamiento como al frío tenaz que a esas alturas de la estación todavía regía la estepa en horas nocturnas. Tuvo la suerte de topar con un arbusto reseco que el viento había lanzado hasta allí, y se entretuvo bastante rato encendiendo una pequeña fogata. El calor lamió con avidez su aterido cuerpo, renovando apenas las fuerzas que amenazaban con abandonarla. Sentada, acurrucada más bien junto a las patas del caballo, se quedó dormida. La energía huía de su interior con paso perezoso pero constante.

Cuando despertó, el sol anunciaba el mediodía. Tenía hambre y le dolía todo el cuerpo, aunque al menos había descansado.

Y ahora, ¿qué? ¿Adónde ir? ¿A China? ¿A su aldea natal, para consumirse de vergüenza hasta el día que no lo soportara más y decidiera terminar con su vida? Una cosa tenía clara: aunque nadie en el clan la comprendiera, no regresaría. Tal vez tuvieran razón y los chinos lanzaran su ofensiva de todas formas, pero si no la tenían... Podría ser una cobarde, sí. Sin embargo no estaba dispuesta a cargar en su conciencia con la aniquilación de los xiong. Además, había algo peor que eso: Jizhu la miraría con desprecio. Avergonzado de ella, podía que incluso llegara a odiarla. ¿Qué mayor desgracia podía existir? Enamorada del hombre a quien debía traicionar, por culpa de una misión que le había sido impuesta sin su aceptación. ¿Quién osaría juzgar sus actos? Qué fácil era para Berke hablar así. Él, que había estado dispuesto a traicionar a su *shanyu* por algo tan miserable como el oro...

Con todo, el que ahora estuviera decidida a no regresar no cambiaba el hecho de que no sabía qué hacer. Quizá podría tratar de llegar a una de las guarniciones que custodiaban la fortificación de la frontera y, desde allí, dirigirse a algún poblado de campesinos para trabajar la tierra, sin llegar a revelar quién había sido. Suspiró llena de pesar, pero se obligó a levantarse y seguir adelante. A nadie más le correspondía vivir su vida. Al menos, sus recuerdos siempre estarían junto a ella.

Jizhu se despertó poco después del amanecer y comió todo lo que encontró en su *yurta*, ratificando así su total recuperación. Al final, Tiyui había dormido allí, sobre un jergón. Aun dormida, una sombra de abatimiento teñía su expresión; sus labios se curvaban hacia abajo en una especie de mueca. Jizhu creyó adivinar un tibio reguero, seco ya, de lágrimas que habían manchado su elegante rostro. Suponiéndose el objeto de su preocupación, estampó un delicado beso en la cabeza de su esposa. De joven había sido hermosa, a su modo: tenía la cara casi tan redonda como Pama, pero sus rasgos eran serenos y trasmitían seguridad. Algo más alta que las otras mujeres xiong, su peculiar forma de andar resultaba distinguida. Aunque, por supuesto, ni de lejos la mitad de distinguida que la princesa *han*.

El corazón de Jizhu se calentó al pensar en Lirio. ¿Dónde habría pasado la noche? Seguramente con Pama y Sacha, pensó. Con todo el sigilo del que fue capaz, abandonó su tienda para ir a su encuentro pensando que se alegría de ver que ya se encontraba bien.

En la ciudad, todos dormían, o al menos, aguardaban a que el sol despuntase más alto para hacerse oír. La *yurta* de Sacha estaba en el otro extremo de la ciudad; Jizhu caminó sin prisa, respirando profundamente para que el aire frío vigorizara sus pulmones, desafiando las ligeras punzadas de dolor que aún le sacudían entre las costillas.

Al llegar frente a la *yurta* de Sacha, una extraña sensación se asentó en sus entrañas; una mezcla de vacío, sentimiento de pérdida y miedo. Aquello le inquietó: ¿por qué su cuerpo se estaba acostumbrando a sentir miedo cada vez que estaba cerca de Lirio?

Del interior de la *yurta* nada se oía. Jizhu entró: vio a Pama hecha un ovillo en un lateral, junto a otra de sus esposas, en frente, Yue descansaba vuelto hacia la pared y, unos metros más atrás, Sacha descansaba, o tal vez reflexionaba, sentado en cuclillas con los ojos cerrados sin emitir sonido alguno. Jizhu arrugó la nariz. ¿Dónde demonios estaría Lirio?

«¿No estará en la tienda de Berke?» se pregúntó. La ira empezó a bullir dentro del *shanyu* y se obligó a dominar sus celos, que ya habían demostrado ser injustificados en el pasado. ¿O quizá no?

«Voy a ir tranquilamente, paseando...» se dijo. Sin embargo, si Jizhu no se echó a correr fue solo por mantener una imagen digna de sí mismo. Recorrió con grandes zancadas la distancia que mediaba hasta la tienda de su capitán. Por el camino pateó una piedra que salió despedida, rebotando contra la pared de una *yurta*. Al pasar junto a ella de nuevo, comprobó que era de un apagado color rojizo. Le llamó la atención y se agachó a recogerla. En cuanto la tocó, la soltó de inmediato, con aprensión: el color de la piedra se debía a la cantidad de sangre reseca que la bañaba. Considerándolo un mal augurio, recorrió los últimos metros a la carrera, con el corazón desbocado.

—¡Berke! —bramó en cuanto llegó hasta él.

El capitán se levantó de un salto, totalmente despejado, asiendo una daga por la empuñadura.

—Demonios, Laoshang —jadeó al verlo—. Me has dado un susto de muerte.

—¿Dónde está, Berke? —preguntó con el gesto enfurecido, sujetándolo del codo sin dejar de pasear la vista a su alrededor.

—¿La princesa *han*? —Berke se zafó con brusquedad—. ¿No habrás pensado que estaba aquí, verdad? —Al reparar en su expresión, abrió los ojos incrédulo—. Eso es justo lo que has pensado. Me ofendes, Laoshang, me ofendes enormemente al creer eso de mí. Podría decirse que estos días he nadado en la sangre de tus enemigos, matando sin titubear a todo el que había osado levantarse contra tu persona, sin importarme que pudieran haber sido amigos míos. ¿Y todavía crees que soy capaz de semejante muestra de deslealtad hacia ti?

Berke le dio la espalda, molesto por la acusación y a la vez temeroso de lo que vendría a continuación. Jizhu se relajó, liberándose con gusto de la rabia que le acosaba.

—Discúlpame, capitán —repuso con humildad.

Aquello resultó más demoledor para Berke que la furia recién aplacada. Asintió sin mirarle a la cara.

—¿Estás hambriento? Tantos días sin comer, por culpa del castrado.

Jizhu negó con la cabeza. Con la voz enronquecida, acaso imaginando la respuesta, preguntó:

—¿Dónde está Lirio, Berke? Estoy seguro de que tú lo sabes.

—Laoshang...

—Por favor, no me digas que se ha ido otra vez...

Berke tragó saliva. El silencio zumbaba entre los dos, como un incómodo insecto.

—¿Por qué no has ido a buscarla?

Berke no contestó. Jizhu había preguntado con un hilo de voz, derrotado antes de conocer la verdad. No le echaba nada en cara. Al fin y al cabo, había hecho más de lo que le correspondía. Si alguien había fallado, era él mismo.

—¿Por qué? —repitió.

—Fui a buscarla, Laoshang, pero ella no quiso volver.

Sus razones, no puedo revelártelas. —Jizhu tenía la mirada desenfocada, buscando en algún punto más allá de la puerta—. Créeme, sería peor si lo supieras.

Jizhu boqueó, llevándose una mano al costado. Berke le sostuvo, sujetándolo hasta que se sentó en el suelo. El *shanyu* se estiró del pelo y se pasó la mano por la cara. Inspiró hondo varias veces, tratando de mantener a raya el dolor, que poco a poco daba paso a una intensa furia nacida de sus mismas entrañas.

Berke giró la cara: le resultaba obsceno ser testigo de la fragilidad que demostraba su jefe. Esperó el tiempo que su *shanyu* necesitó y, solo entonces, volvió a mirarle a los ojos, tendiéndole el brazo para ayudarle a levantarse. Jizhu lo aceptó, cualquier resto de derrota desaparecido de su expresión. Solo el odio parecía latir por sus venas; ningún atisbo de piedad, ni restos del amor que antes profesara por Lirio.

—Hace tiempo que no mordemos bocados chinos. Habrá que armar a los hombres. Berke, Gran Comandante de la Izquierda. Partiremos, como siempre, con la próxima luna llena.

Berke asintió en silencio, mientras Jizhu se alejaba con los dientes apretados y el paso de un felino herido. Al final, la bestia había resurgido.

31

Un joven soldado chino escrutaba más allá de la muralla, en dirección a poniente.

Su capitán se acercó sin prisa; era un hombre de natural tranquilo, tal vez por su propia constitución, grandullón y de rasgos atemperados, con tendencia al ensimismamiento. Con toda seguridad, su proverbial calma era la razón por la que había pasado los últimos cinco años desterrado en una de las guarniciones de la fortificación que servía de frontera.

—¿Qué sucede, Wang? —su voz reverberaba como el pesado sonido de un gong de cobre.

—Un jinete se acerca a buen paso. No parece que venga nadie más —comentó con extrañeza.

—Vaya, sí que es curioso. Por este lado suelen venir en oleadas, ¿verdad?

—No menciones a los xiongnu, capitán —el joven Wang hizo un aspaviento—. Tenemos suerte de que estén tranquilos.

—No estarán pasando hambre, supongo. De lo contrario ya nos habrían hecho alguna visita.

Wang movió las manos, como si la propia mención de los bárbaros fuera a conjurar su aparición.

—Parece una mujer bárbara.

El capitán se mostraba cada vez más intrigado.

—Voy a ver qué quiere.

—Pero, capitán, ¿cómo vas a hablar con ella? ¿Conoces la lengua de los bárbaros?

—No. —El capitán no alteró su plácido semblante—. Aunque a lo mejor ella conoce la nuestra.

El capitán llegó hasta el muro, una pared no muy alta en realidad levantada con arcilla y ramas de tamarindo, y aguardó con paciencia a la forastera. Cuando la tuvo más cerca, constató que, a pesar de su vestimenta claramente nómada, sus rasgos parecían más chinos que xiongnu. Sus ropas estaban bastante sucias, salpicadas de tierra, y las botas, que sin duda un día habían sido negras, se veían cubiertas de un polvo grisáceo. La muchacha, que según juzgó el capitán era más joven de lo que aparentaba con tanta mugre encima, tenía los ojos hinchados, la expresión consumida y una delgadez preocupante. El capitán, lejos de considerarla amenazante, se sintió conmovido al presenciar tan lamentable imagen y abrió los brazos hacia ella, como para darle la bienvenida con un paternal abrazo.

Lirio llevaba días sin comer. El caballo, que no ofrecía mucho mejor aspecto que ella, la llevó hasta los pies del muro y allí se paró. La joven intentó desmontar sola, a pesar de su extrema debilidad. El joven Wang, que, reticente, había seguido a su capitán, corrió a su lado y le tendió la mano para ayudarla. En cuanto notó el apoyo, Lirio se desplomó, incapaz de aguantar un segundo más.

Entre el capitán y Wang la condujeron hasta dentro de la guarnición, aunque en realidad cualquiera de ellos podría haberla desplazado con un solo brazo, de tan frágil que se le veía. Wang trajo unos brotes de bambú y un poco de caldo de verdura que les había sobrado del día anterior.

—Pobrecita, está famélica —exclamó un atribulado capitán Feng.

—¡hambruna, capitán! ¿Están pasando necesidad los bárbaros? —el joven Wang abrió mucho los ojos al descubrir las implicaciones que tendría aquello para su seguridad.

—Los bárbaros siempre están pasando necesidad, Wang.

Lirio se recuperó lo suficiente como para ver la comida al alcance de su mano y la tomó dirigiendo con una agradecida mirada a los dos hombres. El capitán la dejó hasta que hubo terminado y le ofreció té.

—Gracias. Muchísimas gracias —acertó a decir Lirio.

—¡Hablas nuestra lengua! —se asombró Wang.

—No seas descortés, Wang —le reprendió con suavidad el capitán.

El soldado hizo una pequeña reverencia. En realidad, ahora que la tenía tan cerca, la muchacha no parecía xiong a pesar de su espantosa indumentaria. Incluso, pensó Wang observándola con detenimiento, si hubiera estado bien alimentada, habría resultado hasta hermosa.

Algo en la expresión del capitán le hizo comprender que, más que descortés, estaba siendo maleducado, y repitió la reverencia, algo más pronunciada esta vez.

—Si tienes más hambre —explicó Feng—, tenemos más comida. ¿Quieres algo de fruta?

Lirio asintió, azorada.

—No quiero molestar.

—Nada, nada, muchacha —Feng indicó al soldado que trajera unas ciruelas—. Después de comer, descansa un poco. Ya tendrás tiempo de contarnos tu historia.

—Muchísimas gracias —contestó Lirio haciendo a su vez una profunda reverencia—. ¿Sería posible, además, atender al caballo? También ha recorrido un largo camino. Agua, sobre todo.

El capitán asintió, y la dejó sola.

Lirio durmió hasta bien entrada la noche, sobre un improvisado *kang* a base de esteras y mantas. Al despertar, consumió un cuenco de arroz que alguien había colocado junto a ella y volvió a dormirse, un letargo pesado, sin sueños, pero absolutamente reparador.

—Buenos días —la saludó el capitán Feng cuando por fin la vio despierta—. ¿Un poco de té?

—Gracias.

—Bueno, bueno, muchacha. Dime, ¿qué hace una jovencita xiong vagando sola junto a la frontera china?

—Mi historia no es larga, pero sí triste —empezó a contar Lirio. Durante su travesía había tenido tiempo de pergeñar un pasado convincente—. Loto Perfumado es mi nombre; mi madre era *han* y mi padre xiong, y como xiong fui criada en la estepa. La luna pasada celebré mi casamiento con un pastor, pero no he podido disfrutar mucho mi nueva vida; hace poco, una incursión de los yuezhi en nuestro territorio terminó con una cruel matanza de la que solo yo escapé. Asustada, cabalgué y cabalgué durante muchas jornadas para huir lo más lejos posible de la muerte, y llegué hasta aquí. No quiero regresar, volveré al lugar al que también pertenecen mis ancestros.

—¿Yuezhi, has dicho? —el capitán la escuchó absorto en sus propias reflexiones. Wang se unió a ellos.

—Me encargué del caballo yo mismo —declaró orgulloso.

Lirio le dedicó una espléndida sonrisa y el corazón de Wang se derritió.

—La familia de Wang vive en una aldea no lejos de aquí —explicó Feng—. Así que no está tan amargado como otros soldados destinados a guardar la fortificación.

—Mis padres pueden ofrecerte trabajo, si conoces las labores del campo.

Lirio tragó saliva, asintiendo agradecida.

—Somos nómadas, no campesinos, pero aprenderé pronto y trabajaré duro.

La aldea de Wang resultó ser un villorrio encajonado entre suaves lomas en las que se cultivaban cereales. El joven soldado acudía a visitarla siempre que tenía permiso en la guarnición, lo cual suponía un día al mes, más o menos, pero sus visitas eran agradables, pues no trabó ninguna otra amistad. Ninguno de los dos contaba mucho, ya que sus días transcurrían monótonos y en extremo aburridos. El interés de Lirio nacía de la mera necesidad de hablar con alguien; sin embargo, era consciente de que Wang albergaba en su interior un sentimiento más fuerte, que crecía a la par que la belleza de Lirio al hallarse bien alimentada y sin problemas de salud.

La princesa sospechaba que Wang no tardaría en declararle su amor, o si no era amor, su intención de tomarla como esposa.

Todas las noches, cuando la oscuridad sumía a la aldea en su regazo y el cielo se rompía con la irrupción de las estrellas, Lirio salía de su cabaña y se tumbaba en el suelo, observándolas hasta que los ojos se le empapaban de lágrimas de tanto recordar a su amor perdido. Entonces, las estrellas parecían juntarse para dibujar un rostro, hermoso pero implacable: el de Jizhu velando por ella desde la infinitud de la estepa, en el interior de una *yurta* o cabalgando bajo la luna, gritando su nombre. El recuerdo era doloroso y, sin embargo, reconfortante. Le permitía huir de la insustancialidad de su vida actual y llenaba el presente de memorias difuminadas de un pasado del que no se arrepentía. Todo el sufrimiento que le provocaba el haber abandonado al *shanyu* lo aplacaba a duras penas a base de repetirse a sí misma que no le quedaba otra opción. No obstante, cada noche antes de caer dormida, la asaltaban las mismas dudas inmisericordes: ¿y si se hubiera quedado junto a ellos? ¿Y si hubieran luchado y hubieran vencido? ¿Y si el emperador hubiera desistido de sus ideas? ¿Y si de verdad no hubiera tenido miedo?

A veces, cuando la soledad se tornaba demasiado severa, lloraba hasta quedar ronca, susurrando palabras en el idioma de los xiong.

—Te quiero, Jizhu. Te añoro, Jizhu. Perdóname, Jizhu.

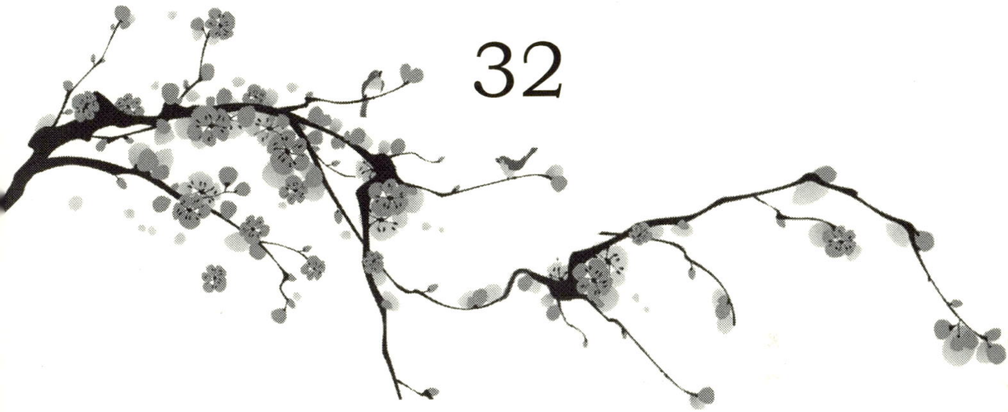

32

El grito de guerra xiong rasgaba el aire anunciando la muerte.

—¡*Hurai*! ¡*Hurai!*

La última incursión de Jizhu Laoshang había sido atrevida: sus guerreros descendían sobre las ciudades y los campos de cereales como el río Amarillo al desbordarse en primavera. Arrasaron aldeas a su paso, saqueándolas y sacrificando el ganado que no podían llevarse consigo, sembrando de cadáveres los caminos. Los rehenes que convirtieron en esclavos podían contarse por miles. Incluso el palacio imperial de Yong fue cercado: Jizhu condujo a sus hombres con puño de hierro en cada ataque. La bestia que por fin había ganado la batalla en su interior crecía con cada gota de sangre derramada, cada lágrima arrancada, cada quejido exhalado.

Durante varias lunas recorrieron las tierras chinas provocando la masacre allá por donde pasaban. Los pocos supervivientes que dejaron recordarían los verdes ojos de Jizhu en sus pesadillas el resto de sus vidas.

Cuando la bestia se hubo saciado, Jizhu indicó a sus guerreros que el momento de regresar había llegado. Berke, nombrado guardia personal, se había convertido en su sombra y no le abandonaba ni de día ni de noche.

—¿Qué camino deseas tomar, Laoshang? —A pesar de la consumada lealtad que había demostrado profesarle, Jizhu siempre percibía un ligero tono sarcástico cuando se refería a él como Laoshang.

—El más directo desde aquí. Hacia el norte.

—Nos toparemos con la Fortificación Larga, creo. —dijo Berke y frunció el ceño. ¿Acaso Jizhu no había tenido suficiente sangre?

—A estas alturas no quedarán muchos guardias en los destacamentos. Saltaremos por encima y, si alguno es lo bastante estúpido como para cerrarnos el paso, le liberaremos gustosos de su estupidez. Puede que nos plantemos allí antes del anochecer, si nos damos prisa. Tanto tiempo aquí nos vuelve débiles.

Berke enarcó una ceja. Desde que Lirio había desaparecido, le resultaba imposible adivinar qué pensamientos atravesaban la mente del *shanyu*. Ya ni siquiera era capaz de distinguir cuándo hablaba en serio y cuándo no.

—Llevamos mucho ganado con nosotros. Las cabras no galopan, ¿recuerdas?

Jizhu resopló contrariado.

—Si no es hoy, será mañana, Berke. ¿Qué más da?

El joven Wang se despertó justo antes del alba turbado por un sueño desagradable. Extraños animales se devoraban unos a otros ante sus ojos, con las tripas desgarradas y las patas y colmillos ensangrentados, sin concederse tregua. De fondo, un bramido ensordecedor perforaba sus oídos anunciando la inminencia de un depredador más temible todavía. Sin lograr sacudirse del todo la impresión, decidió salir al exterior para respirar un poco. El viento soplaba del norte afilado como un cuchillo; los rigores del otoño se presentarían sin mucha demora. Su mente vagó hasta su aldea natal, que por fortuna se había librado del envite bárbaro. Pensó en Loto Perfumado. No parecía muy integrada en la vida campesina, la verdad, pero no sufría privaciones y nunca se quejaba. Wang supuso que, comparado con la dureza extrema de las condiciones que soportaban los nómadas (ya no había vuelto a llamarlos «bárbaros» por respeto a ella), el día a día de los campos le resultaría, como poco, confortable. ¿Cuánto más tendría que esperar a que sus padres la aceptaran como su futura esposa? Era consciente de que su origen actuaba en su contra; no podía culparles por sentirse decepcionados en ese aspecto. Bueno. Esperaría cuanto fuera necesario, no tenía prisa. Y desde luego, no tenía rival en la aldea. ¿Quién querría robarle a una novia xiongnu venida de no se sabía dónde, sin familia ni dote ni nada?

De pronto, se dio cuenta de que la pesadilla que le había despertado no había desaparecido del todo de su cabeza. Seguía escuchando ese sonido molesto que...

Wang se enderezó, prestando atención a los ruidos que traía el viento. Un aullido feroz le puso los pelos de punta. ¿O acaso no era el atroz grito de guerra de los xiongnu? Sin perder un segundo, dio la voz de alarma, montó con torpeza en el caballo de Loto Perfumado, al que en cierta forma había terminado por adoptar, y salió trotando lo más deprisa que pudo, que no era mucho, en dirección a su aldea, presto a defender a los suyos.

Feng se desperezó, tomándose su tiempo, mientras oía el fragor de pasos de sus soldados armándose para enfrentarse a los bárbaros.

—A ver, ¿qué es lo que ocurre aquí? —preguntó con tono calmo a un joven oficial que trajinaba de un lado a otro.

—¡Los bárbaros se acercan, capitán Feng!

—Bueno, bueno, tranquilizaos. Lo más probable es que se limiten a atravesar la muralla como halcones en picado; si no les importunamos, se irán sin causar destrozos.

El oficial le miró con los ojos muy abiertos y una mueca de espanto.

—¿Qué hacemos, entonces? —preguntó exasperado—. ¿Volvemos a acostarnos?

—Quedaos aquí dentro, ya me hago yo cargo.

El capitán Feng terminó de vestirse sin prisa y encargó a un soldado que preparase té. Luego, con toda la tranquilidad del mundo, salió al exterior a contemplar el espectáculo. Los bárbaros eran numerosos y avanzaban como hormigas en un hormiguero. Feng no pudo imaginar cuántos serían, ¿decenas de miles? ¿Cientos de miles? En cuestión de segundos habían cubierto las verdes llanuras que se extendían hacia oriente, levantando una densa polvareda tras de sí. Feng tuvo que reconocer que, en su salvajez, resultaban fascinantes.

Un guerrero mucho más alto que el resto se acercó a Feng con paso lento, seguido por otro, de casi la misma envergadura, a pocos pasos de él. Sus movimientos se veían tan perfectamente sincronizados con su caballo que podría decirse que eran uno solo.

Jizhu se sorprendió gratamente al ver que el hombrón de aspecto amable que esperaba junto al camino no solo no parecía tener miedo, sino que parecía sentir curiosidad por ellos. Avanzó hasta quedar frente a él con una sonrisa desdeñosa gobernando su rostro, hermoso si no hubiera sido por el odio que parecía destilar por cada poro de su piel.

Feng se inclinó ante él con una pequeña reverencia.

—Te ofrecería mi hospitalidad, pero sois demasiados —dijo con voz pausada aun a sabiendas de que el otro no entendería. Se dio unos toquecitos en el hombro—. Soy el capitán Feng.

—Yo soy Jizhu Laoshang, *shanyu* de los xiong —contestó Jizhu adivinando el sentido de sus palabras, golpeándose el pecho con el puño.

—¿Te apetece compartir un poco de té? —Con los dedos hizo el gesto de sostener un cuenco y beber de él.

Jizhu miró a Berke, atónito.

—¿Quiere invitarme a comer algo con él?

Berke esbozó una de sus sonrisas burlonas.

—No te fíes. Los chinos son expertos envenenadores.

Jizhu miró a Berke fijamente y después al extraño Feng que parecía interesado en trabar conversación con él.

Feng llamó al soldado encargado de prepararle el té.

—Trae té para mí y para estos dos. —Se volvió hacia sus «invitados» haciéndoles un gesto que abarcaba a todos los jinetes—. Para ellos no hay.

Berke sonreía de oreja a oreja y aceptó la invitación

para pasmo de Jizhu.

—Voy con tu hombre —dijo al capitán, moviendo mucho las manos—. Así vigilo que no haga nada que no deba.

Berke entró tras el compungido muchacho, confiado. Tendrían que ser muy estúpidos para tenderles una trampa con todo el ejército detrás.

Solo permaneció dentro unos segundos; salió al exterior como una exhalación, con un retazo de seda en las manos y sin rastro de su habitual socarronería.

—¡Laoshang! —llamó con expresión perpleja.

Jizhu se acercó en dos zancadas hasta él, para echar un vistazo a la tela que le mostraba. Feng contempló la escena con curiosidad indisimulada. El *shanyu* había enmudecido; por su mirada cruzó a toda velocidad una miríada de sentimientos, que iban desde la incredulidad, hasta la desolación, pasando por la rabia, la pena y la ira.

—Es Lirio —farfulló el bárbaro con la boca seca.

—Eso parece... —respondió Berke con el semblante muy serio.

El capitán Feng observaba ahora a este último, sorprendido sin demostrarlo al comprender que el comandante albergaba también ciertos sentimientos por la joven. En el caso del *shanyu*, se inclinaba a pensar que en el pasado la había amado hasta que algún tipo de catástrofe puso fin a su amor; respecto a Berke, no logró suponer nada, y eso sí que le incomodó. Berke le devolvió la mirada, frío y amenazante, el rostro contraído en un rictus acerado. «No te atrevas a buscar dentro de mí», parecía decir. Avanzó un par de pasos hasta colocarse delante de su *shanyu*, como protegiendo su intimidad. Feng reculó de forma instintiva.

—¿Dónde está la princesa? —inquirió Jizhu entre dientes.

El capitán Feng no comprendió.

—Es un dibujo que hizo Wang. Wang —repitió.

Jizhu miró a Berke con expresión interrogante.

—¿*Wang*? ¿Qué será eso?

—Yo más bien diría, ¿quién será ese?, Laoshang. Pero ahora, ¿qué más da? Tiene la vida que siempre quiso tener: monótona e insulsa junto a un hombre monótono e insulso, fuera de todo peligro.

Jizhu le fulminó con la mirada.

—¿Y cómo sabes tú eso? ¿Qué sabrás tú de lo que quería ella? La defraudé, Berke. Por eso me abandonó.

Berke observó atónito al *shanyu*, sin dar crédito a lo que oía.

—¿De verdad, Laoshang? ¿Piensas que ella se marchó porque estaba decepcionada contigo?

Jizhu se revolvió incómodo.

—Se avergonzaba de mí —explicó en voz tan baja que el comandante tuvo que esforzarse para entender—. Desde el primer momento sintió que era un deshonor convertirse en concubina de un bárbaro. Sé que intentó adaptarse y llegó un momento que... Que Altan me hiriera fue una vergüenza para ella. Si no, no tiene sentido que se fuera.

—Laoshang. Créeme, Laoshang, no tienes ni idea; siento decírtelo así, pero es la verdad. Lirio se fue del clan porque sabía algo que nos condenaría a todos. Y no se atrevió a confesártelo porque tenía miedo de ti; ese ha sido siempre el fantasma con el que ha tenido que luchar. No la vergüenza, sino el miedo.

—Veo que sabes muchas cosas que yo desconozco —siseó Jizhu.

—Soy casi tan sabio como ese chino gordo que está ahí mirándonos. Lo que pasa es que solo comparto mi sabiduría cuando no me trae problemas.

Berke arrastraba las palabras al hablar y Jizhu no supo si estaba siendo irónico o le estaba desafiando. Nunca lo sabía.

—Tu sabiduría está a punto de traerte muchos problemas.

Berke se pasó la mano por la cara. Levantó la vista hacia el *shanyu* y, de pronto, parecía diez años mayor.

—Laoshang... ¿Por qué albergas tantas dudas acerca de mi lealtad? No pretendo usurpar tu puesto, si eso es lo que temes. He tenido muchas ocasiones de hacerte daño, y nunca lo he hecho —Jizhu apretó la mandíbula—. Lirio tiene miedo de todo y es incapaz de superarlo. Tú, a tu modo, también tienes miedo; miedo a perder el respeto de los tuyos, de fracasar como *shanyu*, de perder la autoridad. El temor de Lirio nace del exterior, el tuyo de tus propias entrañas. Os necesitáis el uno al otro para aplacarlo. Sois el *yin* y el *yang*, juntos podríais haber derrotado a vuestros fantasmas. Tú puedes proteger a Lirio de todo cuanto ella teme y ella puede aplacar a la bestia que habita dentro de ti. Sin embargo, fuisteis incapaces de anteponer las necesidades del otro a las vuestras.

Jizhu escuchó con los ojos muy abiertos, callado unos minutos, sin saber qué decir.

—¡Eres realmente sabio! —exclamó por fin con admiración.

—Lo que soy más bien es una especie de chino castrado, hablando de estas cosas que además no me incumben —protestó Berke, avergonzado y molesto consigo mismo.

—¿Por qué no me lo habías dicho antes, maldito perro?

—¡Será posible! ¿Por qué no te molestaste en conocer a la que iba a ser tu esposa? ¿Qué quieres, que lo haga yo todo primero por ti? Si ella no quiso contártelo, no era mi derecho desvelar nada.

—De todos mis hombres, eres el más indisciplinado y el más irrespetuoso.

—Puede que el más irrespetuoso sí, Laoshang. Pero de indisciplinado, nada: pasé varios días con sus noches junto a la bella en una tierra remota y jamás le puse la mano encima.

—Eso lo hiciste por respeto.

Berke desvió la vista mientras Jizhu le observaba por entre las pestañas, con gesto orgulloso.

El *shanyu* cambió el peso del cuerpo de una pierna a otra, rascándose la cabeza.

—Voy a por Lirio. La traeré de vuelta conmigo.

—¿Vas a raptarla? —preguntó Berke con media sonrisa.

—Desde luego. Es lo que tendría que haber hecho en Weiyang.

Berke profirió una siniestra carcajada, seguramente al imaginar la cara que habrían puesto los chinos. Según la costumbre de los nómadas, raptar a una mujer equivalía en la práctica a reclamarla como suya.

—¿Nos vamos todos contigo, o podrás apañártelas tú solo? Si quieres, puedo raptarla de tu parte.

—Prefiero no arriesgarme contigo, Berke. Marchaos a la ciudad, el otoño está cerca y pronto habrá que levantar las *yurtas*.

Berke asintió. Jizhu se puso al frente de su ejército para despedirlos, lanzando su grito de guerra.

—¡*Hurai*!

—¡*Hurai*! ¡*Hurai!* —El aullido de los xiong se dejó oír en las aldeas cercanas, empujado por el viento, sembrando el terror entre sus habitantes.

Jizhu contempló cómo sus guerreros cruzaban la muralla volando sobre sus caballos, haciendo retumbar la tierra al caer al otro lado, y se perdían en la distancia. Esperó a que el último de ellos desapareciera entre la nube de polvo que levantaba el galope de los animales y se dirigió al capitán Feng. En su mano sostenía con fuerza el pedazo de seda sobre el que ese tal Wang había retratado con esmero a su hermosa princesa.

—Se llama Lirio —explicó gesticulando para que Feng comprendiera—. Es mi esposa. Mía, no de Wang —se golpeó el pecho con el puño para enfatizar sus palabras—. Si Wang se interpone, lo mataré. Si tú te interpones, te mataré a ti. ¿Entiendes?

Feng entendía a la perfección. Ahora bien, ¿entendería Wang con la misma facilidad? El capitán revisó al *shanyu* de arriba abajo: su envergadura resultaba prodigiosa, su porte arrogante exhalaba una implacable decisión, a sus ojos asomaba un punto de crueldad que, sin duda, lo convertiría en un formidable adversario. Además, estaba claro que amaba a la muchacha, cosa que Wang no hacía. ¿Qué posibilidades tendría su pobre soldado de salir airoso de un lance con el bárbaro?

—Ninguna —se contestó a sí mismo en voz alta—. Es por allí —señaló.

Jizhu inclinó levemente la barbilla en señal de despedida y salió a galope en dirección a la aldea.

Feng le observó durante un rato, hasta que el joven oficial le interrumpió con un carraspeo. El té llegaba por fin.

—¿Adónde se dirige ese bárbaro? ¿Está huyendo?

Feng se rio entre dientes.

—No está huyendo. ¿De qué demonios iba a huir, de nosotros tres? ¿Por qué no os dedicáis más a buscar dentro de las personas para intentar conocerlas mejor? Aquel bárbaro es el *shanyu* de los xiongnu. Va a buscar a una joven de la que está enamorado, aquella mestiza a la que Wang acomodó en su aldea.

—¡Yo creía que Wang quería tomarla como esposa! —exclamó el oficial sorprendido.

—Bueno... no creo que eso cambie mucho las cosas para el *shanyu*, ahora que parece que la ha encontrado por fin. Si Wang es un poco inteligente, dejará que se la lleve. No creo que la muchacha esté prendada de Wang, así como Wang solo está enamorado de su belleza. Puede que ni siquiera eso.

—¿No tendríamos que ir tras él para socorrer a nuestro compañero?

Feng abrió los brazos con ademán cansado y contestó como si estuviera hablando con un niño pequeño especialmente torpe.

—¿Para qué, me pregunto yo? Si Wang se ve solo ante él, puede que se muestre sensato; si nos encuentra como aliados, podría plantarle cara y solo conseguiría morir esta misma tarde. Los bárbaros ya se vuelven a las estepas, ¿qué pretendes? ¿Acorralar a su jefe y matarlo, para que vuelvan a caer sobre nosotros como una jauría rabiosa?

Feng suspiró; dio un pequeño sorbo al té, que se había quedado helado, y lo escupió.

—Voy a prepararme un poco más.

El joven oficial asintió pasmado, volviendo la vista hacia el camino por el que había desaparecido el xiongnu.

33

Jizhu entró en la aldea con actitud arrogante, observando la reacción de los pocos que se atrevían a cruzarse en su camino: todos le temían.

En el fondo, disfrutaba de esa sensación. Le hacía sentirse invencible. Una calma fantasmal se apoderó de las cuatro calles y el puñado de cabañas que conformaban la villa. Incluso las gallinas habían dejado de cacarear, como si intuyeran el peligro que emanaba de la hermosa pero terrible figura que avanzaba sobre el caballo.

Detuvo el paso al llegar hasta lo que consideró como el centro del pueblo. Hizo girar a su caballo en círculo y aulló el nombre de Lirio a los cuatro vientos.

Una tímida brisa agitó la tierra en torno a él, arrastrando diminutas piedrecillas. Ningún ruido, ninguna voz osó quebrar el tupido silencio que se había adueñado del ambiente. Jizhu volvió a llamar a Lirio. Si no venía ella, la buscaría choza por choza hasta encontrarla y se la llevaría consigo.

—Jizhu.

Fue más bien un suspiro que se elevó por encima del dulce sonido del viento. Jizhu se volvió hacia el lugar del que provenía la voz. ¿Por qué de pronto todo su valor pareció menguar ante la mera visión de ella? Una túnica desgastada de algodón de color azul celeste se arremolinaba en torno a sus suaves curvas. La melena flotaba ajena a la atracción de la tierra, despeinada, pero con el mismo aspecto aterciopelado que él recordaba rozar con las puntas de los dedos en los escasos momentos de intimidad que habían compartido. Su expresión permanecía impenetrable, como siempre la había percibido, con los labios fruncidos en un mohín entrañable. Jizhu se sintió atropellado por su fragilidad, por el dolor que él creía adivinar aunque no lo exhibiera. Sus delicados ojos negros lo miraban con temor, con infinito cansancio. Lirio seguía siendo hermosa como un copo de nieve o como las flores del magnolio, una belleza serena que un bárbaro como él solo podía ensuciar. Vaciló.

Lirio temblaba, pero no de miedo, sino por la pura emoción que la embargaba. Había soñado con volver a ver a su amado, en las noches en las que la oscuridad amenazaba con ocupar su corazón y la soledad pellizcaba cada centímetro de su piel. Sin embargo, cada nuevo amanecer la obligaba a abandonar sus absurdas esperanzas: era ella la que había huido, dejando bien claro a quienes habían querido escucharla, que no le era posible permanecer entre los xiong. Se había arrepentido todos los días y todas las noches. Y, a pesar de todo, Jizhu estaba allí, frente a ella. Había ido a buscarla. Solo. Dio unos pasos dubitativos hacia él. La expresión del guerrero no revelaba sentimiento alguno. Sus ojos verdes se habían posado sobre ella con fría cautela, sin exigir ni solicitar nada, expectantes. ¿Acaso un destello de esperanza al verla caminar hacia él?

Jizhu se revolvió sobre el caballo. Desde su posición en lo alto, sin pretenderlo, la dominaba. Desmontó inquieto. El silencio que se arrastraba por entre las callejas resultaba opresivo, aplastante. El mismo viento parecía haberse rendido y soplaba en calladas ráfagas sin quebrar la tensión del encuentro.

Jizhu abrió la boca para hablar, pero su boca reseca no acertó a emitir ningún sonido. En cambio, una voz un tanto más aguda y muy nerviosa se alzó desde un lateral, pegada a la pared quejumbrosa de una casa.

—¡No tengas miedo, Loto Perfumado! ¡Si intenta algo, lo mataré!

Lirio y Jizhu se volvieron hacia el joven Wang, que sujetaba un arco y temblaba de forma notoria. Jizhu tomó el suyo con toda la calma, lo tensó y apuntó hacia él. No vio la necesidad de amenazar. Resopló, como decepcionado.

A trompicones, Lirio avanzó hasta él y le colocó la mano en el brazo. Wang la observó con ojos desorbitados.

—Pero, ¿qué haces, Loto Perfumado?

—Jizhu... Por favor, no le hagas daño. Ha estado cuidando de mí. —La voz de Lirio se deslizó palpitando de sus labios hasta chocar contra el guerrero.

La mandíbula del *shanyu* se contrajo en un tic involuntario en cuanto sintió su contacto. Su mano estaba fría. Una vez más, vaciló. ¿Por qué Lirio siempre le hacía dudar en sus decisiones? ¿La bestia necesitaba de su aprobación antes de actuar?

—¿Quieres... Quieres quedarte aquí, Lirio? —Los ojos de la princesa se llenaron de lágrimas. Negó con la cabeza, con timidez—. Dímelo, Lirio. Dime que quieres volver conmigo —suplicó Jizhu.

Lirio detectó una nota de desesperación en él. ¿Habría sufrido tanto como ella?

—Quiero volver contigo, Jizhu —su declaración fue más bien un jadeo arrancado a la brisa, que se lo llevaba lejos de él.

Lirio apoyó sus manos sobre de los anchos hombros del *shanyu* y se dejó estrechar por él en un tierno abrazo. Wang no perdía detalle, al tiempo que Jizhu no dejaba de observarle. Dejó caer el arco a un lado y se aproximó con lentitud a la pareja.

Lirio pareció en ese momento percatarse de su presencia y se separó un par de pasos de Jizhu.

—Te agradezco todo lo que has hecho por mí este tiempo, Wang, pero mi sitio no está aquí.

—Ya me doy cuenta, Loto Perfumado —contestó Wang haciendo una reverencia—. Vuelve con tu esposo, debéis celebrar su regreso. Es una muchacha especial —dijo, volviéndose hacia Jizhu, que no entendía ni una palabra—. Habla poco y come poco, pero diría que está llena de sueños. Tendrás que cuidarla bien.

—¿Qué ha dicho?

Lirio le tradujo las palabras de Wang y Jizhu le hizo una reverencia, murmurando en chino la única palabra que había aprendido: «gracias».

Devolviendo la reverencia al guerrero xiong, Wang se despidió alejándose con paso tranquilo, sin mirar atrás.

Jizhu montó de un salto en el caballo y levantó en volandas a la princesa, acomodándola tras él. Emprendiendo un feroz galope abandonaron la aldea, cruzaron los campos de cereal y atravesaron la muralla, sin intercambiar palabra.

El viento les acompañó en su viaje, golpeando sus caras cada vez con más furia, anunciando la proximidad de las llanuras, hogar de los xiong. La melena de Jizhu se enredaba con la de Lirio, que se pegó a su espalda, probablemente para sentir el calor que nacía de él. Solo cuando estuvieron rodeados de la roja tierra de la estepa por los cuatro costados, detuvo Jizhu al animal y desmontó, bajando en brazos a la bella.

Acarició su rostro con delicadeza, casi rozándola, como temiendo que se fuera a partir, y la tomó de la barbilla para obligarla a mirarle a los ojos. Sus ojos, negros como un abismo inabarcable, insondables en su expresión, como siempre. Jizhu se sintió tentado a rendirse. ¿Qué pensamientos pasarían ahora por su mente? ¿Volvería a huir?

—Lirio... —Quiso decirle cuánto la había añorado, lo duros que se habían vuelto los días desde que la perdiera, cuánto daño había provocado tratando de calmar la furia que le corroía desde entonces. Y no supo hacerlo. No era bueno con las palabras.

—Perdóname, Jizhu, perdóname una vez más. —Jizhu ladeó la cabeza, sorprendido—. Tal vez ignores todavía por qué me marché de tu lado —la voz de Lirio empezó débil, pero fue ganando en firmeza conforme hablaba—. Has de saber, antes de continuar y de que sea demasiado tarde, que en cuanto me tomes como esposa, el emperador enviará a tu clan embajadores con regalos para celebrar la unión. Algunos se quedarán, otros regresarán y, sin embargo, todos estarán cumpliendo con un único cometido: espiar todo lo que puedan de tu pueblo para allanar el camino a la invasión china. Esta es la razón por la que escapé: si me conviertes en tu esposa, traeré la destrucción a tu clan. —El guerrero la escuchó con el semblante serio—. Comprenderé que quieras devolverme a China —concluyó ella mordiéndose el labio inferior.

Las entrañas de Jizhu se endurecieron para ablandarse al segundo siguiente.

—Somos el *yin* y el *yang*, Lirio. Sabes que me resulta muy difícil expresar con palabras lo que mi corazón siente. Quiero que vuelvas conmigo, que no te marches de mi lado nunca más. Te necesito para dirigir mis pasos. Puede que tú creas que traerás la destrucción de mi mundo si te quedas, pero si te marchas otra vez, me destruirás a mí. Mi parte humana caerá y la bestia me devorará del todo. ¿Qué será entonces de mi gente? Quédate conmigo, Lirio, lucharemos como siempre hemos hecho. ¿No comprendes que entre el mundo y tú, solo podría elegirte a ti?

Lirio lloró y lloró, derramando una tormenta sobre su hermoso rostro que le mojó la túnica. Se abrazó al guerrero, sintiendo la fuerza que emanaba de su espíritu, suficiente para protegerla a ella y a todos. ¿Cómo había podido ser tan estúpida? Desde el principio había sabido que él era su destino. ¿Cómo había osado desafiarlo?

Aunque, ahora, daba igual: por fin estaban juntos de nuevo. La energía volvió a fluir como un torrente arrollador por todos los canales de su cuerpo, irradiando fuerza y llenándola de la vitalidad que había ido perdiendo cada día que había estado lejos de Jizhu. Sintió como si su piel resplandeceriera de repente, el color afluyera a sus mejillas y su sonrisa iluminase las infinitas llanuras, eclipsando al mismo sol.

—Me iré contigo, Jizhu, por supuesto que iré.

—¿Serás capaz de renunciar a todo por mí? No quiero engañarte, Lirio. Si, como tú dices, los ejércitos chinos caen sobre nosotros y nos derrotan, nos veremos obligados a huir hacia otras tierras, tal vez sin nada más que lo que llevemos puesto. Pasaríamos hambre, frío y muchas penalidades. Tú no estás acostumbrada a esta vida. ¿Te das cuenta?

—Si estoy a tu lado superaré cualquier obstáculo, Jizhu, lo sé. Recuerda que también tengo sangre nómada.

Jizhu sonrió con torpeza.

—Entonces sí que ya no podrás regresar nunca más.

—Nunca he deseado regresar. Lo hice porque creía que no tenía más alternativa, porque creía que era lo mejor para tu pueblo. Y para ti. Desde luego, no lo hice por mí.

—Y hay algo más... —El *shanyu* se retiró para observar con claridad su expresión mientras hablaba—. Hemos pasado varias lunas saqueando aldeas y ciudades chinas, llevando la muerte y la destrucción con nosotros. Aunque puedas domar a la bestia que habita en mí, no podré cambiar lo que ya he hecho.

Lirio tragó saliva. Prefería no saber a qué se refería, pero la ignorancia no cambiaría nada.

—Lo importante es el futuro, Jizhu. Es lo único que debería preocuparnos.

Lo dijo con timidez, insegura. De todas formas, en cuanto los espías del emperador comenzasen a venir, tendrían un futuro por el que preocuparse. Y mucho.

Sacudió la cabeza, como para alejar los malos augurios. Tal vez aquello no llegara a producirse. Tal vez Jizhu, y Tiyui y Berke tuvieran razón y consiguieran vencer una vez más a los chinos. El mañana estaba aún por escribirse. Sonrió mirando al guerrero.

Súbitamente aliviado al escucharla, Jizhu suspiró, contemplándola durante largo rato. ¿Se lo parecía a él, o estaba más hermosa que nunca?

Jizhu enterró los dedos en su melena, atrayéndola hacia él. Con los labios entreabiertos, Lirio cerró los ojos y se sumió en el puro placer que prometían sus besos. Primero se saborearon tiernamente, con dulce calma, tanteándose. La princesa acercó sus caderas hacia él. Jizhu la abrazó con más fuerza y recorrió sus labios y su boca con más urgencia, respirando su aroma y llenándose de él.

Lirio hizo resbalar sus manos por los potentes brazos tatuados, acariciándole el cuello y estirando del pelo con suavidad. Jizhu le mordisqueó la barbilla arañándola con la incipiente barba. La princesa echó la cabeza hacia atrás, estremeciéndose con cada nuevo reguero de besos. Hizo ademán de quitarse la túnica.

—No. Espera, no lo hagas —gimió Jizhu—. No sé si podré contenerme si te veo desnuda. —Jizhu se separó unos centímetros de ella, sin soltarla, apretando la mandíbula—. Vámonos con los nuestros, Lirio. Quiero convertirte en mi esposa esta misma noche, con luna llena o sin ella. No quiero esperar más.

Lirio asintió con la cabeza y las manos temblorosas. Jizhu montó de un salto y la ayudó a acomodarse detrás. Se alejaron al galope a través de la llanura.

34

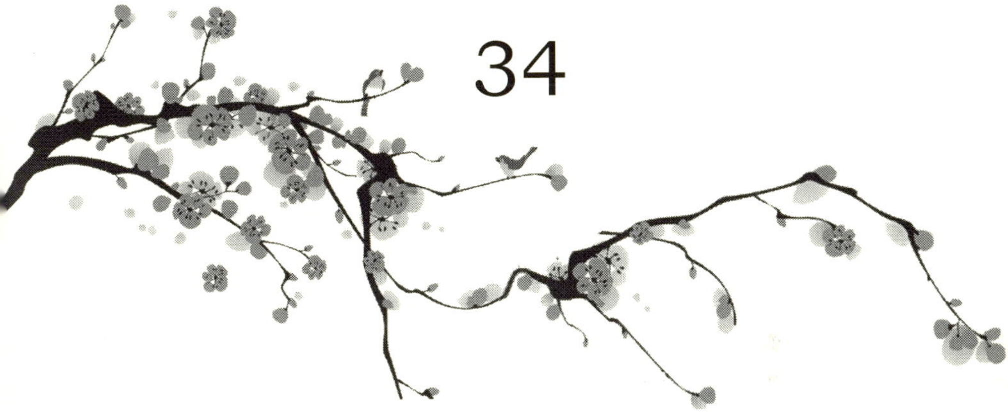

El bullicio se escuchaba en la distancia. Los guerreros habían regresado después de varias lunas con un gran botín en forma de ganado, armas e incluso esclavos, por lo que fueron recibidos con desbordante alegría.

—Habrá festejos para celebrar vuestra vuelta —dijo Sacha a Berke en cuanto le vio.

—Habrá muchas cosas que festejar, chamán. Espera a que venga Laoshang —replicó el feroz comandante con una sonrisa burlona.

—¿Dónde está? No le he visto aún —una nota de alarma tiñó la voz de Sacha.

—No creo que tarde. Tenía un problema que resolver en el puesto de frontera.

Berke se alejó sin añadir nada más. Disfrutaba dejando a todo el mundo desconcertado. Sacha se encogió de hombros y fue a inspeccionar el fruto de los saqueos. En los próximos días andaría muy atareado, sin duda: celebrarían el regreso de Laoshang y sus hombres. Además, el botín había sido generoso, por lo que habría que agradecérselo de modo oportuno a los espíritus. Por otro lado, la estación calurosa se despedía, haciendo necesario preparar las ceremonias correspondientes. Resopló. Tal vez iba siendo hora de buscar un acólito y comenzar su adiestramiento. ¿Quizá Pama?

Un estruendo repentino alborotó el ensimismamiento del viejo chamán, que dio un respingo y agitó sin pretenderlo los cascabeles que pendían de sus ropas. El grito de guerra se alzaba como un trueno al unísono sobrepasando cualquier otro ruido:

—¡*Hurai*! ¡*Hurai!*

«Laoshang está aquí por fin», pensó con alegría inusitada.

Después del levantamiento de Altan y, especialmente, de que la princesa *han* hubiera desaparecido de forma tan abrupta, Jizhu había sufrido intensamente, por mucho que intentara disimular. Todos sus antiguos miedos habían resurgido con la fuerza de una tempestad, encerrándolo en sí mismo, envenenando sus entrañas. Incluso poniendo en riesgo la propia supervivencia del clan. Sacha estaba convencido de que la incursión habría supuesto una auténtica carnicería para los chinos y, aun así, dudaba de que la sangre vertida hubiera calmado la sed de la bestia que rugía dentro del *shanyu*. Meneó la cabeza, con preocupación. Según percibiera su interior al verlo, se plantearía un ritual especial para preguntar a los espíritus qué camino tomar.

—¡*Hurai*! ¡*Hurai*!

El rugido de los xiong se tornó estremecedor. Algo más,

aparte de la mera llegada del *shanyu*, había enardecido sus ánimos. Sintiéndose intrigado, el chamán se encaminó con sorprendente velocidad al origen del tumulto. Volvió a pasar junto a Berke y reparó en el curioso gesto que esbozaban sus labios, una extraña mezcla entre divertido y molesto.

Entonces le vio. A caballo, rodeado por los guerreros que agitaban sus cuchillos al aire en señal de admiración y respeto, y no había regresado solo. Sacha frunció el ceño. Al parecer había raptado a una joven china, que mantenía la cara oculta tras su portentosa espalda. El chamán suspiró resignado. Solo cabía esperar que la muchacha fuera cauta y no provocara ninguno de los problemas que había causado la princesa *han*. Con paso más cansino echó a andar hacia su *yurta*; una vez más, se cruzó con Berke, cuya mirada parecía decir: «¿No te había dicho que habría más motivos de celebración?»

Y, si ya lo sabía, ¿a qué venía aquella torva expresión en el rostro? Sacha dirigió sus pensamientos hacia el rudo guerrero, cuya innegable destreza para la batalla y su, en apariencia, férrea lealtad, le habían elevado a la posición de comandante. Y, sin embargo, el chamán nunca se había fiado del todo de él.

«¿Por qué?», se preguntó a sí mismo con una incómoda sensación de vacío en el estómago. ¿Por qué le resultaba Berke tan impenetrable? ¿Tenía algún tipo de ascendente sobre Jizhu? El chamán desechó al momento tal conjetura: ni siquiera Maodun había logrado algo más que arañar la superficie de su irascible hijo. ¿Quizá sobre la princesa *han*? Sacha se detuvo de golpe y a punto estuvo de tropezar con sus propios pies. Un escalofrío le recorrió el cuerpo sacudiéndole como un rayo. Aquello no tenía sentido, trató de reflexionar. No obstante, ¿por qué se negaba a desterrar la idea? Él, al igual que Tiyui y las otras esposas y, con toda probabilidad, Laoshang, había visto cómo el joven comandante miraba a la princesa. No había observado que ella le mirase de un modo semejante, pero tal vez era simple discreción.

En fin, ahora ya poco importaba. Laoshang había traído otra mujer y parecía improbable que Berke fuera a enredar de nuevo.

A punto de entrar en su *yurta*, Pama le alcanzó a la carrera sonriendo de oreja a oreja. Sacha se alegró de verla tan contenta. A su manera, es decir, de forma totalmente indiscreta, Pama había sufrido echando de menos a la princesa.

—¿Sacha, adónde vas? ¿No vienes a dar la bienvenida a Laoshang? ¡Seguro que tendrá muchas ganas de verte! ¡Quiere celebrar su casamiento mañana mismo!

Sacha se sorprendió y negó con la cabeza.

—¿Qué calenturas le han entrado de repente? Así no se hace, primero tengo que conocer a la muchacha para saber si...

—Pero, ¿qué dices, Sacha? ¡Si ya la conocemos! ¡Es Lirio! ¡No me digas que no te has fijado! ¡Vamos a darles la bienvenida! —Pama le cogió del brazo, tirando de él con menos suavidad de la debida, pero Sacha la dejó hacer.

Desanduvo el camino envarado, con el mismo nerviosismo que padecen los animales al predecir una catástrofe, pensando en Jizhu, en Lirio, en Berke, en los chinos...

—Tengri, Tengri, protégenos —murmuró.

En cuanto Jizhu divisó al chamán, salió corriendo a su

encuentro y le saludó mostrándole sus respetos con una expresión radiante en el rostro.

—Laoshang, agradezco a los espíritus que te fueran propicios en tu viaje.

Sacha enfrentó la mirada de Lirio con cierta inseguridad. Escrutó dentro de sus delicados ojos, tratando de descubrir algún rastro de maldad, o simple doblez, pero no encontró nada más que un leve temor y una innegable alegría por hallarse allí.

—Bienvenida de nuevo, princesa.

Lirio hizo una pequeña reverencia.

—Gracias. Me alegro mucho de haber vuelto —contestó con un hilillo de voz.

—Chamán. —Jizhu levantó la voz para hacerse oír con claridad—. Mañana celebraremos el casamiento. No quiero arriesgarme a que Lirio se escape de nuevo.

Se escucharon algunas risas nerviosas, a pesar del evidente tono jocoso del *shanyu.*

—Bien. Mañana es propicio, pues habrá luna llena —contestó Sacha, observando de reojo la reacción de la muchacha.

Lirio sonrió avergonzada, con la vista clavada en el suelo.

«Pero, ¿cómo demonios la habrá encontrado?» se preguntó Sacha.

Jizhu parloteaba sin cesar como un adolescente que se cree enamorado por vez primera, enumerando los festejos que se llevarían a cabo. Sacha le observó sin disimulo: su amor por la princesa parecía genuino y quería que así lo entendieran todos. La lealtad hacia su *shanyu* pasaba por respetar a Lirio; era el primer paso para garantizar su protección, no solo dentro de los límites de la capital xiong sino en cualquier lugar y circunstancia. Todo el clan debía encargarse de protegerla.

Esto era lo que el chamán interpretaba. Lo que sí estaba claro era que iba a tener muchísimo trabajo.

La mañana se despertó espléndida, fría pero despejada por completo, con el viento en calma. Lirio había pasado la noche en la *yurta* de las esposas de Jizhu, donde las mujeres le habían explicado lo que acontecería al día siguiente, los ritos y ceremoniales que se llevarían a cabo y, finalmente, entre risas atrevidas, lo que Jizhu esperaría de ella cuando por fin se retiraran los dos solos. Las mujeres xiong eran francas y directas, desconocían el complicado protocolo por el que se regían las concubinas del emperador *han* y hablaron sin tapujos hasta que el sueño comenzó a hacer mella en Lirio.

—Vete a descansar, muchacha —le había dicho Tiyui con cariño—. Mañana te espera un día ajetreado.

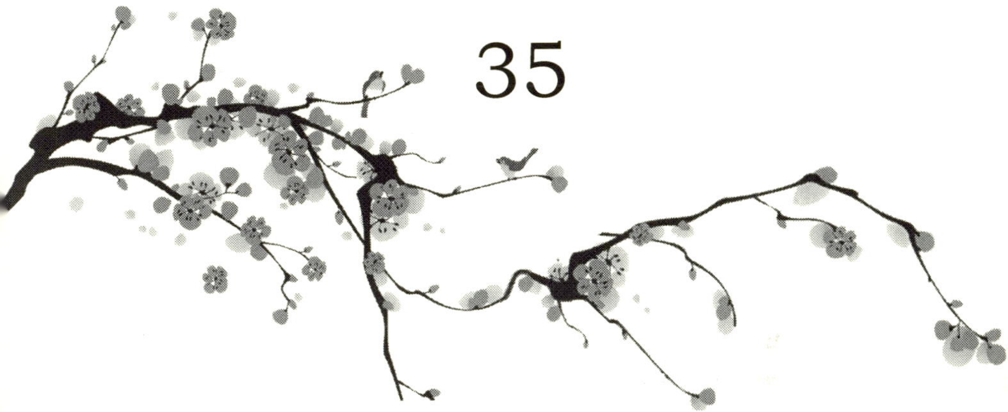

35

Lirio había madrugado. Salió con sigilo de la tienda y tomó un caballo para dirigirse a un lago cercano. Tal vez el protocolo xiong fuese más relajado, pero quería tener un hermoso aspecto durante sus esponsales.

Mientras se desnudaba con parsimonia para darse un baño, llegaron a su mente imágenes de sus primeros días entre los nómadas. ¿De verdad había pasado menos de un año? Y, sin embargo, le parecía contemplarse a sí misma viviendo otra vida.

Se sumergió poco a poco en las heladoras aguas, sin adentrarse demasiado. ¿Había cambiado ella en algo? Aunque le hubiera gustado pensar que se había vuelto más sabia, o al menos, más prudente, en realidad se sentía más insegura. El futuro le aguardaba sumido en brumas. ¿Cómo sería convertirse en la esposa principal de un *shanyu*? ¿Estaría a la altura?

«No te preocupes tanto, pequeña». La voz de su abuelo

regresó después de un larguísimo silencio...

«Ya creía que me habías abandonado.»

«Nada de eso, Lirio. Pero tenía que dejar que encontraras tu propio camino. Y, ahora que por fin lo has encontrado, pocas ocasiones tendrás de volver a escuchar mis palabras.»

«No, abuelo. Por favor, permanece a mi lado. No estoy preparada para afrontar sola mi destino.»

«Nunca estarás sola, Lirio. El *shanyu* siempre caminará junto a ti. Su padre fue un gran hombre. Él será aún mejor. Pero te necesita, Lirio. Todo hombre necesita a una mujer fuerte para crecer y ser recto en la vida.»

«Te echaré de menos, abuelo.»

«Nunca me iré del todo, mi dulce flor. Sé feliz.»

Lirio abrió los ojos de golpe, retirando las lágrimas de su rostro con el dorso de la mano. Había oído un ruido.

Giró la cabeza con lentitud y se topó con los ojos de un lobo que la vigilaba desde la orilla, medio escondido tras un matojo raquítico. El animal le mostró los colmillos.

¿Por qué no se había asustado el caballo? Sin embargo, Lirio tampoco sentía miedo. El lobo y ella se midieron unos segundos, sin mover un solo músculo. Se trataba de un ejemplar enorme, constató la princesa. Aunque era la primera vez que veía uno tan de cerca, comprendió que era demasiado grande.

Sin quitarle la vista de encima, Lirio se frotó el cuerpo y el pelo con los jabones que había traído consigo, se aclaró y salió del agua. Cogió un frasquito y se untó de aceite la piel, sin prisa, sin temer al depredador que aprovechaba para beber agua. Cuando terminó, se vistió y se acercó al animal, que se había sentado en actitud mansa y parecía estar esperándola.

Lirio extendió la mano con cautela y con el índice le rozó el morro. El lobo permanecía quieto, expectante. Con movimientos suaves, la princesa se agachó y le miró con atención a los ojos, apenas a un palmo de distancia. El lobo la olfateó, como complacido.

De pronto el caballo relinchó, como si acabara de percibir la amenaza. Lirio se volvió a mirarlo y al darse la vuelta una vez más, el lobo había desaparecido. Con el mismo sigilo con el que había salido de la *yurta* por la mañana, Lirio montó y salió trotando hacia la ciudad.

Jizhu no estaba en su tienda. Lirio comprobó con satisfacción que todas sus cosas seguían estando allí y fue a rebuscar entre sus ropas hasta que dio con un bellísimo *hanfu* de seda rojo. Nunca antes lo había utilizado. Aspiró el suave aroma a sándalo que se adueñó de repente de la estancia. Su corazón latía tranquilo, sus entrañas se encogían apenas cada vez que se recordaba a sí misma que, dentro de no mucho tiempo, se convertiría en la esposa del misterioso guerrero que la había sorprendido colgando de un magnolio en el palacio de Weiyang. El mismo que, desde aquel momento, parecía habitar dentro de ella, bajo su piel, pues ocupaba casi cada pensamiento, gobernaba cada acción y era objeto de todas las esperanzas, temores y anhelos.

Sin dejar de pensar en Jizhu, se acicaló y peinó su exuberante melena en un moño recogido con su *ji* de oro. Dudó entre las sandalias de seda y las botas durante unos segundos; al final, optó por las botas, mucho más prácticas y que, en cualquier caso, tampoco se verían bajo los pliegues del *hanfu*. Desde el exterior penetraba un delicioso olor a carne asada que le recordó que no había probado bocado desde la mañana anterior. Buscó por la tienda y encontró en un lateral un cuenco con arroz que alguien había colocado allí no hacía mucho. Aún estaba caliente.

—¡Lirio! —Pama entró en tromba luciendo un hermoso caftán azul ceñido por un cinturón blanco.

—¡Pama!

Las dos se abrazaron por primera vez en mucho tiempo. Las lágrimas pugnaban por aflorar a los ojos de Pama, pero la niña las mantuvo a raya.

—¡Oh, qué guapa estás, Lirio! ¡Y te has puesto nuestras botas! ¡Muy bien! —exclamó orgullosa.

—Tú también estás muy guapa, Pama, con todos esos adornos en el pelo. Pareces más mayor.

Pama inspiró hondo, más que satisfecha por el cumplido.

—He venido a buscarte. Las carreras de caballos han empezado ya.

—¿Tú no vas a participar?

—¡Por supuesto que sí! —exclamó fingiéndose ofendida.

Pama la tomó del brazo y la arrastró hacia la explanada donde los más pequeños acababan de terminar sus exhibiciones. En cuanto descubrieron a Lirio, todo el mundo se apresuró a abrirle paso, guiándola hacia el lugar de honor con admiradas sonrisas. Lirio se sentía avergonzada de su propia belleza. Intentó llegar hasta el sitio convenido pasando lo más desapercibida posible, pero al comprender que aquello podía ser interpretado como muestra de altivez, aflojó el paso devolviendo cálidas sonrisas a diestro y siniestro.

La competición se reanudó en cuanto la princesa se hubo acomodado. Ahora los jinetes, que se enfrentaban por parejas, le dedicaban un saludo antes de lanzarse a la carrera. Lirio miró con inquietud hacia el gentío.

—¿Jizhu va participar también? —le preguntó a Pama.

La niña sofocó una risa nerviosa.

—He prometido que no estropearía la sorpresa. Pero... Bueno, como te ibas a enterar dentro un rato, te lo cuento: Laoshang tomará parte en la carrera más especial del día, contigo.

Lirio observó boquiabierta a la muchacha, que se reía con expresión culpable.

—Yo no pienso competir en nada, Pama. Me da igual lo que digas. Así vestida, además.

—¿Tampoco si te lo pido yo?

Lirio dio un respingo al escuchar la voz insinuante de Jizhu a sus espaldas. Se puso de pie con presteza y quedó impresionada al ver a Jizhu. Las ropas que vestía no se las había visto antes: sobre una túnica negra de algodón llevaba un hermoso caftán de seda de un brillante color azul con bordados en rojo, ceñido por un cinturón púrpura del que sobresalía una daga de bronce. Se había recogido el pelo en una larga trenza atada con un banda de seda que le despejaba el apuesto rostro por completo; un gorro picudo de color negro con ribetes rojos, del mismo color que las botas, remataban el conjunto.

Jizhu sonrió con descaro, acercándose a ella.

—Ahora voy a raptarte.

—No entiendo... —replicó Lirio un tanto turbada por la sola visión de él, más imponente que nunca.

Pama se abrió paso. Traía una bonita yegua consigo y la condujo hasta Lirio.

—Tienes que montar y salir a galope —explicó con una mueca pícara—. Laoshang te perseguirá para intentar atraparte. Si lo consigue, te subirá a su caballo y te traerá de vuelta. Como ya te has escapado muchas veces, Laoshang tendrá que esforzarse...

Lirio se sonrojó, mientras Jizhu reprendía con la mirada a la niña, que enmudeció, probablemente avergonzada de su osadía, y se retiró en busca de su madre, aunque sin alejarse demasiado, pues seguramente no quería perderse el epectaculo.

—Te daré ventaja —explicó él, burlón.

—No me hace falta —replicó ella en tono idéntico.

Ante el inesperado desafío, un rugido surgió de las gargantas de los testigos, que aplaudieron con entusiasmo el valor de la princesa.

Lirio montó y se lanzó al galope, volando sobre las verdes praderas que parecían no conocer fin. Dejó que el aire le azotase la cara, sintiendo cómo su fuego se avivaba como un volcán dentro de su cuerpo con la emoción de la velocidad. La sensación de absoluta libertad tomó el control. No cabía más sentimiento en ella que el de saberse libre, libre y feliz, sin muros que pudieran detener el arrollador torrente de energía que circulaba en su interior.

A lo lejos escuchó el grito de guerra xiong que el viento arrastraba. Se volvió con una sonrisa provocativa y descubrió a Jizhu que avanzaba a la velocidad de un águila atacando en picado, con una confiada expresión dibujada en el rostro. Lirio miró de nuevo hacia delante, disfrutando como una niña: no había reglas, no tenía que pensar, simplemente, dejarse llevar.

Jizhu estaba a punto de darle alcance; ya casi sentía su mano cerrarse sobre su cintura para tirar de ella...

«¡Será presumido!»

Lirio hizo un quiebro rápido a su izquierda para deshacer el camino.

Sorprendido, Jizhu estuvo a punto de perder el equilibrio. La carcajada de los suyos llegó hasta ellos clara como el estallido de un trueno.

Herido en su orgullo, pero encantado con la mera idea de que su tierna princesa se atreviera a plantarle cara, se lanzó una vez más tras ella, tomándose la empresa mucho más en serio. Aunque Lirio trató de esquivarle por segunda vez, Jizhu no se dejó engañar, adelantándose a sus pensamientos, y la atrapó como un halcón atraparía a una paloma en pleno vuelo.

—¿Adónde ibas, preciosa? —preguntó sonriendo de medio lado.

Lirio se echó a reír a carcajadas, liberando la poca energía que había quedado reprimida en su interior. Su risa contagió a Jizhu, que moderó el paso para seguir disfrutando de aquellos deliciosos momentos junto a su amada.

—Parece que Pama tenía razón. Me ha costado mucho atraparte —le susurró Jizhu al oído.

Le hizo cosquillas con la punta de la nariz y la princesa se retiró con coquetería.

—Creo que me encantará ir conociéndote poco a poco, Lirio. Cada día, y cada noche, iré desnudando tus secretos.

—Ya no me quedan secretos.

—No me lo creo.

Los xiong recibieron entre vítores al *shanyu* y a la princesa raptada.

—Ahora es el momento del banquete, princesa. Hay carne asada de cabra y de oveja, arroz, licores y cosas raras que trajimos de China. Supongo que nuestros platos no son tan exquisitos como los vuestros.

Lirio se encogió de hombros, divertida.

—Pero seguro que son más sabrosos.

El banquete se prolongó hasta bien entrada la noche, aderezado con cánticos y bailes que tenían tanto de guerreros como de artísticos. Las hogueras fueron apagándose de forma paulatina y, cuando casi todos se habían retirado, Jizhu acompañó a Lirio hasta la *yurta* de Tiyui.

—¿Por qué no voy contigo? —preguntó desconcertada.

—Aún no estamos casados, bella. Una cosa es que seamos menos ceremoniosos que los chinos y otra que nos conformemos con comer carne para sellar los esponsales.

Lirio asintió, distraída. Miró por encima del hombro de Jizhu.

—¿Qué ocurre? —preguntó él atrapando un mechón rebelde que había escapado al control del *ji*.

—Nada, creo. Me había parecido ver algo por ahí...

Jizhu se volvió hacia el lugar que le indicaba.

—Pues yo no veo nada. ¿Qué era, has visto a alguien?

—No. Parecían los ojos de un lobo brillando en la oscuridad —lo dijo con voz desapasionada, como si fuera algo que le ocurría a menudo.

Jizhu agarró su puñal de bronce con un movimiento rápido, colocando a la princesa a su espalda, escrutando la negrura que se extendía ante él. Frunció el ceño.

—No creo, Lirio. Tendría que ser un lobo muy tonto

para venir hasta aquí.

—O un lobo muy valiente.

—Los lobos valientes son listos, Lirio. No van donde están los hombres.

La princesa sacudió la cabeza.

—Tienes razón, me habré equivocado. Ha sido solo un destello, de todas formas.

—Descansa y coge fuerzas, preciosa. Mañana siguen las sorpresas.

—Estoy deseando que lleguen —replicó Lirio con una espléndida sonrisa.

Tiyui salió de la *yurta*.

—Perdonad que os interrumpa —dijo con voz pícara—. Laoshang, deja a la muchacha tranquila. ¿No ves que está agotada?

Jizhu se despidió con una leve reverencia. Tiyui acompañó a Lirio al interior de la *yurta* y la ayudó a desvestirse.

—Pama pasará la noche en otra tienda. De lo contrario, sería imposible que pegaras ojo.

Tiyui hablaba con tono cariñoso. Tomó un cepillo de plata de Lirio que Jizhu había dejado allí, junto con otras cosas de la princesa, y le desenredó la melena con la dulzura de una madre. Lirio se sintió abrumada.

—Gracias por todo lo que has hecho por mí, Tiyui —le dijo de pronto, tomando su mano—. Es posible que no lo merezca.

—¡Oh, tonterías, muchacha! Serás una magnífica esposa para Laoshang. Y para mí, como una hermana. Yo sé ver el interior de las personas, al igual que Sacha. Puede que hasta mejor que él.

—Por supuesto que sí —contestó Lirio entre risas—.

¡Eres una mujer!

Aquella noche, Lirio se durmió escuchando la tibia voz de Tiyui. Tal complicidad con otra concubina jamás hubiera sido posible en Weiyang. La vida con los xiong no tenía nada que ver con la que había conocido más allá de las fortificaciones. Era más sencilla y más dura, pero también más noble y franca: era la vida que, sin saberlo, siempre había ansiado vivir.

36

Todas las mujeres salieron temprano a la mañana siguiente, para ayudar con los preparativos y, también, dejar tiempo a la princesa para que se preparara. Aquel día Lirio eligió un conjunto más elaborado: sobre la pieza interior de seda blanca, tan fina que resultaba casi transparente, se colocó una bella túnica escarlata con palomas bordadas en hilo de oro y, encima, otra capa más, en tonos negros, rojizos y dorados, que quedaba abierta y se ceñía con un hermoso fajín, también dorado. No dudó esta vez sobre el calzado y volvió a ponerse las botas.

Estaba terminando de sujetarse la melena con un *ji* cuajado de perlas, cuando Yue pidió permiso para entrar en la *yurta*. Lirio se quedó estupefacta al verlo: el eunuco había abandonado por completo su anterior apariencia. Iba vestido de pies a cabeza al estilo xiong, con pantalones, botas altas y caftán de piel, e incluso se había trenzado el pelo.

—¡Yue! —exclamó Lirio con sincera alegría en cuanto se repuso de la impresión.

—Buenos días, princesa —contestó sonriente el eunuco.

—Yue, qué sorpresa verte. ¿Cómo es que no te había vuelto a ver?

—No me buscarías mucho.

Lirio permaneció unos instantes en silencio, contemplandolo.

—Llegué a creer que habías participado en el levantamiento de Altan —su tono de voz se volvió precavido.

Yue meneó la cabeza, pesaroso.

—Desde el primer momento entendí que la búsqueda de la piedra se trataba de un engaño. Al principio sospeché de Sacha; solo más tarde pude comprobar que el absurdo plan de la búsqueda había partido de Altan. Al parecer, convenció al chamán de que unos espíritus chinos le habían visitado en sueños en repetidas ocasiones. Supongo que Sacha confiaba en él.

Lirio miró a Yue por entre las pestañas.

—¿Dudas de mí? Me he convertido en un fiel consejero de Laoshang. Claro que —Yue sonrió con tristeza— bien es cierto que eso podría aumentar tus sospechas.

—Imagino que tendré que fiarme —suspiró la princesa—. Pero no te quitaré los ojos de encima.

—Yo tampoco a ti, princesa. Será un poco desagradable al principio, hasta que nos convenzamos uno al otro de nuestra inocencia.

Yue la observaba de modo suspicaz.

—Dime, Yue, si desde el primer momento, como dices, la idea de ir a buscar la dichosa piedra te pareció extraña, ¿por qué no pusiste sobre aviso a Jizhu?

—¿Quieres decir que yo, un simple eunuco chino, tendría que haber avisado al *shanyu* de que su chamán pretendía tenderle una trampa? Me habría quedado sin cabeza antes de terminar la frase. ¡Ah, princesa! Hoy es un gran día para ti, dejemos de lado las oscuridades pasadas. Como esposa principal del *shanyu*, tendrás mucho poder y podrás poner a algún espía tras mis pasos—. Yue quiso sonar despreocupado, pero Lirio se mantuvo fría.

—Tal vez lo haga.

—Aunque seas la esposa del *shanyu*, te costará encontrar un espía que acepte investigar al consejero de Laoshang —observó.

—Se lo pediré a Berke.

Yue tragó saliva.

—Déjalo estar, princesa. Te doy mi palabra de que no sabía nada. ¿Te sirve eso?

Lirio permaneció callada unos segundos.

—Sí, creo que sí —admitió al fin.

«De todas formas, hablaré con Berke.»

Yue sonrió, más relajado.

—Como no tienes parientes aquí —continuó hablando con tono más jovial—, yo me encargaré de presentar tu dote.

Lirio enarcó una ceja, escuchando con reanimado interés.

—La traje conmigo en nuestro viaje. De hecho, en el carro fuiste sentada encima de algunos cofres. Oro, joyas de jade y coral, sedas, licor chino, especias, té e incienso. El *shanyu* debería quedar satisfecho. En fin, si estás lista, podemos salir. Yo te escoltaré hasta el lugar donde Sacha realizará los rituales.

Un caballo esperaba a Lirio al otro lado de la puerta. Yue la ayudó a montar; tomó otro y juntos se encaminaron al sitio elegido.

Fueron los últimos en llegar a la explanada. Suaves lomas verdes se extendían hasta donde la vista alcanzaba, agitadas por un viento apacible que las hacía semejar un enorme abanico. En la lejanía, en la línea que separaba la tierra del cielo, comenzaban a acumularse nubes blancas, panzudas como ovejas gordas. Todo el mundo vestía sus mejores galas. Jizhu aguardaba pacientemente, flanqueado por Berke y Tiyui. La melena escapaba rebelde por debajo de su gorro, sin dejarse atrapar por la capa negra que revoloteaba a merced de la brisa. Unos pantalones de seda negros asomaban entre el caftán rojo y las altas botas; bajo el fajín lucía dos puñales de bronce, como de bronce eran también los brazaletes que rodeaban sus antebrazos por encima del caftán. Llevaba el arco a un hombro y el carcaj al otro. Se volvió hacia Lirio cuando Yue depositaba la lujosa dote junto a Tiyui, sonriendo de medio lado. Sus ojos verdes parecían reflejar el color salvaje de la estepa.

Berke y Tiyui retrocedieron un par de pasos y Lirio se colocó junto a Jizhu, los dos mirando hacia el sur, frente a Sacha. El chamán realizó sus cánticos, clamó a los espíritus, invocó el favor de Tengri y de la madre Tierra para bendecir la unión, y la protección del sol, la luna y las estrellas. Junto a él, en el suelo y medio escondida para no llamar la atención, la piedra de la luna a la que, por si acaso, no se había atrevido a dejar en su *yurta*.

Cuando Sacha hubo terminado, Jizhu se quitó uno de los brazaletes de bronce y lo colocó en el fino brazo de Lirio; a continuación, extrajo uno de los dos cuchillos que llevaba al cinto y se lo entregó. Lirio lo aceptó, mirándole con timidez, esbozando una sonrisa que Jizhu le devolvió. El guerrero la contemplaba con orgullo y Lirio pensó que no debía de existir un hombre más hermoso que él, perfecto en sus rasgos, duros pero protectores y tiernos con ella. El grito de guerra xiong se alzó de repente como un rugido, miles de manos se levantaron hacia el cielo esgrimiendo sus puñales para acoger a la nueva mujer del *shanyu* y desear felicidad a los esposos.

Jizhu se volvió hacia ellos, desenvainando a su vez con una mano y con la otra rodeando la cintura de su preciada esposa.

—¡*Hurai*!

—¡*Hurai*! —la estepa se estremecía con los vítores.

El banquete duró todo el día, al igual que el anterior y, durante toda la jornada, se sucedieron las competiciones en honor de Jizhu y Lirio: carreras a caballo, exhibiciones de caza con las águilas, combates de jinetes y demostraciones de tiro con arco.

Uno de los capitanes amenazaba con ganar todas las pruebas, tales eran su destreza y ánimo. Berke se acercó hasta los recién casados y con tono burlón quiso provocar a Jizhu.

—Deberías poner en su sitio al muchacho, Laoshang. Nadie parece hacerle sombra, y, siendo hoy el día de tu casamiento, no osará comprometerte ante tu flamante triunfo, quiero decir, ante tu preciosa novia. —Jizhu sonrió a pesar de lo desafortunado del comentario—. Disculpa, hermosa flor, no te he dado mi enhorabuena aún —continuó Berke sonriendo a Lirio—. Quizá el triunfo sea más bien tuyo.

—Berke, creo que el licor chino no te ha sentado bien —replicó Jizhu, dando un paso para alejarse.

—Te equivocas, Laoshang. Me sienta muy bien todo lo chino.

Jizhu suspiró.

—No seas pesado, Berke.

Tomando a Lirio por la cintura, el *shanyu* se encaminó hacia su *yurta*.

—¿Ya has pensado qué nombre pondréis a vuestro primogénito, bella? —los ojos de Berke brillaban con sorna.

Lirio, además, percibió otro sentimiento, más hondo, más peligroso, que no supo interpretar.

—Si es niña, sí —contestó sonriente.

—¿Ah, sí? —preguntó Jizhu con una mueca de sorpresa—. ¿Y cómo?

—Berke.

La carcajada del comandante se dejó oír a gran distancia. Jizhu sacudió la cabeza, poniendo los ojos en blanco. Lirio sonrió a Berke cuando el *shanyu* no miraba y él le devolvió la sonrisa.

Berke se alejó, perdiéndose entre las sombras que el ocaso comenzaba a arrojar entre las *yurtas*. Mientras la fiesta continuaba en su nombre, Jizhu y Lirio se retiraron a su tienda, cuidando de franquear la puerta con el pie derecho, para ofrecerse el regalo que desde hacía mucho tiempo deseaban entregarse.

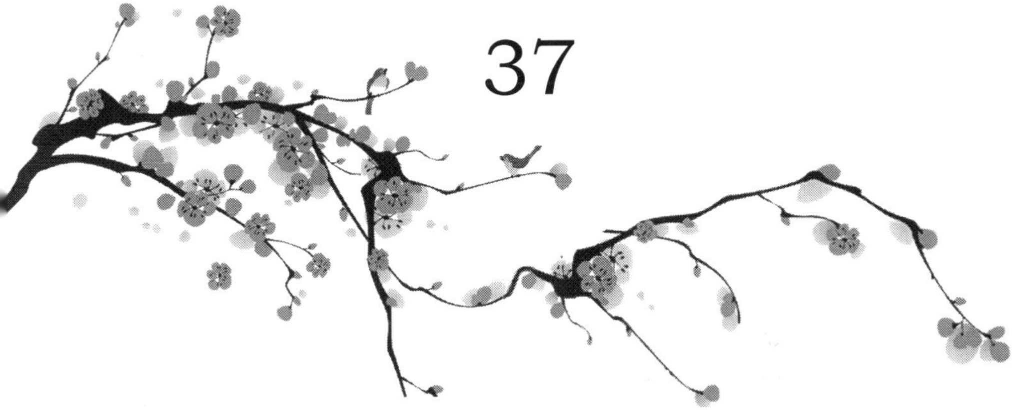

37

Desde la hoguera central, suaves lenguas de fuego iluminaban el interior de la *yurta*, proyectando sombras rojizas contra las lonas. En el aire flotaba con insistencia el penetrante olor a sándalo que emanaba de las ropas de Lirio, agitado de vez en cuando por alguna ráfaga de aire despistada que se filtraba desde la entrada y hacía temblar las llamas.

Junto a una pared, reposaba en silencio una suerte de *kang,* improvisado a base de mantas, pieles y cubiertas de seda. Con delicadeza, Jizhu levantó a Lirio del suelo como si fuera tan ligera como el pétalo de una flor de magnolio y la tendió sobre el tálamo. El corazón de la princesa latía desbocado y temió que Jizhu pudiera llegar a oírlo.

—¿Recuerdas que un día te dije —susurró el guerrero— que había hecho una cosa para ti y te la daría el día de nuestra boda?

La princesa asintió con la cabeza. Jizhu se alejó para

rebuscar en uno de los baúles y regresó con un pequeño paquete envuelto en un retal de algodón. Lo depositó con cuidado entre las blancas manos de ella, pendiente de su expresión al abrirlo.

Lirio desenvolvió el paquetito y descubrió unos hermosos brazales de cuero trenzados, representando un complicado dibujo. La princesa abrió mucho los ojos, asombrada.

—¡El dibujo! ¡Es como tu tatuaje!

—¿Te gusta? —preguntó expectante el *shanyu*.

—¡Son preciosos! —exclamó alborozada—. Muchas gracias, Jizhu. Entonces, ahora es buen momento para que yo te dé mi regalo.

—No era necesario. —Jizhu se sonrojó.

—Me hacía ilusión. También es algo que yo misma hice.

Lirio rebuscó entre sus ropas hasta dar con un gran cuadrado de seda amarilla. Orgullosa, se lo entregó: era un ejercicio de caligrafía bellamente trazado. Como Jizhu no sabía leer, le pareció una hermosa pintura.

—No sé qué significa, pero es muy bonito.

—¿Y no te gustaría saberlo?

—Dímelo...

—Es un poema. Cierra los ojos y escucha con atención. Lo recitaré primero en chino y, luego, si quieres, te lo traduzco.

El panda no quiere dormir
El bambú hace ruido y le asusta
Su madre lo coge, le canta y le arrulla
El bambú se ha dormido
El pequeño panda ya puede jugar

Jizhu sonrió de medio lado, recordando el poema. La voz sugerente de Lirio inflamó su deseo y se acercó hasta ella con sus andares de depredador.

—¿Qué significa exactamente?

Lirio lo tradujo entre risas a su idioma. Jizhu la miró perplejo y se echó a reír.

—Ahora que lo sé, me parece más bonito aún —ronroneó.

La piel de Lirio se erizó al sentirle tan cerca. Jizhu capturó su oreja con los labios, atrayéndola hacia sí desde la cintura. Los jadeos del *shanyu* en su oído turbaron todavía más a la princesa, que cerró los ojos mareada por el remolino de emociones que brotaban desde sus entrañas. Jizhu trató de soltar el *ji* sin éxito y, sonriendo con timidez, Lirio le ayudó disimuladamente a liberar su aterciopelada melena, que cayó en cascada sobre su espalda.

La princesa deshizo el nudo que ceñía su fajín de seda. El *zhaoshan* quedó abierto y la seda cayó hacia atrás con un suave crujido. Jizhu le quitó la túnica escarlata. Tan solo cubría las frágiles curvas de la princesa la prenda interior, casi transparente por efecto de la luz desvaída proveniente de la hoguera central. La respiración del guerrero se aceleró. Se desprendió con brusquedad de su ropa. Lirio se abrazó a él, sintiendo su urgencia, arañándole la espalda, recorriendo con las puntas de los dedos el tatuaje que se revolvía palpitante bajo la piel.

Jizhu la tumbó sobre una alfombra, introduciendo sus manos bajo la seda que aún protegía la blanca piel de la princesa. A Lirio le quemaban las caricias del guerrero; dibujando círculos, ascendió desde el vientre hasta los pechos, mientras le levantaba la camisola con los labios.

Los últimos rescoldos del fuego se convirtieron en brasas y la luz de la luna llena regó el interior de la *yurta* en un mar de plata. La piel de Lirio brillaba como la superficie de una perla, recortada contra la oscuridad de las alfombras sobre las que yacía. Jizhu parecía un dios de la guerra forjado en bronce, quebrado por la negrura de los tatuajes y la melena que caía desparramada sobre sus formidables hombros. Sus ojos verdes apenas se distinguían en la penumbra, devorándola con el deseo que reflejaban.

Liberada de la última prenda que se interponía entre ambos, Lirio sintió el roce del cuerpo de Jizhu sobre ella con la intensidad de una llama. El fuego que habitaba en su interior tomó el control, envolviéndola en la insoportable necesidad de su amado. Con los labios entreabiertos y las manos enredadas en el pelo enmarañado del *shanyu*, elevó sus caderas hacia él, buscándole. Jizhu siguió besándola con pasión, cubriendo sus pechos con las manos, lamiéndola desde el cuello hasta el vientre, al límite de su control.

Con una rodilla, Jizhu separó las de ella; apoyando todo su peso sobre sus antebrazos, dejó que Lirio le rodeara con las piernas, sintiendo su cálida humedad contra él. Todo el cuerpo del guerrero estaba en tensión, endurecido hasta resultar doloroso. Lirio jadeaba, con la respiración entrecortada tras cada beso, mordisqueándole los labios, la barbilla, la línea de la mandíbula. Con todo el cuidado del que fue capaz, controlándose para no estallar en seguida traicionado por su propia urgencia, Jizhu se hundió en ella poco a poco, con los ojos bien abiertos y los dientes apretados, observando su expresión. Venció la resistencia del cuerpo inexperto de la princesa y notó como ella se envaraba unos segundos, dominando su dolor.

—¿Quieres que pare? —preguntó en voz muy baja.

Lirio negó con la cabeza, mordiéndose la mejilla, alzando la cadera contra él. Jizhu se movía despacio; la princesa se retorcía con suavidad debajo de él, atrapándolo con las piernas, al compás que el guerrero marcaba.

Jizhu le mordisqueó el cuello, besándola con dulzura. La respiración de Lirio se aceleró y Jizhu incrementó el ritmo de sus embestidas. La cogió de las manos, entrelazando sus dedos.

Lirio susurró su nombre. Jizhu la llenaba por completo. La energía la traspasaba con la misma fiereza que la traspasaba él, hasta que pareció concentrarse en su vientre. Allí se mantuvo unos segundos y, por fin, se quebró en mil pedazos, cristalizándose y recorriendo cada terminación nerviosa, sacudiendo su cuerpo con una intensidad desconocida. Echó hacia atrás la cabeza, abriendo apenas los ojos para ver al *shanyu* y gritó su nombre.

Jizhu no pudo contenerse más. Se hundió en ella una última vez, hasta rozar sus entrañas, y la misma energía que se había desintegrado en Lirio le recorrió a él, erizando su piel, vaciándole de fuerzas, entregándose a su adorada princesa. Un ronco rugido brotó de su garganta, liberador.

Apoyado sobre los brazos, Jizhu permaneció cuanto pudo dentro de ella. Diminutas gotitas de sudor cubrían la frente de la princesa, de su esposa, que respiraba jadeante, sin soltarle las manos.

—Te quiero, Jizhu —susurró.

—Te quiero, Lirio —contestó él en el mismo tono quedo de voz.

La contempló una vez más, mojada, sonriente, absolutamente relajada y feliz. Una Lirio salvaje. No la había conocido así más que en un par de ocasiones, pero el *shanyu* pensó que era una de sus Lirio favoritas. El guerrero rodó hasta colocarse de costado, sin dejar de mirarla. Lirio deslizó un dedo sobre los músculos que se dibujaban en su pecho, haciéndole cosquillas. No hablaron durante un rato.

—Por fin eres mío —dijo ella con una tímida sonrisa.

El *shanyu* profirió una ruidosa carcajada.

—¿De qué te ríes? —preguntó Lirio, fingiéndose ofendida.

—De nada. Me gusta ser tuyo. Ahora tienes mucho poder, ¿te das cuenta?

—Lo utilizaré para bien —respondió con una mueca pícara, acariciándole el abdomen.

Jizhu contrajo los músculos involuntariamente.

—Me parece buena idea.

Tumbándose de espaldas, la levantó en volandas y la colocó a horcajadas sobre él.

—Veamos como utilizas ese poder —la desafió.

Lirio sonrió con timidez, inclinándose para besarle, y Jizhu la rodeó con los brazos. Los tatuajes de sus brazos se retorcían arriba y abajo, hipnóticos. Lirio acarició sus labios con la punta de la lengua, sintiendo el abrazo protector de su amado y el calor que emanaba de la piel tintada.

«Podría quedarme así para siempre» pensó él.

El sol filtró sus primeros rayos bajo la puerta de la tienda, bañando con tenue luz de cobre los cuerpos entrelazados de los amantes. Más allá de las *yurtas* que delimitaban la capital xiong, los verdes prados se extendían hacia el infinito, como murallas que tratan de conservar un preciado secreto. El amanecer teñía de indómitos colores la estepa inabarcable, mientras el viento fugitivo se colaba en la *yurta* del *shanyu* para robar palabras de amor susurradas, arrastrándolas lejos por las suaves lomas y las llanuras, hasta que desaparecían fundidas en el aire, desperdigadas, para que no quedase ningún rincón en la estepa en la que no hubieran oído hablar del orgulloso Laoshang y su princesa.

NOTA DE LA AUTORA

Hierro y seda está inspirada en un hecho histórico. Jizhu Laoshang reinó en las estepas de Asia Central entre los años 174 y 158 a.C. y consolidó el vasto imperio heredado de su padre. El emperador chino le ofreció la mano de una de sus princesas para tratar de sellar la paz entre los pueblos, una tradición que todavía continuaría en el futuro. La figura de Zhonghang Yue también es histórica. De la princesa entregada no conocemos ni siquiera el nombre. Toda la historia relatada aquí, aunque está basada en un hecho real, es fruto de mi imaginación. He tratado de mantener una imagen de las dos sociedades lo más cercana a la realidad, aunque me he permitido algunas licencias para acercar la historia a los lectores occidentales.

AGRADECIMIENTOS

Gracias en primer lugar a mi familia, que siempre me ha apoyado y que ve en mí un talento mucho mayor del que tengo.

También quiero dar las gracias a los profesionales del grupo Códex Iuvenis: sus palabras de ánimo me empujaron a continuar y me hicieron ver que las posibilidades de publicar mi novela eran algo más que un sueño. Gracias por vuestros consejos y por creer en mí.

Quiero agradecer los comentarios de los participantes en los certámenes de Hislibris: nunca podrán imaginar lo valiosos que resultaron y cuánto aprendí de ellos. En cierta manera, también es culpa suya que *Hierro y seda* este a punto de ver la luz.

Y, por fin, gracias, Carla, por tu ayuda a lo largo del camino.

Violeta Otín